Oetinger

Stefanie Taschinski, 1969 geboren, schreibt Kinderbücher, Theaterstücke und Drehbücher. Nach dem Erfolg ihrer zauberhaften *Kleinen Dame*, die inzwischen für das Kino verfilmt wird, und dem magischen *Funklerwald* entführt die Autorin ihre großen und kleinen Leser nun mit *Caspar* nach Memoria. Stefanie Taschinski lebt mit ihrem Mann, zwei Töchtern und Labrador Molly in Hamburg.

Stefanie Taschinski

CASPAR

und der Meister des Vergessens

Vignetten von Cornelia Haas

Verlag Friedrich Oetinger · Hamburg

MIX
Papier aus verantwortungsvollen Quellen
FSC® C014496

Einband und Vignetten von Cornelia Haas
Satz: Dörlemann Satz GmbH, Lemförde
Druck und Bindung: Druck und Bindung: GGP Media GmbH,
Karl-Marx-Straße 24, 07381 Pößneck
Printed 2016
ISBN 978-3-7891-0426-8

www.oetinger.de

Für Sveni

Unauflöslich durch Licht und Nacht
den Faden genommen durch meine Macht.
Der Faden, gesponnen durch alle Zeit,
Memorias edelste Kostbarkeit.

1. KAPITEL

Caspar warf die Tür so heftig hinter sich zu, als wollte er das alte Haus zum Einstürzen bringen. Die hell erleuchteten Schaufenster neben dem Eingang bebten, und der silberne Falter, der über dem Eingang des Theaters hing, tanzte an seinen Fäden.

Er fror sofort. Die winzigen Schneekristalle brannten auf seinem Gesicht, und die Worte seines Vaters gingen ihm nicht aus dem Sinn. »Ach, Caspar. Anatol kommt auch gut ohne dich zurecht.«

Schnaubend zog Caspar seine Mütze tiefer über die Ohren. Als ob!

Vor zehn Minuten hatte er sich noch so darauf gefreut, zu Anatol in die Theaterwerkstatt zu gehen, um ihm beim Schnitzen des Bühnenbilds zu helfen. Das neue Stück seiner Eltern hieß *Noah*, und die Karten waren seit Wochen ausverkauft. Caspar war so glücklich gewesen, als der Werkstattgeselle ihn um Hilfe gebeten hatte. »Du hast eine gute Hand zum Schnitzen«, hatte Anatol gesagt. Zum ersten Mal durfte Caspar sogar mit den scharfen Profimessern arbeiten, und begeistert hatte er jede freie Minute in der Werkstatt verbracht.

Doch das konnte er jetzt wohl vergessen. Denn wenn es nach Mama und Papa ging, hatte er seinen kleinen Bruder bis zum Ferienende an der Backe und würde überhaupt nicht mehr in die Werkstatt kommen.

Angefangen hatte alles beim Mittagessen. Sein Vater, Greta, Till und er hatten gerade die letzten Pfannkuchen aufgeteilt, als seine Mutter in die Küche gelaufen kam. »Kleine Planänderung«, hatte sie verkündet. »Die Redakteurin vom Radio kommt schon um eins statt um drei.«

»Was?« Sein Vater ließ die Gabel sinken. »Aber die Programme sind noch nicht gefaltet, und die neuen Fotos müssen auch noch auf unsere Internetseite.«

Caspar sah auf die Uhr. Es war genau zwanzig Minuten vor eins.

Für einen kurzen Moment lehnte seine Mutter sich erschöpft gegen den hohen Kühlschrank und blickte kopfschüttelnd auf die lange To-do-Liste, die dort hing. »Es ging nicht anders, Kolja.« Sie seufzte. »Heute Nachmittag kommt das Fernsehteam, und die große Lichtprobe steht auch noch an.« Sie blickte Hilfe suchend zu Greta. »Schatz, könntest du vielleicht die Fotos einsetzen und dich um die Programme kümmern? Das wäre großartig!«

Seine dreizehnjährige Schwester lächelte stolz. »Na klar, Mamsi. Kein Problem.«

Greta war ihrer Mutter wie aus dem Gesicht geschnitten. Beide hatten das gleiche wellige, dunkelbraune Haar und das

herzförmige Gesicht, das ihnen ein verschmitztes Aussehen gab. Und obwohl sie nur knapp zwei Jahre älter war als Caspar, behandelten ihre Eltern sie schon fast wie eine Erwachsene.
»Wir wollten doch eislaufen gehen«, unterbrach Till Caspars Gedanken. »Du hast es versprochen, Greta!«
Caspar sah, wie sein Vater die Stirn runzelte, und wusste sofort, was kommen würde.
»Tut mir leid, Till, aber wir brauchen heute Gretas Hilfe.« Er schob die runde Brille auf der Nase zurecht und blickte zu ihm. »Caspar kann mit dir eislaufen gehen.«
»Wieso ich?« Caspar schüttelte den Kopf. »Ich hab erst gestern auf Till aufgepasst.«
Er sah zu seiner Schwester. Warum sagte sie nichts?
Till, der im Herbst sechs Jahre geworden war, wischte mit einem Stück Pfannkuchen durch den Zucker und strahlte. »Dann machen wir ein Wettrennen, Caspar. Das wird cool.«
Während Greta ihrer Mutter ähnlich sah, hatte der Kurze dieselben wachen, braunen Augen wie ihr Vater und eine kleine Knubbelnase. Seine Wangen glühten in der Vorfreude, seinen großen Bruder den ganzen Nachmittag für sich zu haben.
»Vielleicht morgen oder übermorgen«, sagte Caspar. »Nur heute geht es echt nicht.« Er blickte zu seinen Eltern. »Anatol braucht meine Hilfe in der Werkstatt. Sonst bekommen wir das Bühnenbild bis zur Aufführung nicht mehr fertig.«
»Ach, Caspar.« Sein Vater schob den Stuhl zurück und stand auf. »Anatol kommt auch gut ohne dich zurecht.«
Seine Mutter wuschelte ihm durchs Haar. »Mach euch noch

eine Kanne heißen Kakao, mein Großer. Draußen ist es eiskalt.«
Und mit diesen Worten waren seine Eltern aus der Küche gerauscht.
Und hier stand er nun und versuchte, mit seiner Enttäuschung klarzukommen. Warum nur war alles, was Greta tat, großartig und wichtig, und was er tat, zählte nicht für zwei Kronen?
Vor ihm auf der Straße krochen die Autos durch tiefe Schneefurchen. Der Fahrradweg war ganz unter weißen Massen begraben, und auf dem gegenüberliegenden Bürgersteig glitten zwei Frauen auf Langlaufskiern vorbei. Durch den dichten Schnee konnte Caspar ihre Gesichter kaum erkennen, aber ihre fließenden Bewegungen erinnerten ihn unwillkürlich an die Marionetten seines Vaters.
Ein guter Puppenspieler, das wusste er, konnte seine Puppe so bewegen, dass es ganz natürlich aussah. Und sein Vater, Kolja Winter, war einer der besten. Caspar und seine Geschwister waren es gewohnt, dass ihre Eltern jedes Jahr für mehrere Wochen mit ihren Puppen auf Tournee gingen. Dann kümmerte sich Anatol um sie.
Und wie heute kam das Fernsehen regelmäßig in ihr Theater, um seine Eltern zu interviewen oder eine Vorstellung aufzuzeichnen. An einen Bericht erinnerte sich Caspar noch ganz besonders gut. Es war kurz nach Tills Geburt gewesen, als sein Vater alle Holzmarionetten, sogar den Feuerspucker, das Nashorn und das Skelett von der Bühne, auf den Dachboden des Theaters in den Fundus verbannt hatte, um – wie Papa sagte – etwas vollkommen Neues zu beginnen.

Das Neue waren Puppen aus Pappe, mit kantigen Gesichtern und Körpern, die bis zu zwei Meter groß sein konnten und ein magisches Spektakel auf die Bühne zauberten.

»Genialer Theatermacher erfindet das Puppenspiel neu!«, »Brillant!«, »Federleicht und unvergesslich – Marionettentheater reloaded!«

So titelten die Zeitungen, und sein Vater und seine Mutter erhielten für ihr allererstes Stück *Der Natzman* sogar den großen Preis der königlichen Theaterakademie.

Wie es sich anfühle, zu einer so alten und berühmten Puppenspielerfamilie zu gehören, hatte ihn eine der Journalistinnen gefragt.

»Verdammt gut!«, hatte Caspar stolz geantwortet und damit alle zum Lachen gebracht. In letzter Zeit war dieses »Verdammt gut« allerdings ganz schön eingedampft. Wenn sie ihn heute gefragt hätten, wäre wohl eher etwas wie »Na ja, geht so« oder ein halbherziges »Okay« rausgekommen. Denn in letzter Zeit hatte Caspar immer wieder das Gefühl, dass er gar nicht richtig dazugehörte.

Wütend trat er nach dem Schnee und kickte ihn gegen die Reifen eines parkenden Wagens, als sich wie aus dem Nichts eine Hand auf seine Schulter legte. Sie war kräftig, trotz der Kälte ohne Handschuh und zog Caspar von der Straße weg.

Caspar wusste, wer hinter ihm stand, noch ehe er sich umdrehte.

»Anatol«, rief er hoffnungsvoll. »Soll ich doch in die Werkstatt kommen?«

Wortlos schüttelte der Geselle den Kopf und hielt ihm seinen Schal und Rucksack entgegen. »Da.«
Vermutlich hatte seine Mutter ihn Caspar hinterhergeschickt.
Anatol war nicht besonders groß, aber der kräftigste Mann, den Caspar kannte, mit breiten Schultern, muskulösen Beinen und starken Händen, die morgens an der Kreissäge Holz für neue Kulissen zuschnitten und abends mit feinem Pinsel geschickt das Gesicht einer neuen Marionette bemalten. Hände, die schnitten, schliffen und schnitzten, solange Caspar denken konnte. Sein Vater war es gewesen, der mit ihm das erste Holztier geschnitzt hatte. Aber Anatol hatte ihm gezeigt, wie man Holz *lesen* konnte; wie man in dessen Maserung die Geschichte eines Esels oder Zauberers fand.
Niedergeschlagen nahm Caspar die Sachen entgegen. »Immer muss ich auf den Kurzen aufpassen. Das ist nicht fair!«
Orangerot glomm die Zigarette zwischen den Schneeflocken auf.
»Ich weiß«, brummte Anatol. Eine silberne Wolke stieg von seinen Lippen auf. »Familie ist wichtig, Caspar.«
»Hm, klar.« Caspar nickte unwillig. Das Letzte, was er von Anatol jetzt hören wollte, war eine Predigt, dass er ein guter Bruder sein sollte. Er wusste selbst, dass es nicht Tills Schuld war. Ihre Eltern hatten halt so mega viel um die Ohren. Aber trotzdem …
Der Blick unter den buschigen Augenbrauen ließ ihn nicht los. »Wenn ihr wieder zurück seid, kommst du zu mir.« Erneut glomm die Glut auf. »Ich brauche dich nachher in der Werkstatt, hörst du?«

Mit einem Mal fühlte sich Caspar leichter ums Herz. Anatol war es doch wichtig, dass er kam und ihm beim Schnitzen half! »Du kannst dich auf mich verlassen«, sagte er und atmete tief durch. »Ich … ich war einfach nur genervt von dem Kurzen.«

Hinter ihnen flog die Tür des Theaters auf.

»Ich bin fertig!«, rief Till fröhlich und kam mit dem Schlitten über den Bürgersteig auf sie zugetrabt. Innerhalb weniger Sekunden waren seine grüne Bommelmütze und die darunter hervorblitzenden roten Haare voller Schnee. Caspar konnte ein Grinsen nicht unterdrücken, als er sah, dass an Tills Jacke noch ein paar Popcornkrümel vom letzten Kinobesuch klebten und sein kleiner Bruder wieder mal die Schuhe vertauscht hatte.

»Du hast Entenfüße.«

Till sah auf seine neongrünen Boots. »Ist doch piepenhagen!«

»Komm, zieh die Schuhe richtig an, bevor wir hier einschneien!«

Till schob trotzig das Kinn vor. »Das ist nur passiert, weil du so schnell los bist!«

Caspar lachte. »Anscheinend nicht schnell genug, um dem Entenfußmonster zu entkommen.«

»Wie meinst du das?«

»Ich will einfach los, du Schneekopf!«

»Blödknopf!«, murmelte Till und stieg aus dem ersten Stiefel.

»Schneekopf.«

»Blödknopf!«

»Schneekopf.«

Anatol warf den Zigarettenstummel in den Schnee und legte jedem von ihnen eine Hand auf die Schulter. »Seid vorsichtig, Jungs!«, ermahnte er sie und strich Till unbeholfen über die Wange.

»Klar«, sagte Caspar und blinzelte überrascht. Was war denn mit dem los? Caspar wusste zwar, dass sich unter Anatols knorriger Rinde ein gutes Herz verbarg, aber ein Kuscheltyp war der Geselle ganz gewiss nicht.

»Klar«, sagte auch Till, nahm die Kordel, die am Schlitten hing, und stellte sich neben seinen Bruder.

Noch immer machte der Geselle keine Anstalten, sie gehen zu lassen. Die Schneeflocken wirbelten um seine dunkle Gestalt, und für einen Moment hatte Caspar das seltsame Gefühl, er würde darauf bestehen, sie wieder mit hineinzunehmen.

Doch dann war der Moment vorbei, und sie marschierten los.

Sie kämpften sich durch das dichte Schneetreiben die Straßen bis zum Kanal vor. Caspar konnte schon eins der Schiffe erkennen, die dort vor Anker lagen. Die eingerollten Segel waren von einer dicken Schneeschicht bedeckt, und an der Saling blitzte eine Eiszapfengirlande bis zur Mastspitze hoch.

Caspar hatte seiner Mutter versprochen, dass sie nicht zwischen den Booten fahren würden. Sie hatte Angst vor versteckten gefährlichen Stellen, an denen das Eis zu dünn war, um sie zu tragen. Aber Caspar lief ohnehin viel lieber auf der großen

Fläche, die die Stadtreinigung mitten auf dem zugefrorenen Kanal vom Schnee geräumt hatte. Dort war das Eis spiegelglatt und sirrte unter den Kufen wie ein gespannter Marionettenfaden.

Heute waren wegen des Schneetreibens nicht so viele Leute auf dem Eis. Unten am schmalen Ufer lagen nur wenige Taschen und Rucksäcke. Caspar steuerte genau diese Stelle an. Hier kamen sie gut aufs Eis, und falls Till sein Tempo auf den Schlittschuhen nicht halten konnte, schien es Caspar der beste Treffpunkt, um sich wiederzufinden.

Er nahm den Rucksack ab, holte Schlittschuhe und Wollsocken raus und setzte sich neben Till auf den Schlitten.

»Keine Entenfüße, okay?«

»Ich bin ja nicht blöd!«, erwiderte Till würdevoll und zog eine der geringelten Wollsocken über. Dann guckte er ganz genau, welcher Schuh an welchen Fuß gehörte.

Caspar stieg in seine neuen Eishockeyschlittschuhe, die er zu Weihnachten bekommen hatte. Sie passten wie angegossen und umschlossen seine Knöchel perfekt.

Plötzlich fühlte er, wie Till ihn stupste. »Hilfst du mir? Die gehen so schwer!« Zur Demonstration hob Till den Fuß und zog an den Enden der Schnürsenkel. Nichts tat sich.

Mit einem schiefen Grinsen hockte Caspar sich vor seinen Bruder und begann, die Schnürsenkel Öse für Öse zusammenzuziehen. »Die gehen ja richtig schwer!« Caspar zog seine Handschuhe aus, um besser zufassen zu können.

Er band seinem Bruder gerade die zweite Schleife, als er aus dem Augenwinkel neben sich eine Bewegung wahrnahm. Ein

Schatten glitt seitlich an ihm vorbei. Da war jemand an seinem Rucksack!

»Hey!«

Instinktiv griff Caspar nach einem der Träger und hielt den Rucksack fest. Genau in diesem Moment sprang der andere schon auf und rannte weg.

Caspar kam hoch, doch mit den schmalen Kufen konnte er nicht laufen. Verdammt! Sein Herz hämmerte.

»Der wollte uns beklauen!«, rief er und schaute der schmalen Gestalt hinterher, die bereits über die Uferstraße in Richtung der schmalen Gassen floh.

Till stand neben ihm und schüttelte den Kopf. »Die«, sagte er.

»Was?«

»Na, das Mädchen!«, erklärte Till geduldig.

»Wieso Mädchen?«

Till wedelte mit seinen Fäustlingen. »Sie hatte solche Handschuhe an wie Greta.«

Caspar runzelte die Stirn. »Selbst gestrickte?«

»Nein, ich mein, mit Glitzer drauf!«

Caspar schaute seinen kleinen Bruder an. »Hast du ihr Gesicht gesehen?«

Till krauste seine kleine Nase. »Nur ganz kurz. Und sie hatte eine Mütze auf.«

Caspar blickte noch einmal zu der Gasse, in die der Dieb oder die Diebin verschwunden war. Er schüttelte den Kopf. »Egal, wer das war – zwei Kinder zu beklauen ist echt ’ne miese Nummer.«

»Aber du hast aufgepasst!«, sagte Till, und die Bewunderung in seiner Stimme war nicht zu überhören.
Caspar zuckte lässig mit den Schultern und setzte den Rucksack auf. Ja, es war noch einmal gut gegangen. Er zog seinen kleinen Bruder mit aufs Eis, und wenig später sausten sie über den zugefrorenen Kanal.
Wie eine lockere Decke lag der Schnee auf dem Eis, sodass die Kufen ihrer Schlittschuhe mühelos hindurchglitten. Caspar hielt direkt auf die Mitte des Kanals zu. In einem weiten Bogen fuhren sie an den Booten vorbei, bis ihnen nichts mehr den Blick versperrte und sie über die ganze weite Fläche bis zu den Häusern am anderen Ufer sehen konnten. Caspar fuhr eine Kurve, drehte mitten im Schwung und kam rückwärts zu Till gefahren, der unsicher auf ihn zueierte. Zwei Schritte, seine Füße rutschten auseinander, und er fiel auf den Po. Till lachte und rappelte sich wieder hoch. Da musste auch Caspar lachen, und dann flog er mit gebeugtem Oberkörper und schwingenden Armen über das Eis, unter dessen Oberfläche das dunkle Wasser gurgelte und drückte. Den Vorfall mit der Diebin hatte er fast schon wieder vergessen.

2. KAPITEL

Die Dämmerung setzte ein, als sie sich auf den Heimweg machten. Till war so müde, dass er seine Füße kaum noch heben konnte. Er setzte sich auf den Schlitten und Caspar zog ihn. Zunächst kicherte Till noch, doch dann wurde er immer stiller, und schon bald hörte Caspar nur noch seinen eigenen Atem, das Stapfen seiner Schuhe und das gleichmäßige Schlurfen, das die Kufen des Schlittens im Schnee hervorriefen. Er hatte Hunger, und trotz seiner dicken Handschuhe verlor er langsam das Gefühl in den Fingern. Links und rechts am Straßenrand sprangen bereits die Laternen an. Caspar beeilte sich. Er hatte Anatol ja versprochen, noch in die Werkstatt zu kommen.

Plötzlich fiel ihm auf, dass Tills fröhliches Geplapper verstummt war. Erschrocken drehte er sich um. War der Kurze etwa vom Schlitten gefallen? Doch sein kleiner Bruder lag zusammengesunken über dem Rucksack und war eingenickt.

So erreichten sie das Theater. »Müder Löwe, wir sind da«, sagte Caspar und stupste seinen Bruder an.

Seine Eltern hatten das Haus im vergangenen Sommer neu verputzen und grün streichen lassen. Alles sah schön und frisch aus. Auch die Holzverkleidung im Erdgeschoss hatte eine neue schwarze Lackschicht erhalten. Anatol hatte den silbernen Falter über dem Eingang von seinen eisernen Fäden geholt, die alte Farbe einmal komplett abgeschliffen und dann neu bemalt. Im unteren Stockwerk befand sich das Foyer mit dem angrenzenden Theater, darüber wohnte die Familie.

Durch das niedrige Schaufenster entdeckte Caspar seine Schwester, die am Rahmen gelehnt stand und nach draußen spähte. Vermutlich hielt sie schon nach ihnen Ausschau.

Die Jungen wollten durch die Vordertür schlüpfen, als Greta ihnen den Weg versperrte.

»Ihr Yetis klopft euch draußen erst mal den Schnee aus dem Fell!«, sagte sie. »Und vergesst nicht, den Schlitten ordentlich wegzustellen.«

Caspar schnitt eine Grimasse. Die gab ja mal wieder voll die Chefin. Er zwinkerte Till zu, dann zog er seine Schwester am Arm nach draußen. Er hatte noch nicht vergessen, dass sie so leicht ums Babysitten herumgekommen war.

»Hej! Was soll das?«

Die Jungs sprangen wie verrückt um sie herum und schüttelten sich den Schnee aus den Jacken, dass es nur so wirbelte!

»Stopp!«, kreischte sie. »Seid ihr wahnsinnig?«

»Wir sind Yetis!«, rief Caspar. »Yetis, die Gerechtigkeit wollen!«

»Yeti-Alarm!«, kicherte Till.

Caspar hielt Greta fest, Till zog seine Handschuhe aus und grub seine Eishände durch ihr Haar bis zum Hals.
»Hilfe! Hilfe!«
»Ergibst du dich?«, brüllte Till.
»Ja, ja!«
»Lässt du uns jetzt rein?«, fragte Caspar.
»Ja, ich lasse die Yetis rein«, sagte Greta.
Caspar lockerte den Griff. Er war sehr zufrieden mit sich und grinste seinem kleinen Bruder zu. Mit ein paar Knüffen stolperten die zwei Jungs in den Vorraum des Theaters. Das Foyer war mit Parkett ausgelegt und hatte dunkelrot gestrichene Wände, genauso rot wie die Doppeltür des Theaters, durch die Greta jetzt verschwand.
Die Jungen schälten sich aus ihren Winterjacken und hängten sie zum Trocknen an die Garderobe.
Dann öffnete Caspar seinen Rucksack, um die feuchten Sachen rauszunehmen. Unter den Wollsocken und Gretas Schal, den sie wohl in seinem Rucksack vergessen hatte, stieß er auf etwas Kantiges, Hartes. Neugierig zog er das Ding heraus.
Till, der gerade seinen dicken Pulli über den Kopf gezerrt hatte, schaute Caspar über die Schulter.
»Was hast du da?«, fragte er.
Caspar betrachtete das Paket überrascht. Es war ein Bündel grob gehackter Holzstücke, die mit einem Faden fest zusammengeschnürt waren.
»Keinen Schimmer.« Er blickte zu Till. »Hast du das vorhin eingesteckt?«
»Nö.«

»Dann gehört's vielleicht Greta«, überlegte Caspar schulterzuckend und legte das Paket zur Seite. »Wird sie mit ihrem Schal in meinem Rucksack vergessen haben.«
Seine Schwester hatte diesen Sammelfimmel – von daher würde es ihn wirklich nicht wundern, wenn dieses merkwürdige Paket ihr gehörte.
»Guck mal, das Holz ist bemalt.« Till zeigte auf einen der Scheite. »Und das daneben sieht aus wie ein Schuh.« Mit gerunzelter Stirn versuchte der Kurze eines der Holzstücke aus dem verschnürten Bündel zu ziehen. »Caspar, hast du ein Messer dabei?«
»Nein«, sagte Caspar automatisch, obwohl er sein Messer unter der Jacke in seiner Messertasche trug. Es war eines der alten Schnitzmesser aus der Werkstatt, das Caspar vor ein paar Wochen in einer Schublade entdeckt hatte und das niemand mehr benutzte. Natürlich war Anatol Caspars Fund nicht entgangen, und sie hatten eine Verabredung getroffen: Caspar durfte das Messer überallhin mitnehmen, aber nur, wenn er es niemandem zeigte.
»Sonst halten dich deine Mitschüler noch für einen Räuber«, hatte Anatol gesagt.
Und Caspar hatte nicht vor, sein Versprechen zu brechen.
Denn auch wenn die Klinge dringend einen neuen Schliff benötigte und der Holzgriff an der oberen Kante eingerissen war, wollte er nicht riskieren, dass Anatol das Messer wieder einkassierte.
»Ich krieg die Knoten nicht auf«, quengelte Till.
Caspar schaute sich das Bündel genauer an. An einigen Holz-

scheiten schien jemand herumgeschnitzt zu haben. Andere waren bemalt. Eigenartig! Nach Kaminholz sah das nicht aus.

Caspar betrachtete den Knoten. Es waren gleich mehrere, und das Band saß so fest um das Holz, dass es sich keinen Millimeter bewegen ließ. Plötzlich hatte er ein flaues Gefühl in der Magengegend. Da war doch jemand an seinem Rucksack gewesen. Vorhin, die Gestalt am Ufer!

Caspar tastete mit der Hand nach der Lasche und löste den Druckknopf. Dann zog er das Messer aus dem Etui, das er am Gürtel trug.

»Kein Wort zu niemandem!«, befahl er seinem kleinen Bruder.

Till riss die Augen auf. »Kein einziges!«, flüsterte der Kleine und sah zu, wie Caspar behutsam das Messer unter die Schnur schob.

Niemand brauchte ihm zu sagen, dass er vorsichtig sein sollte. Er achtete genau darauf, dass die Klinge von ihm wegzeigte und er genügend Abstand zu Till hatte. Es war gar nicht so einfach, den Faden durchzuschneiden, der fest und elastisch zugleich war. Doch schließlich gelang es Caspar, er trennte den Faden durch, und die Holzscheite fielen auf den Boden.

»Guck mal«, sagte Till. »Eine Hand.«

Das Holz, das Till ihm zeigte, war der Länge nach gespalten, sodass statt der ganzen Hand nur drei Finger übrig geblieben waren. Caspar legte die zweite Hälfte dazu. Stück für Stück fügten sie die Scheite zusammen. Bei einigen konnten sie nur raten, ob es ein Bein oder ein Arm war, denn nicht alle Teile waren bemalt. Dem einen fehlte die Hand, dem anderen ein Teil des Schuhs, und der größte Holzscheit, den sie als Körper identifizierten, schien nur grob mit dem Beil behackt worden zu sein.

»Krass!«, sagte Caspar. Es war ganz eindeutig. Vor ihnen lag eine Marionette.

»Aber sie hat ja gar keinen Kopf!«, sagte Till.

Caspar wurde es noch eine Spur kälter. Dieses Ding, das da vor ihnen auf dem Boden lag, war ihm unheimlich. Er schluckte, und sein Mund fühlte sich ganz trocken an.

Der fehlende Kopf.

»Ob der alte Kopf kaputt ist?«, fragte Till.

»Keine Ahnung«, sagte Caspar, packte alles hastig zusammen und stopfte das Bündel zurück in den Rucksack, den er dann mit einem Tritt unter den Tisch im Foyer beförderte, gerade so, als könnte er ihren Fund einfach unsichtbar machen.

»Komm, die anderen warten bestimmt schon«, sagte er zu Till und wusste selbst nicht, warum er den Kurzen auf einmal so schnell wie möglich zu ihren Eltern bringen wollte.

3. KAPITEL

Im Theaterraum war es dunkel. Nur die Bühne war beleuchtet. Caspar lief vor Till her durch den Mittelgang. Ihre Eltern trugen auf der Bühne wie immer komplett schwarze Sachen. Caspar wusste, dass das Publikum sie schon nach wenigen Augenblicken nicht mehr wahrnahm, sondern ganz in den Bann der Figuren gezogen wurde.

Noah war die neueste Puppe seiner Eltern – ein durchgedrehter Bademeister, in dessen Zwei-Meter-Pool alles und jeder, vom sprechenden Fußball bis zur dänischen Königin, baden ging.

»Psst«, bedeutete Greta ihnen von vorn. Wie es schien, waren Caspars Eltern mitten im Probedurchlauf.

Über dem bläulich schimmernden Becken, das sein Vater aus mehreren Paketen Frischhaltefolie und einer türkis gestrichenen Platte gebaut hatte, schwamm Noah mit Schwimmbrille in langsamen Bewegungen durch die Luft.

Noahs kantiges Gesicht war aus vielen Papp-Rechtecken zusammengesetzt und drehte sich in ihre Richtung.

»Hej! Hej! Das Schwimmbad hat geschlossen!«, knurrte der Bademeister sie an und schob die Schwimmbrille hoch.
Caspar musste lachen. Sein Vater konnte wahnsinnig gut verschiedene Stimmen imitieren.
Till, der sich bereits auf einen Sitz in der ersten Reihe hatte fallen lassen, kicherte. »Noah! Noah, weißt du, was wir heute gemacht haben?«
Noah stieg aus dem Becken. »400-Meter-Schwimmen?« Er streckte seine Stoffarme nach oben und zur Seite und machte eine Kniebeuge. »Langstreckenpupsen?« Dann kam er mit schlingernden Beinen nach vorn an den äußeren Beckenrand und musterte Till.
»Seepferdchen füttern?«
Einmal mehr fragte Caspar sich, wie seine Eltern es schafften, ihre Bewegungen so perfekt aufeinander abzustimmen, dass sogar er vergaß, dass sie auf der Bühne waren. Während seine Mutter den Kopf der Figur bewegte, spielte sein Vater Arme und Beine.
»Wir waren Schlittschuh laufen! Caspar hat mich auf dem Schlitten gezogen, und …«, Till reckte triumphierend sein Kinn, »wir sind beinahe ausgeraubt worden! Jemand wollte Caspars Rucksack klauen. Aber er hat ihn noch festgehalten.«
Caspar stöhnte. Der Zwerg mal wieder! Die Geschichte hatte er Mama und Papa erst nach der Probe erzählen wollen.
»Ach ja?« Papa runzelte die Stirn.
Mama ließ den Kopf der Puppe sinken. »Ausgeraubt?« Sie klang besorgt.

»Ach, Mamsi«, mischte Greta sich ein. »Du weißt doch, die Jungs übertreiben gern mal. Vermutlich ist einfach nur jemand über ihren Rucksack gestolpert.«
»Klugscheißerin«, flüsterte Caspar ihr zu und wollte gerade ansetzen, seinen Eltern zu erklären, was genau passiert war, als Till von seinem Sitz sprang. »Das ist keine Übertreibung! Ich hab die Diebin gesehen! Sie hatte Glitzerhandschuhe an und war an Caspars Rucksack. Und wisst ihr, was sie noch gemacht hat?«
»Ich glaube, sie hat uns mit jemandem verwechselt«, hörte Caspar sich sagen.
»Verwechselt?« Seine Mutter klang nicht überzeugt.
»Wie kommst du denn darauf?«, wollte sein Vater wissen.
Caspar zögerte kurz. »Weil … weil sie mir vielleicht etwas in den Rucksack gesteckt hat, und …«
Neben ihm jaulte Till auf. »Lass mich erzählen! Lass mich erzählen!«, rief er und stieß Caspar mit beiden Händen gegen die Brust.
»Sag mal, spinnst du?!« Casper hielt Tills Hände fest. Das war *seine* Geschichte – schließlich hatte er dafür gesorgt, dass der Rucksack nicht geklaut worden war.
Mama sprang von der Bühne. »Caspar, Till, müsst ihr euch ausgerechnet jetzt streiten?« Sie zog die beiden auseinander. »Ihr seht doch, dass Papa und ich mitten in der Probe sind!«
Papa stieß einen Seufzer aus. »Also, noch mal von vorn.« Er sah Caspar an. »Es war ein Mädchen an deinem Rucksack?«

Caspar wollte antworten, doch da stand Greta schwungvoll von ihrem Sitz auf. »Vermutlich in seinen Träumen«, sagte sie und lachte spöttisch. »Ich geh nach oben. Sagt mir Bescheid, wenn ich noch etwas helfen kann.«
Seine Mutter wandte sich wieder an Caspar. »Fehlt denn irgendetwas?«, fragte sie.
»Nein, aber jetzt hört mir mal richtig zu!« Caspar wurde ungeduldig. »Als wir eben nach Hause gekommen sind, habe ich eine ziemlich komische Marionette in meinem Rucksack gefunden.«
Papa sah auf seine Armbanduhr. »Nun, die wird wohl Anatol gehören.«
Caspar schüttelte energisch den Kopf. »So sieht Sie aber nicht aus. Ich kann sie holen. Der Rucksack steht gleich im Foyer.«
»Die ist richtig gruselig«, sagte Till mit ernstem Gesicht.
Mama strich ihm über den Kopf. »Bestimmt.« Sie lächelte und stieg wieder auf die Bühne. »Aber jetzt müssen Papa und ich wirklich weiterproben.«
Caspar sah ungläubig von seiner Mutter zu seinem Vater. War das alles? Wollten sie sich die Puppe denn nicht einmal ansehen?

Caspar räumte die Teller vom Tisch. Obwohl er am Nachmittag so hungrig gewesen war, hatte er kaum einen Bissen heruntergebracht. Während des ganzen Abendbrots hatte er darüber nachgedacht, wem das Holzbündel gehören könnte: Diesem merkwürdigen Mädchen? Oder vielleicht doch Greta oder Anatol? In der Werkstatt hatte sich keine Gelegenheit ergeben, mit dem Gesellen darüber zu sprechen, denn kaum war Caspar dort angekommen, hatte sein Vater Anatol komplett in Beschlag genommen.

Ausnahmsweise war Caspar froh, dass seine Mutter so viel um die Ohren hatte. So hatte sie gar nicht bemerkt, wie er das Essen auf dem Teller nur herumschob. Normalerweise hätte sie bestimmt nachgebohrt, warum er keinen Appetit hatte, denn es war verdammt schwer, unter ihrem Radar zu fliegen. Aber heute hatte sie nichts gesagt.

Von oben hörte er Geräusche. Jetzt brachte seine Mutter Till in die Badewanne, sein Vater war ein weiteres Mal nach unten ins Theater gelaufen, um einen der bunten Lichtfilter auszuwechseln, und Greta war im Wohnzimmer, um in Ruhe zu telefonieren.

Caspar klappte die Spülmaschine zu und horchte. Gerade war Gretas Stimme verstummt. Er schwang sich den karierten Rucksack über die Schulter, den er aus dem Foyer mit hochgebracht hatte, und ging hinüber.

Greta saß mit angewinkelten Beinen auf der Fensterbank und malte mit der freien Hand Blumen auf die beschlagene Scheibe. Mit der anderen hielt sie ihr Handy ans Ohr.

»Greta?« Er zog den dicken türkis-blau gestreiften Schal aus dem Rucksack. »Vermisst du nicht was?«

Sie nahm ihr Handy runter, aus dem es leise tutete. »Mein Liebischal!«, rief sie, rutschte vom Fensterbrett und unterbrach die Verbindung. »Wo hast du den denn gefunden?«

»In meinem Rucksack. Ich hab ihn vorhin beim Schlittschuhlaufen entdeckt.«

Seine Schwester nahm ihm den Schal ab und wickelte ihn sich um den Hals. Mit einem glücklichen Lächeln schmiegte sie sich in die weiche Wolle.

»Oh Mann, stimmt ja. Ich hab ihn dir in der Bücherhalle gegeben, als wir die Bücher zurückgebracht haben.«

Richtig! Jetzt erinnerte er sich auch wieder.

Seiner Schwester war in der aufgeheizten Luft schwindelig geworden. Aber gerade interessierte ihn viel mehr, wie etwas anderes in seinen Rucksack gekommen war.

»Und … fehlt dir vielleicht noch irgendwas?«

Greta schüttelte den Kopf. »Nö.«

Caspar versuchte, diese Information zu verarbeiten. Langsam zog er die Wohnzimmertür hinter sich zu und stand einen Moment unentschlossen im Flur. Das Licht der Küchenlampe spiegelte sich im Glas vor ihm an der Wand. Ein Foto aus dem vergangenen Sommer: Papa hatte es im Hafenfreibad aufgenommen und genau in dem Moment abgedrückt, als Caspar und Till in Badehose über den Steg rannten. Greta und ihre Mutter kamen etwas hinter ihnen.

Aus dem Dachgeschoss hörte er, wie der Kurze lachte. Vermutlich veranstaltete er gerade eine wilde Schaumparty im Bad.

Der Rucksack lastete schwer auf Caspars Schulter. Er hatte keine Lust, ihn die Treppe nach oben zu schleppen. Vor allem hatte er keine Lust, das seltsame Bündel mit in sein Zimmer zu nehmen. Bei dem Gedanken an die zerhackten Holzscheite wurde Caspar wieder ganz kalt. Sie gehörten weder ihm noch Till. Gretas waren es auch nicht. Und zu Anatol passten sie gar nicht, da war er sich absolut sicher.

So, wie die Dinge lagen, war es vermutlich das Beste, das Ding einfach wegzuschmeißen.

»Caspar!«, rief seine Mutter von oben runter. »Soll ich das Wasser für dich in der Wanne lassen?«

»Ja! Bin sofort da«, antwortete er und rannte die Treppe ins Erdgeschoss runter. Aber vorher musste er noch etwas loswerden.

4. KAPITEL

Die Hintertür führte direkt in den gepflasterten Hof, in dem sich auch das Werkstattgebäude mit Anatols Wohnung und dem Marionettenfundus befand. In der Werkstatt brannte noch Licht.

Caspar lief hinaus in die Kälte. Ohne Jacke und Mütze war es richtig, richtig kalt. Die eisige Luft brannte bei jedem Atemzug. Er hielt sich die flache Hand vor die Nase, um seine eigene Wärme zu spüren. Das Kopfsteinpflaster war von einer glatten Eisschicht überzogen, sodass er bei jedem Schritt aufpassen musste, nicht der Länge nach hinzufallen. Schlitternd kam er am Fahrradschuppen an, wo die Mülltonnen standen.

Hastig hob er den Deckel und öffnete den Rucksack. Über ihm an der Regenrinne blitzte eine Reihe spitzer Eiszapfen auf, als hätte sein Vater dem Haus ein Raubtiergebiss geschnitzt. Caspar wandte den Blick ab. Was dachte er nur für komische Sachen? Er wollte es schnell hinter sich bringen. In den Rucksack greifen, das Bündel nehmen und in die Tonne damit. Schnell!

Als seine Finger das raue Holz berührten, hielt er unwillkürlich die Luft an. Es kostete ihn Überwindung, die Hand um das Bündel zu schließen. Die Schnur, die er am Nachmittag wieder um die Scheite gebunden hatte, schien beinahe lebendig zu sein.
Trotz der Kälte begann seine Hand zu schwitzen. Er riss das Bündel aus dem Rucksack.
Holz! Es ist nur ganz gewöhnliches Holz, versuchte er sich zu beruhigen.
Eine zerteilte Hand. Ein hölzerner Schuh. Ein angedeutetes blaues Hosenbein.
Er schloss die Augen.
Wirf es weg, sagte er sich.
Wirf es weg!
Aber seine Hände bewegten sich einfach nicht.

Das Geräusch der Kreissäge erlöste ihn aus dem Bann. Sein Gesicht war taub vor Kälte. Was stand er hier noch herum? Er warf den Deckel der Mülltonne zu, klemmte sich das Bündel unter den Arm und glitschte zur Werkstatt.
Drinnen schob Anatol eben die letzten Zentimeter einer großen Sperrholzplatte durch die Kreissäge. Der Geselle war in einem ligurischen Bergdorf in Norditalien geboren und hatte dort wie bereits sein Onkel, sein Großonkel und viele Generationen von Collodis zuvor das Handwerk des Puppenschnitzens erlernt. *Intagliare burattino*. Caspar wusste, dass es einer dieser zahlreichen italienischen Onkel gewesen war, der Anatol nach Kopenhagen und als seinen Nachfolger in ihr Theater

geholt hatte. Die Verbindung der beiden Familien reichte weit zurück.

Caspar durchquerte den Raum, legte das Bündel auf der Werkbank ab und kickte den Rucksack in die Ecke. Neben ihm stellte Anatol die Maschine aus und nahm die Ohrenschützer ab. Ein Heben der Augenbrauen zeigte ihm, dass der Geselle ihn bemerkt hatte.

»Tschätschätschäk!«

Caspar blickte zum linken Metallträger hoch, der vom Steinfußboden bis zur hohen Decke reichte. Gerade schob sich ein schwarzer Schnabel aus dem runden Loch des Vogelkastens, dann schlüpfte Elsa, Anatols zahme Elster, aus ihrem Haus, hockte sich auf die Stange und schüttelte ihr Gefieder.

»Tschätschätschäk!«, rief sie, während sie neugierig zu ihnen hinuntersah.

Caspar rieb seine Hände. Sie waren noch ganz steif von der Kälte draußen. Vorsichtig wickelte er die Schnur von den Holzscheiten. Wie Knochen fielen sie klackernd auf die Werkbank.

Elsa drehte zwei Runden unter der Werkstattdecke. Aus dem Augenwinkel sah Caspar, wie Anatol den Arm ausstreckte, damit sie landen konnte, doch die Elster flog an ihm vorbei und setzte sich auf Caspars Werkbank.

»Hallo, Elsa!«, rief er überrascht.

Die Elster hüpfte näher an ihn heran und beäugte die Holzstücke. Er begann die Teile an ihren Platz zu legen. Den dicksten Scheit in die Mitte. Elsa flatterte schimpfend zur Seite. Dann die Unter- und Oberarme. Die gespaltene Hand.

Nun hüpfte die Elster wieder näher und pickte nach der Hand.
»Hej, lass das!« Caspar scheuchte die Elster von dem Holz weg. »Was soll das denn?«
Er war so mit dem Sortieren und Untersuchen der einzelnen Teile beschäftigt, dass er nicht merkte, wie Anatol sich leise neben ihn stellte.
»*Il segno!*«, flüsterte er.
Caspar blickte auf. »Was?«
Anatol nahm eines der Beinhölzer und betrachtete es von allen Seiten. Täuschte Caspar sich, oder zitterten die großen Hände? Anatols Gesicht war aschfahl.
»Woher hast du das?«
»Also hast du es mir auch nicht in den Rucksack gesteckt?«, fragte Caspar.
Anatol schüttelte entsetzt den Kopf. »Nein! Aber woher kommt das?«
»Ich … ich hab's gefunden«, sagte Caspar.
Anatols Augenbrauen schossen in die Höhe. »Gefunden?«
»Hm, in meinem Rucksack. Es … es ist ja nur eine Holzpuppe. Ich reparier sie«, entfuhr es Caspar. Was rede ich denn da?, ging es ihm gleichzeitig durch den Kopf. Bis zu dieser Sekunde war es ihm nicht in den Sinn gekommen, irgendetwas mit diesem Holzhaufen anzustellen. Außer ihn in die Mülltonne zu werfen.
Mit einem Stöhnen legte Anatol das Beinstück zurück und musterte Caspar mit einem gequälten Ausdruck.
»Du willst *was*?«, stieß der Geselle hervor. »Du willst sie repa-

rieren? Das ist keine Puppe! Das ist nur Holz, Caspar. Ohne Kopf. Ohne Seele.«

Sie hat ja keinen Kopf! Genau das war Till auch sofort aufgefallen.

Auf Anatols Stirn hatten sich tiefe Falten gebildet, sein Mund war nur noch ein schmaler Strich. Er fasste nach Caspars Arm.

»*Wer* hat sie dir gegeben?«

Caspar wich einen Schritt zurück. »Niemand.« Was war denn nur in Anatol gefahren? »Das heißt … ich weiß es nicht genau«, sagte er. »Da war ein Mädchen an meinem Rucksack. Vorhin, als wir eislaufen waren. Vielleicht hat sie mir das Ding in den Rucksack gesteckt.«

Er sah, wie der Geselle schluckte, dann legte er das Holzstück zurück. »Wirf es in den Ofen«, stieß er hervor. »Verbrenn es«, sagte er und wandte sich abrupt ab.

Das Badewasser war längst kalt, als Caspar wieder die Treppe ins Dachgeschoss hochstieg. Trotz Anatols Reaktion hatte er sich nicht durchringen können, die Puppe zu vernichten. Sicher, die Marionette hatte etwas Gruseliges an sich, aber das lag nur daran, dass ihr der Kopf fehlte, versuchte Caspar sich selbst zu überzeugen. Also hatte er beschlossen, ihr einen neuen Kopf zu schnitzen und sie wieder heil zu machen. Er hatte eine ganze Weile suchen müssen, bis er in dem großen Werkstattregal endlich das passende Holz gefunden hatte.

Anatol war so wortkarg gewesen, dass Caspar bald seine Sachen zusammengeräumt und sich verabschiedet hatte. Die

Zeichnung für den Kopf konnte er genauso gut oben in seinem Zimmer machen. Er musste ja erst einmal entscheiden, was für ein Gesicht er der Puppe geben wollte.
Er stieg die letzten Stufen ins Dachgeschoss hoch. Aus Tills Zimmer hörte er Stimmen.
»Es war einmal ein sehr, sehr großer roter Löwe.« Das war Gretas Stimme.
»Wie groß?«, hörte er Till fragen. »Tyrannosaurusrexgroß?«
»Oh ja, er war der allergrößte Löwe weit und breit! Und er hatte fürchterlichen Hunger!«
Offenbar brachte seine große Schwester den Kurzen heute ins Bett. Caspar nickte zufrieden. Na, wenigstens etwas übernahm sie.
Die Tür zu Tills Zimmer, das direkt neben seinem lag, stand offen. Caspar konnte seine Schwester sehen, die es sich in Tills Kojenbett bequem gemacht hatte. Während sie erzählte, drehte sie gedankenverloren an ihrem langen Zopf.
Till stand vor dem Bett. Er hielt seine neue Marionette, den roten Löwen, den er zu Weihnachten bekommen hatte, in der Hand.
»An diesem Abend …«, erzählte Greta weiter, »… wollte der Löwe auf die Jagd gehen, um seinen fürchterlichen Hunger zu stillen. Aber jedes Mal, wenn er sich dem Wasserloch näherte, an dem die Antilopen tranken, knurrte sein Magen so schrecklich laut, dass die Antilopen es hörten und in Riesensprüngen davonjagten.«
»KNURR«, rief Till. »KNURR!«
Caspar verschwand in sein Zimmer. Bei Tills Geburt hatten

ihre Eltern Caspars Zimmer geteilt. Beide Zimmer gingen nach vorn zur Straße, aber Till hatte nur zwei kleine Dachfenster, während Caspars Bett direkt unter der Gaube stand. Von seinem Fenster aus konnte er den Falter vor dem Theatereingang und bis zur Straße sehen.

Er legte das Skizzenpapier, den Bleistift und den Holzklotz auf seinen Schreibtisch. Die Holzteile hatte er unten in der Werkstatt gelassen. Im Zimmer nebenan polterte es. Vermutlich jagt der Löwe gerade eine Antilope, dachte Caspar.

Wieder hörte er Tills Stimme: »KNURR! KNURR!«, und Gretas Lachen. Es klang so, als hätten die beiden richtig Spaß.

Plötzlich hatte Caspar Lust, dem hungrigen Löwen beim Jagen zu helfen. Als er in Tills Zimmer kam, kauerte sein kleiner Bruder unterm Tisch und hielt den Löwen so, dass dessen Bauch beinahe den Fußboden berührte.

Caspar ließ sich neben Greta aufs Bett fallen und zwinkerte seiner Schwester zu. Mit einem Grinsen legte sie den Finger auf ihre Lippen.

»Der Löwe pirscht sich gerade an«, flüsterte sie.

»An wen denn?«

Till ließ den Löwen leicht nach vorn und nach hinten schwingen. Greta begann wieder an ihrem Zopf zu drehen. Das machte sie immer, wenn sie sich etwas ausdachte.

»Der große Löwe duckte sich hinter das hohe Gras, das die Wasserstelle umgab.« Sie blickte zu Caspar. »Dort kniete ein Menschenkind. Ein schlaksiges Bürschchen mit Segelohren und Haaren wie in der Sonne getrocknetes Gras.« Sie kicherte. »Er hieß Caspar. Der Junge beugte sich genau wie die Antilopen über das Wasser und schlürfte es direkt mit dem Mund.«

Caspar stieß laute Schlürfgeräusche aus, während Greta fortfuhr:

»Was für ein köstlicher, saftiger Leckerbissen, dachte der rote Löwe und setzte zum Sprung an. Doch genau in diesem Moment begann sein Magen wieder zu knurren! Der Junge bemerkte den Löwen und sprang erschrocken vom Wasser weg.«

Till nahm seinen Löwen hoch, vollführte mit ihm einen großen Sprung und stieß Caspar mit den Vorderpranken seiner Marionette vor die Brust.

»Los, ich hab dich umgeworfen!«, kommandierte Till.

Gehorsam warf Caspar sich auf den Rücken und ließ zu, dass Tills Löwe sich auf seine Brust stellte. Caspar sah dem roten Löwen in sein lachendes Marionettengesicht.

»Der Junge schlotterte vor Angst«, sagte Greta. »Und er …«, sie stupste ihren Bruder auffordernd an.

Hilfe, dachte Caspar, wollte sie etwa, dass er die Geschichte weitererzählte?

»… ähm … und er … ähm … er holte etwas aus seiner Hosentasche«, fuhr Caspar unsicher fort. Hilflos blinzelte er Greta an. Er konnte vielleicht schnitzen, jedoch Geschichten erzählen konnte er ganz bestimmt nicht.

Um Gretas Mundwinkel zuckte es, als sie seinen Satz weiterspann. »Du glaubst es nicht, aber der Junge zog ein Eibrötchen aus seiner Hosentasche«, sagte sie.

»Ein *Eibrötchen*?«, fragte Caspar. »In Afrika?«
»Ein Straußeneibrötchen, du Idi!«, lachte sie und versetzte ihm einen Stoß in die Rippen. Dann sah sie wieder zu Till und fuhr fort:
»›Wollen wir uns das teilen?‹, fragte der Junge, der Caspar hieß, und hielt dem Löwen das Brötchen hin. Und da nahm der Löwe seine Hälfte, und sein tyrannosaurusrexgroßer Hunger war mit einem Mal gestillt.«
Caspar musste auch lachen. »Super Ende. Natürlich frisst der Löwe lieber das kleine Straußeneibrötchen als mich. Klar, das find ich voll logisch.«
Greta zog ihn an den Haaren. »Hey, es war ein sehr großes Straußeneibrötchen. Und, abgesehen davon, habe ich dir gerade das Leben gerettet, Bruderherz. Oder soll der Löwe es sich noch einmal anders überlegen und dich fressen?«
Till ließ den Kopf der Löwenmarionette ein Stückchen runter und machte wilde Beißgeräusche.
»Nein, bitte nicht! Bitte nicht!« Caspar kringelte sich vor Lachen, dann streckte er die Hand aus und tat so, als teilte er mit dem Löwen ein Eibrötchen.
Von einem sehr großen Strauß.

5. KAPITEL

Am nächsten Vormittag machte Caspar Kassendienst im Foyer. Er hatte sich sein Schnitzzeug mitgenommen, und während er auf Kunden wartete, die ihre vorbestellten Karten abholen wollten, arbeitete er weiter an dem Holzwürfel. Anatol hatte er an diesem Morgen noch nicht getroffen, und er hoffte, dass sich der Geselle wieder etwas beruhigt hatte. Wie auch immer die Holzstücke in seinen Rucksack geraten waren, Caspar schien es fast so, als wenn die Figur zu ihm gekommen war, damit er sie in Ordnung brachte. Jede Puppe sollte vollkommen sein, und es war kein Wunder, dass man sich vor ihr gruselte, solange sie keinen Kopf besaß.

Inzwischen war es halb zwölf. In genau dreißig Minuten durfte er das Theater abschließen und nach oben gehen. Durch die Schaufenster konnte er die Leute beobachten, die draußen auf dem Fußweg an ihrem Haus vorbeieilten. Viele trugen Einkaufstaschen, aus denen Raketen hervorsahen. Hoffentlich bekamen Greta und Mama auch noch welche! Wie hatte Papa nur vergessen können, Silvester-Böller zu kaufen? Was war in letzter Zeit bloß mit ihm los? Caspar schüttelte den Kopf. »Das ist mir im Weihnachtstrubel wohl durchgerutscht«, hatte Papa nur gemurmelt. Caspar fand, dass seinem Vater in letzter Zeit so einiges durchrutschte. Vor den Ferien hatte er sogar vergessen, Till vom Kindergarten abzuholen! Caspar, der es sich auf den unteren Treppenstufen bequem gemacht hatte, legte das Messer zur Seite und betrachtete den Holzklotz.

Sehr weit war er noch nicht gekommen. Das Eibenholz hatte zwar eine total schöne Maserung, aber dafür war es so hart, dass die Arbeit nur mühsam voranging. Zumindest mit seinem alten Messer. Die Klinge war einfach zu stumpf. Caspar pustete die Späne von seinen Hosenbeinen. Die musste er später auffegen. Auf der Vorderseite des Würfels konnte man gerade so eine Wölbung erkennen. Auf dieser Seite wollte er das Gesicht herausarbeiten. Es sollte ein Jungengesicht werden; ein Kämpfer, denn auch wenn er die gespaltenen Teile neu verleimt hatte, würden die Spuren im Holz immer noch sichtbar sein, genau wie Narben.

Neben ihm ging die Hintertür auf. Eiskalte Luft strömte herein.

»Tür zu!«, rief Caspar.

»Guten Morgen«, sagte Till. »Guten Morgen.«

Auf Tills ausgestrecktem Arm saß Elsa und legte ihre kleinen Kopf schief.

»Tschätschätschäk!«, machte sie.

Der Kurze zog die Tür hinter sich zu.

»Elsa, sag: Guten Morgen! Guten Morgen.«

»Ääääälsssa! Ääääälssa!«

Till kramte aus seiner Hosentasche ein Stück krümeligen Käse hervor und hielt es Elsa unter den Schnabel.
»Sag: Guten Morgen.«
Flink schnellte Elsas Schnabel nach vorn, um sich das Käsestückchen zu schnappen, aber Till war schneller und klappte die Hand zu. »Nicht schummeln!«
»Kik, kik!«, rief die Elster und hüpfte ein Stück seinen Arm hinauf. »Kik, kik!«
Till setzte sich mit ihr auf das breite Fensterbrett, auf dem die Programme auslagen.
»Ich weiß, dass du es kannst«, sprach er schmeichelnd auf sie ein. »Komm, Elsa! Bitte!«
»Tschätschätschäk, Älssa! Älssa!«, krächzte die Elster. »Ciao, bello! Ciao, bello!«
Caspar setzte das Messer wieder an. Er hatte mit seinem Bruder nicht weiter über die Holzteile gesprochen. Vermutlich hatte der Kurze die Holzpuppe über der Silvesteraufregung ganz vergessen. Caspar arbeitete weiter an der Rundung, die das Kinn werden sollte.
»Los, so schwer ist das nicht!«, feuerte Till die Elster an. »Sag: Guten Tag.«
»GUTEN TAG«, antwortete da eine andere Stimme.
Caspar sah von seiner Arbeit auf. Durch die Tür kam ein riesiger Mann. Er war so groß, dass er den ganzen Türrahmen ausfüllte. »Guten Tag«, wiederholte er und betrat das Foyer. Er trug einen langen dunkelgrauen Mantel und eine Fellmütze mit Ohrenklappen, unter der seine zotteligen blonden Haare bis über die Schulter fielen.

Caspar legte das Messer und das Holz auf die Stufe und stand auf.
»Kann ich Ihnen helfen?«
Unter der Krempe der Mütze konnte er die Augen des Mannes nicht richtig erkennen, und als hätte dieser Caspars Gedanken erraten, schob er sie jetzt ein Stück nach oben.
»Eine Karte für die heutige Abendvorstellung.« Seine Stimme klang nach Schmirgelpapier.
Caspar hörte kein Wort. Er starrte von der schwarzen Augenklappe zu dem Goldzahn, der bei den Worten des Fremden aufblitzte.
»Äh, wie bitte?«
»Eine Karte für das Theaterstück heute Abend.«
Wie ferngesteuert zog Caspar die Liste mit den vorbestellten Karten hervor, die neben der Kasse lag, und überflog sie. Unauffällig blinzelte er zu dem Riesen hoch. Der Mann sah echt so aus wie die Piratenmarionette, die er mit Anatol im letzten Herbst repariert hatte. Wahnsinn!
»Äh, haben Sie denn vorbestellt?«, fragte er. »Die Silvester-Aufführung ist schon seit Wochen ausverkauft.«
Auf der Fensterbank plusterte Elsa ihre weiße Brust auf und stolzierte hin und her.
»Nein, zum Henker! Ich habe nicht vorbestellt«, antwortete der Mann ungeduldig, während sein eines Auge erst Till und dann die Elster fixierte.
Dann holte er seine Brieftasche hervor und warf einen Schein auf den Tresen. »Nimm. Dafür kannst du mir sicher eine Karte geben.«

Caspar starrte auf den Schein. Es waren tausend Kronen! Eine Karte kostete nur zweihundert Kronen.
»Das ist viel zu viel!« Sein Hals fühlte sich plötzlich eng an. Er blätterte die Liste um. »Wollen Sie vielleicht nächste Woche kommen? *Noah* läuft noch drei Mal.«
Ein ruckartiges Kopfschütteln, dann wanderte der Blick des Fremden an ihm vorbei. »Den Rest darfst du behalten.«
Caspar fühlte etwas Leichtes auf seiner Schulter. Neugierig hatte Elsa sich auf seine Schulter gesetzt und plinkerte aus ihren kleinen schwarzen Augen zu dem großen Schein.
»Denk nicht mal dran!«, warnte Caspar sie.
Aber da war die Elster schon von seiner Schulter gehüpft, pickte mit dem Schnabel nach dem Tausend-Kronen-Schein und flog zu dem hohen Regal, das hinter dem Bartresen stand.
»Elsa!«, rief Caspar wütend.
Till sprang von der Fensterbank. »Komm sofort her.«
Der Mann stieß ein stoßartiges Grunzen aus. War das ein Lachen?
Caspar fühlte, wie seine Wangen zu brennen begannen. Es war ihm peinlich, dass ihre Elster den Mann bestohlen hatte. Er blickte zum Regal hoch. Dort thronte Elsa und nestelte mit ihrem Schnabel an dem Schein herum, der zwischen ihren Krallen hervorsah.
»Ich hole Ihnen Ihr Geld zurück!«
»Ich hab es nicht eilig«, sagte der Riese und nickte ihm zu.
Caspar nahm einen der Stühle, die an den Tischen standen, und stellte ihn unter das Regal. Nun brauchte er nur noch etwas Langes, womit er diese dumme Elster hochscheuchen

konnte. Er sah sich um. Der Besen! Während er auf den Stuhl stieg, kam der Mann einen Schritt um den Tresen herum. »Brauchst du Hilfe?«
»Nein, geht schon. Elsa kennt Sie nicht, und ich weiß nicht, was sie als Nächstes anstellt.«
Er streckte sich nach oben, bis er mit dem Besenstiel die oberste Regalkante erreichte.
»Weiter rechts, noch weiter rechts«, dirigierte Till von der Fensterbank.
Caspar ruckelte mit dem Holz. Oben raschelte es. »Gräh!« Elsa stieß einen verärgerten Ruf aus. »Gräh!«
Noch einmal fuhr er mit dem Holzstab über das Regal. »Los, du blöder Vogel, beweg dich!« Er sah zu Till. »Hast du noch Käse?«
»Ja!«, antwortete sein kleiner Bruder. »Käse, Elsa! Komm, hol dir den Käse!«, rief er mit lockender Stimme.
Ein Luftzug strich über Caspars Gesicht, als die Elster direkt an ihm vorbei nach unten glitt.
Oben ragte eine Ecke des Scheins über die Kante des Regals. Caspar angelte vorsichtig danach – die tausend Kronen durften nur ja nicht hinter das Regal rutschen! Er biss sich auf die Lippe. Vor, noch ein Stückchen, und dann trudelte der Geldschein durch die Luft.
»Geschafft!«, seufzte er.
»Hey, das haben wir voll gut gemacht!«, sagte Till zufrieden und hob die Hand zum High-five.
Caspar schlug ein. »Aber jetzt bringst du sie in die Werkstatt, bevor sie hier noch mehr Quatsch anstellt.«

Er legte die tausend Kronen auf den Kassentresen, an dem der Fremde immer noch lehnte.

»Bitte, hier, Ihr Geld.«

Hinter ihm verschwand Till mit Elsa durch die Tür in den Hof.

Der Fremde nahm grinsend den Schein, dann wanderte sein Blick zu Caspars Schnitzzeug.

»Deine Arbeit?«, fragte der Mann und strich mit dem Daumen über die abgerundete Seite, wo das Gesicht der Puppe entstehen sollte.

Caspar bekam eine Gänsehaut. »Ja.«

»Ein Marionettenkopf?«

»Ja.«

Der Mann beugte sich vor. »Dein kleiner Bruder?«

Was? Caspar stutzte. Wie kam der einäugige Fremde denn darauf?

»Keine Ahnung.« Caspar streckte schnell die Hand aus, und nach einem kaum wahrnehmbaren Zögern gab der andere ihm das Holzstück.

»Ich finde, es sieht Till ähnlich.« Der Mann griff in die Innentasche seines Mantels. »Dein Bruder heißt Till, oder?«, hakte er nach.

»Ja.« Woher nur kannte der Fremde Tills Namen?

Zu Caspars Überraschung legte der Mann nun ein Messer auf den Tresen. Die Klinge steckte in einem fein geprägten Lederetui, und der Griff war aus dunklem Stahl. Caspar trat einen Schritt näher.

»Los, willst du nicht mal probieren, wie es schneidet?«

Ja, dachte Caspar, er wollte dieses Messer ausprobieren. Es

zog ihn geradezu magnetisch an. Er umfasste den Griff, der sich wunderbar in seiner Hand anfühlte. Schwer, aber nicht *zu* schwer. Er drückte die Finger in die Mulden an der Griffunterseite, die beim Schnitzen Halt geben sollten. Dann schob er das Etui behutsam von der Klinge. Sie glänzte silbrig, war in zwei perfekten Bögen geschliffen und lief am Ende spitz zu.

»Wahnsinn!«

Der Mann schob ihm das Holzstück über den Tresen.

»Es ist ein gutes Messer«, sagte er.

Caspar lachte auf. Gut? Das war wahrscheinlich die Untertreibung des Tages, dachte er. Das Messer ist perfekt! Für einen Moment betrachtete er das Holz in seiner linken Hand. Mit einem Mal entdeckte er in den Linien der Maserung ein Gesicht: Tills Gesicht.

Seine Hand zitterte ein wenig, als er die Klinge ansetzte. Mühelos schnitt das Messer in das Holz. Es war Caspar, als folgte es auf den Millimeter genau seinen Bewegungen, nein, sogar seinen Gedanken. Das konnte gar nicht sein. Eibenholz war eines der härtesten Hölzer, die es gab. Und trotzdem schnitzte es sich mit diesem Messer beinahe wie von selbst. Unter der Klinge schaute schon Tills kleines, spitzes Kinn hervor.

Ein Geräusch ließ ihn hochsehen. Der Mann knöpfte sich seinen Mantel zu und lächelte zufrieden.

»Ich leih es dir.«

»Wie?« Caspar legte das Messer weg. »Nein! Nein, das geht nicht.« Er schob dem Fremden das Messer hin.

»Gib es mir heute Abend wieder. Ich hole es vor der Aufführung ab.«

»Aber wir haben doch keine Karte mehr!«
Der Mann zuckte mit den Schultern. »Und wennschon.«
Caspar überlegte. Wenn er sich das Messer lieh, konnte er noch den ganzen Nachmittag damit schnitzen. »Ich ... ich weiß nicht, ob ich das annehmen darf.«
Der Mann mit der Augenklappe stand bereits in der offenen Tür. »Wieso? Du kannst mit einem Messer umgehen. Was soll schon passieren?«, sagte er, zupfte an seiner Augenklappe und verließ das Theater.

6. KAPITEL

Mittlerweile war es später Nachmittag. Caspar legte das Messer auf die Werkbank und reckte sich. Es kam ihm vor, als erwachte er aus einem langen Traum. In der Werkstatt war es still, genau wie in der Wohnung nebenan. Als Caspar ins Hinterhaus gekommen war, hatte Anatol ihn nur knapp begrüßt, um sich dann mit Elsa in den Theaterfundus zurückzuziehen, der über der Werkstatt lag. Dort auf dem Dachboden wurden alle Marionetten und auch Bühnenbilder aus alten Stücken aufbewahrt. Caspar war das ganz recht gewesen. So hatte er seine Ruhe gehabt und konnte unbequemen Fragen nach dem Messer aus dem Weg gehen.

Jetzt nahm Caspar den Handfeger vom Haken und fegte die Späne zusammen. In der Mitte der Werkbank stand das Holzstück, das er mit dem Messer bearbeitet hatte. Er atmete ganz flach, während er den Kopf betrachtete. Er war wirklich gut geworden. Es sah aus, als lachte Till ihm direkt ins Gesicht. Sogar die Augen, die beim Marionettenschnitzen immer besonders heikel waren, hatten exakt die richtige Form und

Größe – genau so schaute sein kleiner Bruder, wenn er fröhlich war.
Caspar strich über die Innenseite seiner rechten Hand. In der Daumenmulde hatte er eine dicke Blase. Es tat weh. Mit dieser Hand konnte er heute nicht mehr schnitzen. Und bald würde der einäugige Fremde kommen, um sein Messer abzuholen. Caspar presste die Lippen zusammen. Er wollte das Messer nicht hergeben. Wenn er es doch nur irgendwie behalten könnte. Für so ein Messer hätte er alles gegeben.
Hinter ihm ging die Tür auf.
»Caspar?« Es war Papa. »Was sitzt du denn hier im Dunkeln?«
Er schaltete die große Deckenbeleuchtung an. Knisternd sprangen die Leuchtstoffröhren an. Plötzlich war es sehr hell.
Unauffällig schob Caspar das geliehene Messer unter die Holzstücke der Puppe. Er wollte nicht, dass sein Vater fragte, woher er es hatte. Abgesehen davon, dass er in den Augen seines Vaters dafür hundertpro noch zu jung war.
»Kommst du?«, fragte sein Vater und legte ihm die Hand auf die Schulter. »Wir wollen nicht zu spät essen.«
»Sofort«, sagte Caspar und tat, als würde er die Werkbank abfegen.
Er wollte unbedingt, dass sein Vater den Marionettenkopf entdeckte.
Noch einmal fuhr er mit dem Feger über die Arbeitsplatte.
Da hörte er seinen Vater einatmen. »Woher hast du den?«
»Wen?«, fragte Caspar.
Er wusste natürlich genau, dass sein Vater den geschnitzten Holzkopf meinte, aber er wollte es von ihm hören.

Papa griff an ihm vorbei, nahm den Kopf und betrachtete ihn von allen Seiten. »Großartig! Das ist ja unser Till!«
Caspar grinste. Sein Vater blickte ihn über den Rand seiner Brille an. »Hast du den etwa geschnitzt?« In seiner Stimme klang Verwunderung und echtes Interesse. In Caspars Bauch begann es leise zu kribbeln.
»Ja.«
»Ganz allein?«
»Hm.«
»Genau so sehen seine Wangen aus und die Augen …« Er blickte zu Caspar. »Der ist phantastisch! Eine richtig, richtig gute Arbeit!«
Das warme Kribbeln füllte jetzt seinen ganzen Bauch und durchströmte ihn von oben bis unten. Wie sein Vater ihn ansah. Es fühlte sich einfach toll an!
»Man könnte glauben, er atmet«, sagte sein Vater und stellte den Kopf beinahe andächtig zurück. »Zeigst du mir, wie du das gemacht hast?«
»Ähm, ja.«
Caspar musste schlucken. Noch immer wollte er nichts von dem geliehenen Messer erzählen, zumindest nicht sofort.
»Heute schaffen wir es leider nicht mehr.« Papa legte ihm den Arm um die Schulter. »Aber morgen musst du mir Schritt für Schritt erklären, wie du vorgegangen bist. Versprochen, mein Großer?«
Caspar fühlte noch immer den Stolz in seiner Brust. Am liebsten wäre er mit seinem Vater in der Werkstatt geblieben. Nur sie zwei.

Doch das ging natürlich nicht. Sie löschten das Licht. Bis zur Silvester-Aufführung im Theater blieben nur noch knapp zwei Stunden. Bis dahin musste ihm etwas einfallen, wie er das Messer behalten konnte. Und was er Papa erzählen wollte.

Caspar ging schon früh hinunter ins Foyer, um auf den Einäugigen zu warten. Jetzt, um kurz vor sieben, drängten sich bereits viele Theatergäste in dem kleinen Vorraum. Ständig ging die Tür auf, und es kamen immer mehr Leute herein. Caspar lehnte an der Wand neben der Garderobe. Von hier konnte er alles gut im Blick behalten. Greta half ihrer Mutter, die Sachen der Besucher in Empfang zu nehmen.

»Wollen Sie die Mütze auch abgeben?«, fragte sie freundlich.

Die kleine, stämmige Frau nahm lachend ihre Mütze ab. »Ja, gern!«

»Das macht zwei Kronen, bitte.«

Vorne am Bartresen stand Anatol und füllte ein Glas nach dem anderen. Seine Bewegungen wirkten fast mechanisch. Der Sekt schäumte hoch und lief über den Rand, aber das schien Anatol nicht zu kümmern.

»Haben Sie auch Brezeln?«, fragte ein Mann im Cordanzug.

»Im Korb dort«, antwortete Anatol, ohne von seinen Gläsern aufzublicken.

»Mama! Mama!«, rief Till von der Tür, die in den Theaterraum führte. Er stand auf Zehenspitzen und winkte seiner Mutter zu. Aber sie schien ihn gar nicht zu bemerken.

»Maaama!«, rief nun Caspar und wedelte mit der Hand in Tills Richtung.

Sie sah auf. »Ach, Till. Seid ihr schon so weit?«

»Hier ist alles paletti!«, verkündete sein kleiner Bruder.

Ihre Mutter befestigte mit einer Sicherheitsnadel die letzte Garderobennummer.

»Bin sofort hinter der Bühne!«, sagte sie und lächelte ihrem Jüngsten zu.

Caspar blickte wieder zu der Uhr über dem Tresen. Zehn nach sieben. Wo blieb der Mann nur? Wieder tastete er nach dem Messer, das er hinten in die Hosentasche gesteckt hatte. Ja, es war da. Und vorne konnte er das Geld fühlen. 136 Kronen! Alles, was er hatte. Sein gespartes Taschengeld, plus der 50 Kronen, die es zu Weihnachten immer von seinen Großeltern gab, plus der 30 Kronen, die ihm Greta geliehen hatte.

»Hast du dein Weihnachtsgeld schon ganz ausgegeben?«, hatte sie überrascht gefragt, als er sie vorhin darum gebeten hatte.

»Nein«, gab er zögerlich zu.

Das war tatsächlich noch nie vorgekommen. Greta deckte sich von ihren 50 Kronen meist, so schnell es ging, mit neuen Büchern ein, aber Caspar hob sich das Geld immer für etwas Besonderes auf.

»Wofür brauchst du denn so viel Geld?«

Caspar legte das Messer vor sie auf den Tisch. »Ich will das hier jemandem abkaufen.«

Greta strich behutsam über den Griff. »Das ist ja wunderschön!« Plötzlich erschien eine steile Falte auf ihrer Stirn.

»Hast du Mama und Papa denn gefragt, ob du es kaufen darfst?«
»Na ja, fast«, druckste Caspar.
»Also nein?« Sie ließ einfach nicht locker.
»Es ist das beste Messer der Welt! Wenn ich Mama und Papa zeige, was ich damit schnitzen kann, erlauben sie es bestimmt.«
Greta hatte ihre Holzschatulle vom Schreibtisch genommen, in der sie ihr Geld aufbewahrte. »Und du zeigst es ihnen ganz sicher?«
»Ich schwör auf meinen Tod!«, sagte er.
Sie nahm drei Zehn-Kronen-Scheine aus der Schatulle und reichte sie ihm. »Mehr geht leider nicht. Den Rest brauch ich fürs Kino nächste Woche.«
»Danke, Greta! Ich zahl's dir von meinem Taschengeld zurück.«
Die Theaterglocke läutete zum ersten Mal. In zehn Minuten begann die Aufführung. Die letzte Aufführung des Jahres.
Sein Vater öffnete die rote Doppeltür zum Theaterraum von innen und stieß die Flügel weit auf. Schon strömten die Gäste auf ihn zu, damit er ihre Karten abreißen konnte. Plaudernd und lachend standen sie in der langen Schlange, und die Vorfreude auf das neueste Stück in Winters weltberühmtem Puppentheater war mit den Händen zu greifen.
Caspar wartete bis kurz vor Mitternacht im Foyer, doch der einäugige Fremde kam nicht. Es war das erste Mal, dass er eine Uraufführung seiner Eltern verpasste.

»Süße, komm schnell!«, rief ihre Mutter Greta zu, als sie nach der Aufführung gemeinsam auf der Straße vor dem Theater standen.
»Wo ist Anatol?«, fragte Till.
»Keine Ahnung!« Greta schlang fröstelnd ihre langen Arme um sich. »Ich hab geklingelt und geklopft. Aber bei ihm ist alles dunkel.«
Sein Vater reichte Greta ein Glas. »Limo oder einen Schluck Sekt?«
»Haben wir nicht was Heißes zum Anstoßen?«, bibberte Greta.
Ihre Mutter schüttelte den Kopf. »Mach ich uns später.«
»Dann Sekt.«
Caspar stöhnte leise auf. Klar! Seine Schwester musste mal wieder voll erwachsen tun.
Mama sah zu Papa. »Meinst du, Anatol ist krank?«
Papa schenkte Greta ein.
»Nein … nein, das glaub ich nicht. Höchstwahrscheinlich hat er es sich mit einem Glas Rotwein gemütlich gemacht, statt sich in dieser Eishölle den A…llerwertesten abzufrieren.«
»Aber wir feiern immer zusammen«, widersprach seine Mutter.
»Immer!«, piepste Till.
Ja, dachte Caspar. Er konnte sich an kein einziges Silvester ohne Anatol erinnern.
»Tja, ich weiß auch nicht«, seufzte Papa. »Soll ich es noch mal versuchen?« Er blickte auf die Armbanduhr, dann

sah er in die Runde. »Oh, es geht los! Zehn … neun, acht, sieben …«
Sie zählten alle mit. »Sechs, fünf, vier …« Ihre Stimmen wurden lauter. »Drei … zwei … eins! PROST NEUJAHR!«
Als alle sich umarmt und auf das neue Jahr angestoßen hatten, stellten sie die Raketen in leere Flaschen, und jeder von ihnen durfte eine anzünden. Till war es irgendwie gelungen, sich ausgerechnet die größte Rakete auszusuchen.
»Gib deinem Bruder Windschutz«, sagte sein Vater.
Zwischen Caspars Händen ließ Till die Flamme des Feuerzeugs auflodern. »Um so ’n Oschi zu zünden, muss man schon voll groß sein! So wie wir!«, rief er aufgeregt.
»Ja, du Oschi«, erwiderte Caspar und grinste. »Wie wir!« Und er hielt schützend die Hände um die kleine Flamme, bis die Lunte brannte.
»Zurück!«, rief Caspar im nächsten Moment und zog Till an seiner Jacke von der Flasche weg. *Zisch!*, schoss die Rakete zwischen den Häusern in den Nachthimmel und explodierte in einem riesigen rot-weißen Funkenregen.
Greta war neben sie getreten, und Arm in Arm standen die drei da, die Köpfe in den Nacken gelegt, und staunten in den leuchtenden Himmel.

7. KAPITEL

Es war schon hell und sehr, sehr kalt. Caspar gähnte und drehte sich auf die andere Seite. Er war noch gar nicht richtig wach. Und er wollte auch nicht wach werden. Von allen Seiten kroch die Kälte unter seine dicke Decke und drängte sich mehr und mehr in sein Bewusstsein. Er fror von den Zehen bis zu den Ohrläppchen. Wo kam nur diese Kälte her? In seinem Traum hatte er Schritte gehört. Schritte, die über das Dach huschten. Er hatte aus dem Fenster geschaut, und direkt vor ihm war das Gesicht mit der Augenklappe erschienen! Caspar hatte schreien wollen. Aber er konnte keinen Laut von sich geben. Dann hatte die Gestalt sich von dem Fensterbrett runtergelassen. Einfach so, ohne Seil und ohne Leiter, wie es nur in Träumen möglich ist.
Caspar atmete tief ein. Es war ja nur ein Traum gewesen! Er blinzelte unter seiner Decke hervor. Ob der einäugige Fremde heute ins Theater kommen würde, um sein Messer abzuholen? Caspar tastete mit der Hand unter sein Bett, wo er das Messer hinter einem Bücherstapel versteckt hatte. Es lag noch

an seinem Platz. Die Decke fest um sich geschlungen, setzte Caspar sich auf. Sein Blick fiel auf das Fenster über seinem Bett. Der rechte Fensterflügel stand einen Spalt offen. Kein Wunder, dass er sich wie ein tiefgefrorenes Fischstäbchen fühlte. Hastig drückte er das Fenster ran und verriegelte es. Dann schlüpfte er aus dem Bett.

Im Flur war alles still. Greta und Till schliefen wohl noch. Er lief die Treppe runter. Je näher er der Küche kam, desto besser roch es nach frischem Kaffee, Speck und gebratenen Eiern. Als er in die Küche schlüpfte, sah seine Mutter zu ihm. »Ein schönes neues Jahr, mein Schatz!«, sagte sie.

»Guten Morgen!«

Ihre Haare waren zu einem losen Zopf gebunden, und über ihrem Nachthemd trug sie den großen, selbst gestrickten Wollmantel.

»Ist der Speck schon fertig?«, fragte er.

»Noch nicht ganz.«

In der Pfanne zischte das Fett. »Legst du ein Stück Holz nach?«

Caspar nahm einen großen Buchenklotz aus dem Korb und öffnete die Ofenklappe. Eine Woge warmer Luft hüllte ihn ein. Er legte das Holz auf die glühenden Anmachhölzer.

Bis sein Vater in die Küche zu ihnen kam, saß er auf der Ofenbank und sah seiner Mutter zu, wie sie den Speck briet.

»Ich habe eine Idee!«, verkündete sein Vater. Seine Augen glänzten, als ob er Fieber hätte.

»Für eine neue Puppe?«, fragte seine Mutter.

»Für ein neues Stück!«, erklärte sein Vater stolz.

»Wunderbar!«

Der Geruch des Specks zog Caspar von der Bank. Er konnte einfach nicht länger warten und stibitzte sich einen heißen, knusprigen Streifen vom Teller.

»Pfoten weg!« Seine Mutter gab ihm einen Klaps mit dem Topflappen und drückte ihrem Mann einen Stapel Teller in die Hand. »Deckst du den Tisch?« Dann sah sie zu Caspar. »Und du holst deine Schwester runter. Wir wollen alle gemeinsam frühstücken.«

»Es wird ein Stück über Hans Christian Andersen«, hörte Caspar seinen Vater noch sagen. »Ich habe es genau vor Augen!«

»Oh! Das wollten wir doch schon immer mal machen«, rief seine Mutter begeistert.

Was geht denn hier ab?, fragte Caspar sich und lief die Treppe hoch. Die Uraufführung von *Noah* lag kaum hinter ihnen. Er selbst war völlig erledigt von der Silvesternacht, und seine Eltern sprühten nur so vor Energie? Im Obergeschoss war es immer noch eiskalt. Im Vorüberlaufen hämmerte er gegen Tills Tür. Schlief der Kleine noch, oder hockte er mal wieder mit einem Comic auf dem Klo? Gretas Tür am anderen Ende des Flurs war auch noch zu. Ohne Vorwarnung stürmte er hinein. »Frühstück ist fertig!«

Seine große Schwester zuckte erschrocken zusammen. Sie stand so nah vor dem Spiegel, dass ihre Nase beinahe das Glas berührte.

»Hey, du Neandertaler«, sagte sie. »DU SOLLST ANKLOPFEN!«

Er hob beschwichtigend die Hände. »Okay, okay.«
Auf ihrer Stirn war einer dieser dicken roten Pickel, die sie neuerdings bekam.
Er wich einen Schritt zurück. »Bin schon draußen!«
Uuh, Mädchen!
Caspar machte kehrt. Tills Tür war immer noch geschlossen, und es war alles ruhig. Verdächtig ruhig. Normalerweise war Caspars kleiner Bruder sofort wach, wenn sich etwas im Flur regte. Er griff nach der Klinke. Wahrscheinlich lauerte der Kleine direkt hinter der Tür und wartete nur darauf, dass sein großer Bruder ins Zimmer kam, um sich dann mit Löwengebrüll auf ihn zu stürzen.
Langsam zog er die Tür auf. »Till!«
Caspar traute seinen Augen nicht. »Till?«
Verwirrt schaute er sich um. Er stand in Tills Zimmer, nur war da nicht mehr Tills Zimmer, sondern eine Besenkammer! An der linken Wand lehnte ein Staubsauger. Der stand sonst immer in der Flurnische hinter dem gestreiften Vorhang. Was machte der jetzt hier? An dem Platz von Tills Bett befand sich ein Metallregal mit Putzmitteln, und an der Wand waren Regale angebracht, auf denen neben einem Bügeleisen mehrere perfekt gefaltete Geschirrhandtücher lagen. Caspar atmete ein paarmal tief durch. DAS WAR NICHT MÖGLICH. Das hier war Tills Zimmer. Er würde die Augen schließen, bis drei zählen und den Zwerg zum Frühstück runterholen.
Er machte einen Schritt nach vorn und stieß mit dem Fuß gegen den Staubsauger. Zimmer konnten doch nicht einfach so

ihre Lage verändern. Schon gar nicht über Nacht! Noch ein Schritt nach vorn. Sein Herz hämmerte ihm wie wild gegen die Rippen. Das ist kein Traum! Das ist kein Traum, schrie eine Stimme in seinem Kopf.

Er machte auf dem Absatz kehrt und stolperte nach unten in die Küche.

»Ist Till bei euch?«

Sein Vater blinzelte nervös über den Rand seiner Brille, während seine Mutter ihn nicht richtig zu hören schien und weiter Rührei auf den Teller vor ihr löffelte. Es war schon ein ganzer Berg Rührei.

»Es … es ist was passiert!«, stammelte er. »Till ist weg! Und sein Zimmer auch!«

Noch immer reagierten seine Eltern nicht. Glaubten sie ihm nicht? Er rannte zu seiner Mutter und griff nach ihrem Arm. »Mama, komm! Bitte. Ich weiß, dass es nicht sein kann, aber neben meinem Zimmer ist jetzt eine Besenkammer!«

Mama legte den Löffel beiseite und sah ihn mit einem fragenden Lächeln an. »Hast du geträumt?«

»Die Kammer war schon immer da, falls du dich nicht erinnerst«, brummte sein Vater, ohne von seinem Notizbuch aufzusehen.

Wollten sie ihn an der Nase herumführen? Hatte sein Vater etwa in einer verrückten Nacht-und-Nebel-Aktion Tills Zimmer ausgeräumt? Die Frage war nur: Wo war Till?

Seine Mutter rührte weiter wie mechanisch in ihrem Becher. Sein Vater kritzelte ununterbrochen etwas in sein Heft. Aber zuckte es da nicht verräterisch um seine Mundwinkel?

Caspar atmete erleichtert auf. »Puh, das ist ja der Hammer! Ihr habt mich voll erwischt«, sagte er kopfschüttelnd. »Gehört das verschwundene Zimmer schon mit zu deiner neuen Theateridee, Papa?«

Sein Vater blickte stirnrunzelnd von seinem Heft auf. »Wovon redest du eigentlich, Caspar?«

»Wer ist denn dieser Junge, der dich so beschäftigt?«, fragte seine Mutter. »Ein neuer Klassenkamerad?«

Capar blickte von einem zum anderen. Er fühlte einen Kloß in seinem Hals. Warum machten seine Eltern das? Warum taten sie so, als wüssten sie nicht, wer Till war?

»Till«, sagte er. »Unser Till.«

Er las es in ihren leeren Augen. Sie kannten keinen Till. Der Boden, auf dem er eben noch sicher gestanden hatte, brach unter ihm weg, und er fiel, stürzte tiefer und tiefer. Und mit Schrecken begriff er die ganze Wahrheit: Seine Eltern hatten Till vergessen.

Er hatte keine Vorstellung, wie viel Zeit vergangen war, als ihn jemand von hinten an der Schulter berührte und aus seiner Versteinerung weckte.

»Caspar?«

Er drehte sich um. Seine Schwester stand hinter ihm, und ihr Gesicht war leichenblass.

»Guten Morgen, meine Große!«, trällerte seine Mutter fröhlich. »Da bist du ja endlich. Möchtest du ein Brötchen?«

Greta beachtete sie gar nicht. Ihre kalte Hand schob sich in Caspars. »Ich muss dir was zeigen«, wisperte sie, und sie zog

ihn mit nach draußen ins Treppenhaus zu der Wand, an der die Familienbilder hingen.
»Da!« Sie deutete auf das Foto, das sie im vergangenen Sommer beim Puppentheater-Festival aufgenommen hatten. Gemeinsam mit Mama, Papa und Anatol hatten auch die drei Kinder auf der Bühne gestanden und sich verbeugt. Caspar bemerkte die leere Stelle zwischen Anatol und Greta sofort: Es fehlte Till!
»Verdammt, wie kann das …«, begann er, aber seine Schwester zog ihn schon weiter die Stufen der Treppe hoch.
Auf dem nächsten Bild standen Papa und Anatol Seite an Seite vor der großen Säge in der Werkstatt, und zwischen ihnen hockte Elsa, seltsam in der Luft schwebend, so als säße sie auf etwas Unsichtbarem.
Greta strich über die leere Stelle. »Till!«
Caspar konnte es nicht fassen. Sie schlichen von Foto zu Foto: Geburtstags- und Weihnachtsbilder, Schnappschüsse und Urlaubsfotos, Bilder aus der Babyzeit und der Einschulung – Till war von jedem einzelnen Bild verschwunden!
Dann standen sie vor dem letzten Foto, einer Aufnahme aus den vorletzten Winterferien. Eine Woche waren sie mit Mama in Norwegen gewesen, während Papa sich mit Anatol in der Werkstatt eingeschlossen hatte, um alte Marionetten zu reparieren und instand zu setzen. Sie hatten das Bild mit Selbstauslöser gemacht. »Damit wir alle drauf sind«, hatte seine Mutter gesagt. Greta und Mama standen hinter dem Schlitten, auf dem jetzt nur noch Caspar allein saß. Lachend hielt er eine grüne Pudelmütze in der Hand. Tills Pudelmütze, die er sei-

nem Bruder genau in dem Moment vom Kopf gezogen hatte, als das Bild gemacht wurde.
Er blinzelte zu seiner Schwester.
»Was geschieht hier?«, flüsterte sie. »Wo ist Till?«
Er konnte die Angst in ihrer Stimme hören.
»Ich weiß nicht. Hast du sein Zimmer gesehen?«, fragte er.
Greta nickte. »Es … ist, als hätte ihn jemand ausradiert.«
Ja, dachte Caspar. Ausradiert aus ihrem Haus, den Fotos und, was am allerschlimmsten war: sogar aus der Erinnerung ihrer Eltern.
»Aber das kann einfach nicht sein«, stieß Greta hervor. »Till kann nicht plötzlich spurlos verschwinden!«
Sie gingen die letzten Stufen hoch, bis sie den Flur erreichten und vor Tills Zimmertür standen.
»Nein, es muss eine Erklärung geben«, nickte Caspar.
»Vielleicht ist letzte Nacht etwas Schreckliches passiert, und Till hat sich versteckt«, sagte sie.
»Oder er wurde entführt«, überlegte Caspar laut.
Die Geschwister sahen zu der halb offenen Tür, hinter der die Besenkammer lag.
»Dann müssen wir zur Polizei!«, sagte Greta.
Plötzlich kamen Caspar wieder die Schritte in den Sinn, die er im Traum gehört hatte. Und wenn das gar kein Traum gewesen war? Wenn der einäugige Fremde tatsächlich durch sein Fenster geschaut hatte. Wenn …, und alles in Caspar sträubte sich gegen den Gedanken, … wenn der Fremde Till mitgenommen hatte?
»Caspar?« Greta rüttelte an seinem Arm.

»Äh, ja?«

»Ich hab gefragt, ob dir in den letzten Tagen irgendetwas aufgefallen ist«, sagte sie. »Etwas Ungewöhnliches?«

Er starrte sie stumm an.

»Caspar?!«

Etwas Ungewöhnliches?, dachte er. Der Fremde mit der Augen-klappe, das phantastische Messer, die Puppe ohne Kopf? Caspar wusste gar nicht, wo er anfangen sollte.

»Sag doch was!«

Er schwieg.

Der Kopf! Der Kopf, dem er Tills Gesicht gegeben hatte.

»Ich bin gleich wieder da«, sagte er.

»Okay.« Greta zog die Tür zögerlich auf. Caspar sah, dass ihre Oberlippe zitterte. »Ich schau mich hier noch etwas um.«

8. KAPITEL

Caspar wollte in die Werkstatt stürmen, aber die Tür war abgeschlossen, und es brannte kein Licht. Wo war Anatol? Eilig fischte Caspar die Schlüssel aus der alten Schiffsglocke, die neben der Tür hing. Für gewöhnlich war der Geselle immer der Erste, der aufstand und die Maschinen warm laufen ließ. Caspar biss die Zähne zusammen. Heute schien einfach nichts so zu sein, wie er es kannte.

Er machte sich nicht die Mühe, das Licht einzuschalten, sondern lief direkt zur Werkbank. Dort hatten er und sein Vater den Kopf am Vorabend liegen lassen.

Die Werkbank war leer! Caspars Atem ging schneller. Die Puppenteile und der geschnitzte Kopf waren verschwunden. Und während Caspar noch versuchte zu verstehen, was das bedeuten könnte, fiel ihm ein, wie der Geselle auf die Holzteile der Puppe reagiert hatte. »Wirf sie in den Ofen«, hatte er ihm geraten.

»Anatol!« Ihm brach die Stimme, und es kam nur ein leises Husten raus. Er atmete einmal tief durch. »Anatol!«, rief er jetzt lauter. Himmel, er musste mit jemandem sprechen, der ihm sagen konnte, was hier geschah. Jemand, der ihm helfen konnte, Till zu finden.

»ANATOL!« Dieses Mal brüllte er den Namen.

In der Werkstatt blieb es mucksmäuschenstill. Nicht einmal Elsa ließ sich blicken. Caspar hämmerte an Anatols Wohnungstür. Nichts rührte sich. Caspar war kurz davor, aufzugeben und ins Vorderhaus zu Greta zurückzulaufen, als er über sich ein Knarren hörte. Der Fundus, natürlich! Anatol war oben auf dem Dachboden.

Er rannte zu der Wendeltreppe, die am anderen Ende der Werkstatt hoch in den Fundus führte, und die Metallstufen hinauf.

Als er den oberen Absatz erreichte, musste er sich kurz an der Wand abstützen, so schwindlig war ihm. Die Tür vor ihm war nur angelehnt.

Der Marionettenfundus war riesig. Er erstreckte sich über die gesamte Dachfläche der Werkstatt sowie der sich anschließenden Wohnung von Anatol und bestand aus drei Abteilungen: In den hohen Regalen ganz vorn hingen die neueren Puppen, sorgfältig eingehüllt in durchsichtige Plastikhüllen. Auch Caspars Lieblingsmarionetten – der Feuerspucker und das Skelett – waren dabei. Gleich dahinter, in den hohen Doppelregalen, wurden die Marionetten der vergangenen Jahrzehnte und sogar Jahrhunderte aufbewahrt. Die jüngsten stammten noch aus den neunzehnhundertneunziger Jahren, die ältesten waren über zweihundert Jahre alt. Caspar lief durch die Gänge. Ganz am Ende des Fundus gab es die klimatisierten

Vitrinen, in denen die ältesten Puppen des Theaters lagerten. Einige von ihnen hatte Caspars Vorfahr, Broder Winter, höchstpersönlich geschnitzt. Die älteste Puppe, die sie besaßen – der große Falter – war fast dreihundert Jahre alt.

An anderen Tagen, wenn Caspar hier oben herumstrich, hatte er oft das Gefühl, die Puppen wollten ihm von ihren Auftritten und Geschichten erzählen, doch heute schien es ihm, als hingen sie nur leblos an ihren Fäden. Er schlitterte um das letzte hohe Regal und erreichte die historische Sammlung, wo unter dem großen Dachfenster ein Tisch stand. »Anatol, bist du hier?«

Trotz des Lichts, das sich von draußen hereinstahl, brannte eine Lampe. Und tatsächlich, hier saß Anatol, tief über eines der alten Archivbücher gebeugt. Als er Caspar bemerkte, zuckte er zusammen.

Caspar eilte auf ihn zu. »Anatol! Till ist verschwunden! Einfach weg, und Mama und Papa sind ganz komisch. Sie … sie erinnern sich gar nicht an ihn.«

Anatol führte die Zigarette zum Mund. Ohne Caspar anzusehen, blätterte er eine Seite um. Der Rauchfaden seiner Zigarette wand sich in einer perfekten Spirale nach oben. Caspar spürte, wie ein Schluchzen in seiner Kehle aufstieg.

»Anatol, hörst du denn nicht?« Er packte den Gesellen am Arm und rüttelte ihn. »Wir müssen Till suchen!«

Endlich blickte Anatol auf. Sein Gesicht sah plötzlich uralt aus. »Unmöglich«, flüsterte er.

Caspar umklammerte die Tischkante. »Also hast du ihn nicht vergessen? Nicht wahr?! Du weißt noch, wer unser Till ist?«

Anatol atmete aus und klappte das schwarz eingebundene Buch zu. »Manchmal ist es leichter zu vergessen, als zu suchen.« Wieder starrte er an Caspar vorbei.

Was redete der Geselle denn da?

»Vergessen? Ich werd Till nicht vergessen!«, rief Caspar. »Ich dachte …«

Aber Anatol unterbrach ihn. »Du wirst vergessen.« Jetzt sah er ihn direkt an. Augen wie schwarze Löcher, in denen alles verschwand. Caspar konnte nicht wegsehen.

In diesem Moment ertönte über ihnen ein lautes »Tschätschätschäk!«

Automatisch legte Caspar den Kopf in den Nacken. Weit oben an der Rückwand des Raums entdeckte er die Elster. Sie schlüpfte gerade aus einem kleinen Loch in der Wand, breitete die Flügel aus und flog direkt auf Anatol zu. Einen Moment später landete sie auf seinem ausgestreckten Arm.

Caspar blinzelte hoch zu dem kleinen Loch. War das schon immer dort gewesen?

»Gräh, gräh. GUTEN TAG!«, krächzte Elsa mit aufgeplustertem Brustgefieder. »GUTEN TAG, tschätschätschäk!«

Caspars Herz zog sich zusammen. Das waren genau die Worte, die Till ihr beigebracht hatte. Er rannte um den Tisch und fasste mit beiden Händen Anatols Arm. »Bitte, Anatol!«, flehte er. »Du musst uns helfen.«

Mit versteinertem Gesicht schob Anatol Caspar in Richtung des Gangs.

»Anatol, weißt du etwas? Hat Tills Verschwinden mit dieser Puppe zu tun?«

Er erhielt keine Antwort.
»Greta erinnert sich auch noch«, versuchte Caspar es ein weiteres Mal. »Nur Mama und Papa … Aber wenn du mit ihnen redest …« Caspar fühlte, wie sein Hals immer enger wurde, so als hätte ihm jemand eine Schlinge darumgelegt.
Anatol schob ihn weiter. »In ein paar Tagen ist es vorbei.«
»Wie *vorbei*? Nein!«
»Nicht kämpfen.« Anatols große Hand legte sich auf seine Schulter. »Dann geht es leichter.«
Mit diesen Worten bugsierte er ihn nach draußen, zog die Tür fest von innen zu und drehte hörbar den Schlüssel um.
Caspar sackte in sich zusammen. Noch nie hatte er sich so hilflos gefühlt. Wie eine Marionette, der man sämtliche Fäden durchgeschnitten hatte.

9. KAPITEL

»Wo warst du?«, flüsterte Greta, als er in ihr Zimmer schlüpfte.

»Bei Anatol«, sagte Caspar heiser.

»Weiß er, wo Till ist?« Mit aufgelöstem Zopf hockte sie auf dem Fußboden zwischen Büchern und Klamotten und wühlte in einem Blätterhaufen. In ihrem Zimmer sah es aus wie nach einem Wirbelsturm.

Caspar schüttelte den Kopf. »Nein, weiß er nicht.« Aber stimmte das eigentlich? Was hatte Anatol genau gesagt? Er hatte behauptet, dass es unmöglich sei, Till zu finden. »Er wird uns jedenfalls nicht helfen, ihn zu suchen«, setzte er hinzu. »Er hat mich einfach rausgeschmissen!« Seine Stimme klang hart vor lauter Enttäuschung.

»Er hat *was*?« Greta sah ihn aus großen Augen an.

»Er wollte mir nicht zuhören, dabei erinnert er sich noch an Till, genau wie wir.« Caspar versuchte, einen klaren Gedanken zu fassen. Was sollten sie jetzt tun? Wo sollten sie weitermachen? »Hast du in der Zwischenzeit etwas gefunden?«, fragte er mutlos.

Greta knabberte an ihrer Unterlippe. »Ich kann dir sagen, was alles fehlt«, seufzte sie. »Tills Zahnbürste ist weg und alle seine Klamotten, die selbst gemalten Bilder am Kühlschrank, seine Trinkflasche, die Sachen, die an der Garderobe hingen. Eigentlich alles.« Sie hob ein paar von den Blättern und Heften auf. »Sogar die Fotos, die ich in meine Tagebücher geklebt hatte!«

Caspar schluckte. Das hier war keine normale Entführung. Irgendwo, ging es ihm durch den Kopf, schien es jemanden zu geben, der unerbittlich auch noch den kleinsten Faden auftrennte, der seinen kleinen Bruder mit ihrer Familie verband.

Caspar überlegte. Es musste eine Spur geben, irgendetwas.

Plötzlich kam ihm eine Idee.

»Die Nachricht! Was ist mit der Nachricht auf deinem Handy?«

Greta sah ihn verdutzt an. »Welche Nachricht?«

»Vorgestern Abend, nach dem letzten Probedurchlauf im Theater, bist du doch zu Elvira.«

Greta nickte.

»Mama brauchte noch ein paar Sachen vom Laden und wollte, dass du sie auf dem Rückweg mitbringst«, fuhr Caspar fort. »Till hat dich angerufen. Er wollte unbedingt allein deine Nummer wählen, ich musste sie ihm aufschreiben. Aber er hat dich nicht erreicht und dir dann ganz stolz auf die Mailbox gesprochen.«

Greta nahm ihr Telefon. »Ehrlich?«, sagte sie mit zitternder Stimme. »Das hab ich gar nicht gesehen. Vorgestern war

mein Akku alle, und gestern hatte Mama das Handy eingezogen.« Sie verdrehte die Augen. »Du weißt schon, weil meine *Medienzeit* vorbei war.« Schnell scrollte sie durch den Bildschirm. »Das muss sie sein«, sagte sie triumphierend.
Caspar hockte sich neben seine Schwester. Dann berührte sie den Bildschirm.
»Hallooo, Greta!«, erklang Tills fröhliche Stimme.
Caspar zuckte zusammen, als hätte ihn etwas gestochen.
»Mama sagt, du sollst zwei Liter Milch mitbringen und … äh … und einen Becher Sahne«, quasselte er munter weiter. »Und ich hab ganz allein gewählt. Tschüss, Greti, bis gleich!«
Die beiden Geschwister sahen sich an, und im nächsten Augenblick war Caspar auch schon aufgesprungen.
»Dein Handy war aus, und deshalb ist die Nachricht nicht gelöscht worden«, rief er. »Komm, wir spielen das gleich Mama vor. Das ist der Beweis. Wenn sie Till hört, muss sie sich einfach erinnern!«

Ihre Mutter saß an der Nähmaschine, als sie zu zweit auf sie zustürmten.
»Mama!«, rief Greta atemlos. »Hör mal …«
Ihre Mutter nahm den Fuß vom Pedal und lächelte ihnen zu. »Schaut, ich nähe die neuen Vorhänge für unser Schaufenster! Sind die nicht wunderschön?«
Caspar biss die Zähne zusammen. Wie konnte seine Mutter hier in aller Ruhe vor sich hin nähen, wo ihr jüngster Sohn spurlos verschwunden war?

»Wir wollen dir etwas vorspielen«, unterbrach Caspar sie und stellte sich neben Greta. »Eine Nachricht von *Till*!«
Wieder sah ihre Mutter sie mit diesem fragenden Blick an, ganz so, als hätte sie den Namen ihres jüngsten Kindes noch nie gehört.
Sie verschränkte die Arme vor der Brust. »Na gut«, sagte sie. »Der muss ja wirklich furchtbar wichtig sein, dieser Till.«
»Hör einfach zu, Mama«, sagte Greta und hielt ihr das Telefon hin.
»Hallooo, Gr… *schrkrrrr* … zwei … *knkknnnnn* … Sah… *sch*…« Es knackte, es knisterte, und alles, was sie mit einem Mal nur noch hören konnten, war ein dumpfes Rauschen.
Die Nachricht war weg.

Den ganzen Tag über kam es Caspar vor, als verwandelte sich ihr Zuhause unmerklich in eine sonderbare Kulisse, und je länger Greta und er nach Till suchten, desto dichter wurde der Nebel, der sich über alles Vertraute legte. Seit er am Morgen Tills Zimmer geöffnet und stattdessen eine Besenkammer gefunden hatte, waren lauter Dinge geschehen, die nicht in seine Welt gehörten.
Inzwischen war es Nacht geworden. Caspar kniete vor seinem Bett und holte das geliehene Messer hervor, das er vorläufig in sein altes Lederetui gesteckt hatte. Seltsamerweise passte es perfekt. Noch immer wusste er nicht, wie das alles zusammenhing. Die Puppe in seinem Rucksack. Der Besuch des Einäugigen. Das Messer. Und Tills Verschwinden.
Hätte er sich dieses Messer nur niemals geborgt! Funkelnd lag

es jetzt vor ihm auf dem Boden. Eines war sicher: Egal, was passierte, mit diesem Messer würde er nie, nie wieder schnitzen! Er schob es zurück in die Hülle und steckte sie sich hinten in die Hosentasche. Leise verließ er sein Zimmer und ging zu Greta. Als er ihre Tür öffnete, sah er seine Schwester auf dem Bett liegen und schlafen. Auch als er sie sachte rüttelte, wachte sie nicht auf.

Plötzlich merkte er, wie müde er selbst war. Total am Ende. Inzwischen war es Nacht geworden, und für einen Moment wünschte Caspar sich, einfach schlafen zu können. »Nicht kämpfen«, hörte er wieder Anatols Stimme. »Dann geht es leichter.«

Lautlos zog er die Tür hinter sich zu und schlich die Treppe nach unten. Er durfte jetzt nicht schlafen. Nicht, wenn Till immer noch verschwunden war.

Caspar und Greta hatten im Laufe des Tages das komplette Theater auf den Kopf gestellt. Dreimal hatte er oben vor der Tür des Fundus gestanden, einmal zusammen mit Greta. Sie hatten an der Klinke gerüttelt, Anatols Namen gerufen, alles vergebens. Die Tür blieb verschlossen, und auch in der Wohnung öffnete ihnen niemand. Caspars Eltern behaupteten, den Gesellen den ganzen Tag über nicht gesehen zu haben, und schienen sich nicht mal darüber zu wundern.

Je mehr Zeit verstrich, desto überzeugter war Caspar, dass er den Gesellen am Vormittag nicht zufällig auf dem Dachboden getroffen hatte. Warum nur war Anatol so erpicht darauf gewesen, ihn loszuwerden und aus dem Fundus zu bringen?

Hatte Caspar ihn bei etwas Geheimem unterbrochen? Was genau hatte er dort oben bloß getrieben?
Caspar ballte die Fäuste. Wenn es mit Tills Verschwinden zusammenhing, würde er es herausfinden, koste es, was es wolle. Schließlich ging es um seinen kleinen Bruder.
Er sah auf die Uhr. Es war weit nach Mitternacht. Um diese Zeit schlief Anatol sicher längst.
Lautlos stahl er sich durch die Hintertür, glitt in die stockdunkle Werkstatt und tastete sich zwischen den großen Maschinen durch den Raum. Am Fuß der Wendeltreppe zog er seine Schuhe aus. Wenn er auf Socken hochstieg, würde er es vielleicht schaffen, so leise zu sein, dass er Anatol unten in seiner Wohnung nicht weckte. Er machte den ersten Schritt und schrie vor Schreck beinahe auf.
»Elsa!«, zischte er. Direkt neben ihm auf dem Geländer hockte der schmale Vogel und reckte ihm den Kopf entgegen. »Gräh! Gräh, gräh!«
»Pscht! Komm schon her!«, flüsterte er und hielt ihr die Hand hin.
Ein Federrascheln, dann fühlte er ihre Krallen, die sich an seinem Pulli festhielten. Vorsichtig tastete er sich weiter voran. Gleich musste die lose Stufe kommen. Langsam schob er den Fuß vor, und da war sie! Es schepperte kurz, als das lose Metall der Stufe gegen das Metall des Geländers kam.
Für ein paar Sekunden blieb Caspar regungslos stehen und wartete. Elsa reckte ihren Hals und drehte den Kopf, als lauschte sie gemeinsam mit ihm. Doch von Anatol war nichts zu hören.

»Er schläft«, flüsterte Caspar der Elster erleichtert zu.
In dieser Nacht, so kam es Caspar vor, schienen alle tiefer zu schlafen als sonst. Er traute sich erst, seine Taschenlampe einzuschalten, als er die Tür zum Marionettenfundus erreicht hatte. Noch nie war er nachts dort oben gewesen, und noch nie allein. Wie riesige Mauern ragten die Regale vor ihm auf.
Den Lichtstrahl vor sich auf den Boden gerichtet, tastete Caspar sich durch die undurchdringliche Dunkelheit. Dicht neben ihm knisterte etwas. Waren das Mäuse? Er leuchtete in die Ecke, aus der das Geräusch gekommen war. Wie eingesponnene Raupen hingen die Marionetten in ihren hellen Hüllen. Im Schein der Taschenlampe beobachteten sie ihn durch das transparente Plastik, das ihre Gesichter frei ließ. Das sind nur Marionetten!, sagte er sich. Bemaltes Holz! Trotzdem hatte er das Gefühl, als beobachteten Hunderte von Augen jeden seiner Schritte. Unwillkürlich tastete er mit der freien Hand nach dem Messer. Der Griff schien sich in seine Hand zu schmiegen. Caspar atmete zittrig auf. Obwohl er wusste, dass es falsch gewesen war, das Messer von dem Fremden anzunehmen, fühlte er sich damit jetzt weniger schutzlos.
Als er hinter dem letzten Regal zu dem Schreibtisch kam, flog Elsa von seiner Schulter auf. Er hörte ihr Flügelschlagen und fing sie mit dem Lichtkegel gerade noch ein, bevor sie oben durch das Loch schlüpfte, das Caspar während seines Gesprächs mit dem Gesellen entdeckt hatte.
Ob es wohl nach draußen führte? Das konnte er sich allerdings kaum vorstellen. Denn weder sein Vater noch Anatol hätten

ein Loch in der Außenwand des Fundus – zur Schatzkammer des winterschen Puppenimperiums – geduldet. Nicht einmal für Elsa. Abgesehen davon hätte von draußen ja kalte Luft hereinwehen müssen. Nachdenklich leuchtete Caspar über die Wand.

Und was, wenn sich hinter dieser Wand noch etwas befand? So etwas wie eine verborgene Kammer vielleicht?

Vorsichtig stieg Caspar über eine Falte, die der ausgefranste Perserteppich unter dem Schreibtisch geworfen hatte. Aus dem Augenwinkel bemerkte er eine Spur Asche, die auf den Teppich gefallen war.

Oben auf den Vitrinen standen die schweren, ledergebundenen Verzeichnisse. Das schwarze Buch, das Anatol am Nachmittag so schnell zugeklappt hatte, war jedoch nicht darunter.

Caspar betrachtete die gemauerte Wand. Nichts deutete darauf hin, dass es hier irgendwo eine Tür oder einen Zugang gab. Er klopfte gegen die weiß getünchten Steine. Gab es vielleicht irgendwo eine hohle Stelle? Oder einen losen Stein? Caspar hockte sich hin, um die Fußbodenleiste genauer zu untersuchen. Elsas Einflugloch lag etwa drei Meter über ihm. Gründlich klopfte er Stein für Stein ab und kroch bis zur niedrigsten Stelle der Dachschräge. Aber auch hier war die Mauer bis zum letzten Stein fest, und es gab keinerlei Hohlraum. Hatte er sich getäuscht? Ihm war kalt, und plötzlich fühlte er, wie müde er war. Erschöpft ließ er sich auf den Stuhl sinken und legte den Kopf auf die Tischplatte. *Nicht kämpfen*, hörte er wieder Anatols Stimme. *Nicht kämpfen.*

Seine Augen fielen ihm zu, er konnte nichts mehr dagegen

tun. Nur für einen Moment schlafen. Und morgen – das ahnte er –, morgen war ein ganz neuer Tag. Ein Tag, an dem er nicht mehr kämpfen musste! Schon im Halbschlaf rutschte er ein kleines Stück nach vorn, um es sich bequemer zu machen, da pickte ihn etwas in die Hand. »Gräh, gräh«, machte es leise, und wieder zwickte ihn etwas in den Handrücken.

»Elsa«, fuhr Caspar hoch. Sein Herz schlug schnell. Er durfte nicht schlafen! Noch halb benommen, griff er seine Taschenlampe und richtete sich auf. Unten zu seinen Füßen trippelte Elsa flügelschlagend über die Stelle, wo die Asche hingefallen war.

Was hatte sie bloß? Aufgeregt hüpfte die Elster um die Falte herum, die der Teppich geworfen hatte.

»Willst du mir etwas zeigen?« Als Caspar sich neben sie kniete, fühlte er etwas Hartes unter dem Teppich. Mit einer Hand hob er ihn zur Seite und leuchtete auf die Dielen darunter. Als Erstes entdeckte er den runden Metallring und dann den quadratischen Umriss. Es war eine Falltür! »Super, Elsa!«, wisperte er.

Nach ein paar Anläufen gelang es ihm endlich, den Teppich über der Falltür zur Seite zu rollen. Nun konnte er den runden Metallring greifen. Er glänzte genau so, wie Metall glänzt, das regelmäßig berührt wird.

Caspar zog die Klappe hoch und leuchtete mit seiner Taschenlampe in die Öffnung. Nur einen guten Meter unter ihm befand sich ein zweiter Boden. Als Caspar sich weiter in das Loch beugte, sah er, dass es dort einen niedrigen Zwischenraum gab. Caspar schloss kurz die Augen. Er fürchtete sich.

Er wollte nicht in dieses dunkle Loch steigen. Doch er wusste, wenn er Till wiederfinden wollte, dann musste er.
Als er sich nach unten gleiten ließ, fiel ihm beinahe die Taschenlampe aus der Hand. Der Zwischenraum war so niedrig, dass er sich ganz klein machen musste. Über ihm verliefen dicke Balken, und der Boden war aus groben Brettern zusammengezimmert. Was war das hier? Eine Art Zwischenboden? Anatol konnte hier vermutlich nur auf allen vieren durchkriechen. Caspar bewegte sich vorwärts und begann dabei, seine Schritte genau zu zählen. Bald musste er sich unter der Außenwand befinden. Dann machte der Gang eine scharfe Biegung nach rechts und endete nach wenigen Metern abrupt vor einer schwarzen Mauer. Caspar richtete die Taschenlampe nach oben. Sein Atem ging flach, als er eine zweite Falltür entdeckte. Der Ausgang! Er holte einmal tief Luft und drückte die Klappe nach oben.

»Grääääh! Grääääh!«, ertönte der Begrüßungsruf der Elster, und ein kleiner gefiederter Kopf reckte sich ihm entgegen.
»Hej, da bist du ja schon!«, flüsterte Caspar erleichtert.
Noch bevor er etwas sehen konnte, stieg ihm der würzige Geruch von Tabak und kaltem Rauch in die Nase. Es konnte kein Zweifel bestehen: Er hatte Anatols Versteck gefunden! Entschlossen stemmte er sich an der Kante hoch, kletterte hinauf und richtete die Taschenlampe in die tintenschwarze Finsternis vor ihm.
Der geheime Raum war nicht mehr als eine lang gestreckte Kammer. Caspar schaute sich um. Die Wände waren tape-

ziert, links stand ein Stehpult, rechts ein schmales Bett und weiter hinten am Ende des Raums ein Schrank. Neben ihm flatterte Elsa auf und flog auf das Stehpult zu. Caspar machte ein paar Schritte in den Raum und leuchtete über die Wände. Plötzlich blieb sein Blick an etwas hängen. Das, was er für eine gemusterte Tapete gehalten hatte, war in Wirklichkeit eine Bemalung! Die Farbe war ziemlich dick aufgetragen, und als er mit der Hand darüberfuhr, konnte er die Striche fühlen. Es waren Fünferbündel, wie er sie aus dem Mathematikunterricht kannte, Hunderte und Aberhunderte von Strichen, die jemand sorgfältig an die Wände gemalt hatte. Staunend ließ Caspar den hellen Lichtkegel weiter über die Wand wandern. An manchen Stellen tauchte eine kleine Zahl zwischen den Fünferbündeln auf. »Eintausendsiebenhundertsechzehn«, las er die erste Zahl leise vor. Einige Meter weiter rechts kam die Eintausendsiebenhundertsechsundsechzig. Caspar tastete sich weiter in den Raum hinein. Direkt neben dem Schrank entdeckte er eine dritte Zahl. Eintausendachthundertsechzehn. Ein merkwürdiger Gedanke formte sich in seinem Kopf. Sollten diese Striche vielleicht eine Art Kalender sein? Caspar leuchtete zu der ersten Zahl zurück. Aber das bedeutete ja, dass die Zahl für das Jahr 1716 stand! Caspar schüttelte unwillkürlich den Kopf. War das nicht das Jahr, in dem ihr Theater gegründet worden war?

Elsa, die ihm bis jetzt still vom Stehpult aus zugesehen hatte, hob sich nun in die Luft, drehte mehrere Kreise zwischen den Dachbalken und landete dann oben auf dem Schrank.

Er war aus dunklem Holz gearbeitet, etwa so groß wie ein alter

Überseekoffer und stand auf vier schmalen Beinen. Caspar strich über die Schnitzereien an der seitlichen Wand.
»*Anno domini 1666 Rex Christian II. Licet urgeant regnum Danicum fata varia …*«, begann er die Buchstaben zu entziffern. Verdammt, das war Latein. Seine Schwester hatte in der Schule Latein. Und genau deswegen hatte er sich für Spanisch entschieden. Jetzt ärgerte er sich, dass er sich nicht mehr Mühe gegeben hatte, sie zu wecken. Am besten, dachte er, schrieb er die geschnitzte Inschrift ab, dann konnte er sie Greta später zeigen. Aber vorher wollte er sich den Schrank noch genauer ansehen. Seine Türen waren ebenfalls mit einem kunstvoll geschnitzten Rahmen eingefasst: Blüten, Blätter und geheimnisvolle Zeichen, die aussahen wie geschwungene Zweige, traten reliefartig aus dem glänzenden Holz hervor. In der Mitte hing ein Siegel aus rotem Wachs. Caspar beugte sich vor, um es genauer zu untersuchen. In der Mitte des Siegels war ein großer Falter eingeprägt. Es war nicht möglich, den Schrank zu öffnen, ohne das Siegel zu zerbrechen.
Caspar blinzelte zu Elsa hoch, die ihn aufmerksam beäugte. »Ich muss es tun«, sagte er.

10. KAPITEL

Mit beiden Händen fasste er das Siegel und brach es durch. Dann öffnete er die Schranktüren.
Die Elster stieß ein leises Krächzen aus und hüpfte ein Stück nach vorn, so als wollte sie auch wirklich nichts verpassen.
Caspar brauchte einen Moment, um zu begreifen, was er sah. Die Innenseiten des Schranks waren komplett verspiegelt, und für einen Augenblick meinte Caspar fast, er blicke in einen tiefen Raum. Im Licht seiner Taschenlampe, das sich an allen Seiten spiegelte, schienen die Marionetten darin zu tanzen. Es waren Marionetten, die er noch nie in seinem Leben gesehen hatte – bis auf eine. Zögernd streckte er die Hand aus und streichelte über die rote Mähne. »Hallo, roter Löwe!«, flüsterte Caspar mit erstickter Stimme. Endlich hatte er etwas von Till gefunden! Der rote Löwe war noch nicht verschwunden. Mit ihm konnte er beweisen, dass Till Winter keine Phantasiegestalt war, mit ihm konnte er Mama und Papa wachrütteln und sie daran erinnern, dass sie noch einen Sohn hatten.

Möglicherweise waren auf dem Holz sogar noch Tills Fingerabdrücke, und sie konnten damit zur Polizei gehen, wie Greta es vorgeschlagen hatte.

Behutsam nahm er die Marionette vom Haken. Der Löwe lachte ihn glücklich an, und gleich fühlte sich Caspar etwas leichter. Er lacht genau wie Till, dachte er. Caspar kannte keinen Menschen auf der Welt, der ein so ansteckendes und glückliches Lachen hatte wie sein kleiner Bruder, und ein kleiner Funken dieses Lachens blitzte auf der geschnitzten Löwenschnauze auf.

»Häng ihn zurück.«

Caspar wirbelte herum. Er hatte Anatol nicht einmal kommen hören.

»Häng ihn zurück«, wiederholte der Geselle mit brüchiger Stimme.

Instinktiv presste Caspar die Marionette an sich. Er würde Tills Löwen nicht hergeben!

Anatols Augenbrauen zuckten, dann kam er auf ihn zu. Er sprach noch leiser als sonst. »Casparo, es ist spät.«

Casparo! So hat er mich früher genannt. Früher, als ich klein war, fuhr es Caspar durch den Kopf.

»Sehr spät.«

Nun stand der Geselle direkt vor ihm. »Du brauchst Schlaf.«

Da war er wieder, dieser abgrundtiefe Blick, mit dem der Geselle ihn am Morgen aus dem Fundus geführt hatte. Caspar schaute schnell weg. Ein zweites Mal würde er sich nicht einlullen lassen.

»Schlaf ist eine gute Medizin.«

Caspar machte einen Schritt zurück. »Willst du mich hypnotisieren?«, fuhr er Anatol an. »Oder was soll das?«
Da schimmerten die schwarzen Augen mit einem Mal voller Trauer. »Ich will dir helfen. Für mich sind diese Erinnerungen schon eine Qual, aber für dich, Casparo … Es soll einfach schnell vorbei sein.«
Der Geselle schaute zu Elsa empor, die noch immer oben auf dem Schrank hockte. »Nicht wahr, Elsa?« Aber die Elster krächzte nur einmal kurz, flatterte hoch und landete auf Caspars Schulter.
»Ich darf nicht einschlafen«, flüsterte er ihr zu. »Wenn ich schlafe, vergesse ich Till, und das darf nicht geschehen.«
»Gräääh, gräääh«, machte die Elster leise und zauste ihm mit dem Schnabel durchs Haar.
Anatol hob beide Hände in die Luft. »*Asino testardo!* Störrischer Esel«, rief er. »Verstehst du nicht? Ich … ich kann nichts tun!« Seine Stimme brach. »Ein verschwundenes Kind ist furchtbar … Aber *zwei*? Das kann ich nicht zulassen!«
Caspar starrte ihn an. »Wenn du mir nicht helfen willst, muss ich Till eben allein finden! Es …«, die Worte steckten in seinem Hals fest wie eine Gräte. »Es ist meine Schuld, dass er weg ist! Nur meine Schuld!«
Da legte Anatol ihm den Arm um die Schulter, und sie setzten sich auf die schmale Pritsche. »Nein, es ist nicht deine Schuld! Wie kommst du nur darauf?«
Caspar ließ beschämt den Kopf sinken. »Weil es wahr ist«, flüsterte er.
»Erzähl mir, was passiert ist«, bat Anatol, und das tat Caspar.

Mit Tills rotem Löwen auf dem Schoß und Elsa auf der Schulter begann Caspar seinen Bericht. Er erzählte von dem Mädchen, das ihnen das seltsame Holzbündel in den Rucksack geschmuggelt hatte. Davon, wie er seinen Eltern die Puppe ohne Kopf hatte zeigen wollen und diese ganz plötzlich jedes Interesse verloren hatten.

Als er zur Begegnung mit dem einäugigen Fremden kam, der ihm das phantastische Messer geliehen hatte, horchte der Geselle auf. Wie der Mann genau ausgesehen habe? Wie alt er ungefähr gewesen sei? Er wollte alles ganz genau wissen. Aber als Caspar ihm den riesigen Mann mit den verfilzten Haaren und dem Goldzahn in allen Einzelheiten beschrieb, schüttelte er gedankenverloren den Kopf.

»Kennst du ihn etwa?«, fragte Caspar.

»Nein, nein … Ich hatte an jemand anderen gedacht«, antwortete Anatol. »Er hat dir also das Messer geliehen, und dann?«

Caspar schluckte schwer. »Dann … dann hab ich Tills Gesicht damit geschnitzt«, brachte er kaum hörbar heraus. Er blinzelte zu Anatol. »Verstehst du? Ich bin schuld, dass man Till geholt hat!«

Anatol atmete aus.

»Nein, Casparo, das bist du nicht.« Er senkte den Kopf und fuhr mit tonloser Stimme fort. »Tills Schicksal wurde lange vor deiner Geburt bestimmt.«

»Wie meinst du das? Von Mama und Papa?«, fragte Caspar entgeistert. »Das glaub ich nie!«

»Nein, dein Papa und deine Mama wissen davon nichts. Es

liegt noch viel weiter zurück in der Geschichte der Familie Winter.« Anatols Hand zitterte, als er nach einer Zigarette griff und sie sich anzündete. Ein tiefer Zug, leuchtende Glut.

»Die Puppe … Sie war vermutlich *il segno*. Denn es heißt, dass der Meister der Familie ein Zeichen – *il segno* – schickt, wenn fünfzig Jahre abgelaufen sind.«

Caspars Kopf fuhr in die Höhe. »Wen meinst du mit dem Meister? Ist das der Einäugige?«

Der Geselle schüttelte den Kopf, ging zum Schrank und zog eine Schublade auf, die Caspar bisher nicht bemerkt hatte. Er erkannte das schwarz eingebundene Buch, das Anatol hervorholte, auf den ersten Blick. In diesem Buch hatte Anatol am Mittag gelesen. Der Geselle legte es auf das Stehpult und blätterte in den Seiten. Caspar stellte sich neben ihn.

»Hier! Hier steht es.« Er tippte auf die Mitte der Seite. »Wenige Tage bevor Lars 1966 verschwand, fand seine Schwester ein Knäuel silbernen Garns, in das kleine Holzstücke eingewickelt waren.«

Capar überflog die Zeilen im Buch. Jemand hatte akribisch notiert, was in den letzten Dezembertagen 1966 geschehen war. 1966, dachte er, da waren seine Eltern ja noch nicht einmal geboren! »Was ist das für ein Buch?«, fragte er.

Der Geselle seufzte. »Das ist die Chronik der Collodis. Die Chronik meiner Familie.« Die Qual stand ihm ins Gesicht geschrieben, als er mit der flachen Hand auf die Seite schlug. »Hier steht alles drin, was ich weiß«, stieß er hervor.

Hatte Caspar es richtig verstanden? »Das heißt, 1966 ist schon einmal ein Kind verschwunden?«, fragte er entsetzt.

Ein Nicken. »Alle fünfzig Jahre verschwindet ein Kind der Familie Winter. Alle fünfzig Jahre kommt eine neue Marionette zu den anderen in diesen Schrank. Alle ...«

Caspar wich einen Schritt zurück. »Du ... du wusstest, dass Till verschwinden würde?«, stammelte er. »Du wusstest es und hast uns nicht gewarnt? Hast ihn nicht beschützt?«

Caspar sah, wie Tränen über Anatols Wangen liefen. »Ich habe es versucht«, sagte er leise. »Ich habe es versucht, so wie es meine Vorfahren seit drei Jahrhunderten versucht haben. Aber es gibt einfach keinen Weg, diesen verfluchten Vertrag zu lösen!«

Elsa, die immer noch auf Caspars Schulter saß, rührte sich nicht, so als spürte sie die Spannung, die den Raum beherrschte.

»Was für ein Vertrag?«, fragte Caspar.

11. KAPITEL

»Licet urgeant regnum Danicum fata varia.«

… las Anatol die erste Zeile der lateinischen Inschrift vor, die in die Türen des Schranks geschnitzt war, und übersetzte sie anschließend Wort für Wort:
»Mögen wechselnde Geschicke das Königreich Dänemark heimsuchen.«

Dann fuhr er fort:
»Licet pestis atque cholera depopulentur vicos plateasque.
Mögen Pest und Cholera die Straßen entvölkern.

Licet bella atque seditiones exigant sacrificia cruenta.
Mögen Aufstände und Kriege ihr blutiges Opfer fordern.

Licet quaeque familia cuiuslibet ordinis lugeat mortuos crebro.
Und mögen der Toten viele in jeder Familie zu betrauern sein gleich welchen Standes.

Non autem inveniat ante diem mors domum Broderi Vintrii, puparum rectoris, et Christinae, uxoris eius.
Das Heim des Puppenspielers Broder Winter jedoch und seiner Gemahlin Christina soll der Tod nicht vor der Zeit finden.

Constanter crescant salus atque opulentia,
et sit laudanda celebrandaque puparum dirigendarum ars familiae Broderi Vintrii toto in orbe terrarum.
Gesundheit und Wohlstand sollen gedeihen ohn' Unterlass, und die Marionettenkunst der Familie Winter soll über alle Grenzen hinweg aufs Höchste gelobet und gerühmet sein.

Sic floreant divitiae atque gloria in saeculo saecolorum
neque umquam exarescat fons inspirationis eorum.
Sodass Reichtum und Ruhm wachsen von Jahrhundert zu Jahrhundert zu Jahrhundert und der Quell ihrer Inspiration niemals versiege.

Quasi pro usuris quinquagesimo quoque anno novissimus
familiae natus vel nata magistro reddendus est in
mancipii eius erit in aeternum.
Hierfür als Zins zu zahlen alle fünfzig Jahr soll das jüngste Kind – Mädchen oder Junge – dem Meister gehören auf ewig.

Familia illius nati obliviscatur sicut numquam vixisset.
Und es soll von seiner Familie vergessen sein, als wäre es nie geboren.«
»… als wäre es nie geboren?«, flüsterte Caspar.

»So lautet der Vertrag«, sagte Anatol. »Mit diesem Silvester waren wieder fünfzig Jahre vergangen, und …«

»… Till wurde vom Meister geholt«, brach es aus Caspar hervor.

Das durfte einfach nicht sein! Der nächste Gedanke versetzte ihm einen Stromschlag. »Aber warum hast du Mama und Papa denn nicht von dem Vertrag erzählt?« Vor Erregung sprang er vom Bett und griff nach Anatols Arm. »Denen sind Ruhm und Ehre und Reichtum total egal.« Das war Caspar sofort klar.

Doch Anatol schüttelte nur niedergeschlagen den Kopf. »Seit du mit dieser Puppe gekommen bist, habe ich versucht, mit ihnen zu reden. Aber sie wollten mir nicht zuhören.«

Plötzlich spürte Caspar eine ungeheure Wut auf seinen alten Freund. »Dann hättest du es eben noch mal versuchen müssen! Und noch mal und noch mal!« Er stürzte sich auf den Gesellen und trommelte mit den Fäusten auf seine breite Brust. »So lange, bis sie dir zuhören. Und verstehen. Wie konntest du das nur für dich behalten? Sie hätten ihm helfen können. Wir hätten ihn …« Er schluchzte auf und konnte nicht weitersprechen.

Anatol hielt seine Handgelenke fest. »Sie können Till nicht zurückholen, Casparo. Niemand kann das. Es ist unmöglich.«

Caspar hob den Blick. »Woher weißt du das? Dass es unmöglich ist?«, brauste er auf. »Nur wegen dieser bescheuerten Inschrift dort?« Er warf einen wütenden Blick auf die lateinischen Zeilen.

Mit hängenden Schultern stand Anatol vor ihm. »Weil meine Familie seit Generationen versucht, diese Kinder zu beschützen, zu verstecken und zu bewachen. Aber sie sind trotzdem verschwunden. Jedes einzelne!«

Caspar riss die Augen auf. »Jedes einzelne? Wer ist denn noch verschwunden außer Till und … diesem … Lars?«

Der Handwerksgeselle zeigte auf die offenen Schranktüren. »Sieben Kinder«, fuhr er leise fort und legte Caspar eine Hand auf die Schulter. »Komm, ich will euch bekannt machen.«

Widerstrebend folgte Caspar ihm.

»Hier der Astronaut!« Anatol nahm die erste Marionette in die Hand. »Geschnitzt für deinen Großonkel Lars, den jüngsten Bruder deines Opas.«

Caspar hatte nie von ihm gehört.

»Verschwunden 1966.«

Genau wie es in der Chronik stand, dachte Caspar.

Anatol ließ den Astronauten los und zog die nächste Puppe hervor. Es war eine wunderschöne Einhorn-Marionette. »Geschnitzt für Inga Winter, verschwunden und vergessen im Februar 1916.«

Und das alles für ein bisschen Reichtum und Ruhm?, ging es Caspar durch den Sinn, aber er wollte Anatol nicht unterbrechen und schwieg.

»1866 die Seemann-Marionette für Martin Winter, 1816 der Fuchs, der für Marianne geschnitzt wurde, 1766 Alberts Storch, und hier«, er berührte sanft den feinen Stoff des Kleids, »die Prinzessin, die für Emilie geschnitzt wurde, das erste Kind, das 1716 an den Meister ging, um den Vertrag zu erfüllen.« Er schluckte. »Sie war die Patentochter meines Vorfahren Alberto Collodi.«

Die Prinzessin trug eine kleine Krone auf ihrem rotbraunen Haar. Caspar betrachtete ihr porzellanfarbenes Gesicht. Ihre braunen Augen hatten in dem Zwielicht einen sonderbar lebendigen Glanz. Unwillkürlich fragte Caspar sich, ob diese Marionette ihrer ehemaligen Besitzerin ebenso ähnelte wie der rote Löwe mit seinem Lachen Till.

Anatol drehte sich zu ihm um und zeigte auf den Löwen, den Caspar immer noch fest umklammert hielt. »Er gehört zu den anderen.«

In diese dunkle Kiste, zu den Puppen der vergessenen Kinder? Caspar schüttelte stumm den Kopf. Der rote Löwe war das Einzige, was er noch von Till besaß. Den konnte er nicht hergeben.

»Nur hier ist er sicher«, sagte Anatol. »Draußen … wird er ebenfalls verschwinden.«

So wie die Nachricht, die von Gretas Handy gelöscht worden war? So wie Tills Zimmer, das es mit einem Mal einfach nicht mehr gab? So wie Till selbst? Caspar schüttelte verzweifelt den Kopf.

»Diese Marionette ist unsere letzte Verbindung zu deinem Bruder. Solange es sie gibt, kann ich die Erinnerung bewahren.«

»Die Erinnerung an ihn?«, stieß Caspar hervor. »Ist das alles?«

»Casparo, versteh doch. Das ist meine Aufgabe. Mein Schicksal.« In den Augen des Gesellen stand wieder ungeheure Qual. »Seit die Collodis im Dienst der Puppenspielerfamilie Winter stehen, sind wir dazu verdammt, die Hüter dieser Marionetten zu sein; die Hüter der letzten Erinnerung. Wir wissen als Einzige, was passieren wird. Aber wir werden den Lauf des Schicksals niemals aufhalten, sosehr wir uns auch bemühen. Wir können nur zusehen, wie alle um uns herum diese Kinder vergessen. Erst die Eltern. Und dann nach ein paar Tagen auch die Geschwister.« Müde hielt er ihm die Hand hin. »Casparo, gib sie mir.«

Caspar holte einmal tief Luft. Für einen Moment presste er seinen Mund in die weiche Mähne des Löwen. »Ich hol dich hier raus! Ich schwöre es«, flüsterte er. Dann reichte er ihn dem Gesellen.

Geschickt ordnete Anatol alle Fäden und hängte den roten Löwen wieder an seinen Platz.

Caspar wandte sich ab. Er wollte nicht zusehen, wie Anatol den Schrank schloss. Wie eine Gruft.

»Dieser … dieser Meister – was weißt du über ihn?«, fragte er.

Anatol zeigte auf das schwarze Buch und schüttelte den Kopf. »Sehr wenig. Meine Familie hat jahrelang nach seinem Versteck gesucht …«, er holte tief Luft, »… und nichts gefunden.«

Caspar hörte, wie Anatol den Riegel der Schranktür einrasten ließ. Der Geselle vermied es, Caspar in die Augen zu schauen, und hielt den Kopf gesenkt.

»Und was ist mit meiner Familie?«, setzte Caspar verzweifelt nach. »Ich meine, es muss doch schon vor mir irgendjemanden gegeben haben, der versucht hat, seinen Bruder oder seine Schwester zu retten.«

Anatol hob den Kopf. »Nein. Soweit ich weiß, bist du der Erste, der gegen das Vergessen ankämpfen will«, sagte er langsam.

Tief in Caspars Innerem glomm ein winziger Hoffnungsschimmer auf. »Aber dann ist vielleicht auch noch nicht alles verloren! Wenn ich mich immer noch an Till erinnere ... kann ich ihn vielleicht finden. Weil ich sein Bruder bin!«

Anatol antwortete ihm nicht.

»Es wäre möglich, oder?«, rief Caspar aufgeregt. Eventuell fand sich in der Chronik ein versteckter Hinweis, wie sie seinen kleinen Bruder zurückholen konnten. Oder es gab eine geheime Karte, wo der Meister sich aufhielt. Irgendetwas, das ihn auf Tills Spur brachte.

Endlich sprach Anatol wieder. »Eure Verbindung ist sehr stark«, gab er zu. »Dennoch ist es viel zu gefährlich. Ich könnte mir nie verzeihen, wenn du auch noch ...« Er brach ab.

»Das ist mir egal«, rief Caspar aus. »Sag mir, was ich tun muss, um Till wiederzufinden! Was immer es auch ist, ich werde es tun!«

Anatol seufzte schwer. Dann ging er zum Stehpult. Doch statt weiter in der Chronik zu blättern, öffnete er die Schreibtischplatte und entnahm dem Fach einen Block roten Siegellacks und eine Kerze.

Dann hielt er kurz noch einmal inne.

»Casparo, wenn ich das jetzt tue, gibt es kein Zurück für dich.

Dann musst du deine Familie verlassen.« Er fasste seine Hand. »Bist du sicher, dass du das willst?«

Caspar nickte. »Wenn ich dadurch Till wiederfinden kann.«

Anatol entzündete die Kerze.

Leuchtete da etwas in seinen Augen auf, oder war es nur die Flamme, die sich in seinen Pupillen spiegelte?

»Erinnere dich an Till«, forderte der Geselle Caspar auf und reichte ihm das Siegellack. »Sieh in das schmelzende Wachs und erinnere dich an Till Winter, deinen Bruder.«

Die ersten roten Tropfen fielen in die runde Form und füllten langsam dessen Boden.

»Wir gießen das neue Siegel«, hörte Caspar Anatol murmeln.

Caspar dachte angestrengt an Till und öffnete den Strom seiner Erinnerungen: Till, wie er die Elster mit Käse fütterte. Till auf dem Schoß ihrer Mutter. Till, verkleidet als Halloween-Zauberer. Till, wie er Comic lesend auf dem Klo saß.

Unter der Flamme der Kerze schmolz das Wachs. Durch den Schleier der Erinnerungsbilder nahm Caspar Tropfen für Tropfen wahr. Der erste löste sich und traf auf das rote Wachs in der Siegelform, doch statt sich einfach aufzulösen, breitete er sich mehr und mehr aus, bis Caspar die Form eines Herzens erkennen konnte.

Er blinzelte, und da fiel auch schon der nächste Tropfen.

Wieder geriet das Wachs in Bewegung, und Caspar sah ganz deutlich ein Schwert. Nun war die Form beinahe bis zum Rand gefüllt. Anatol zog die Kerze weg, der letzte Tropfen fiel und nahm Gestalt an.

»Eine Krone«, entfuhr es Caspar.
Während Anatol den Schrank mit dem neuen Siegel sorgfältig verschloss, hatte sich Caspar auf das schmale Bett gehockt und versuchte, die Zeichen, die er gesehen hatte, zu deuten.

12. KAPITEL

Greta zwirbelte nachdenklich an dem geflochtenen Freundschaftsarmband, das sie um ihr Armgelenk trug. »Und du hast nichts weiter als diese drei Zeichen gesehen?«, fragte sie. »Ich weiß echt nicht, wie uns das weiterhelfen soll.«

»Immerhin hab ich nicht geschlafen«, gab Caspar zurück. Was hatte sie denn erwartet? Eine vollständige Adresse?

Seine Schwester nickte. »Entschuldige! Ich … ich hab nur absolut keine Ahnung, wie uns diese Zeichen helfen sollen, Till zu finden.«

Nachdem er von Anatol gekommen war, hatte Caspar sich gleich zu Greta aufgemacht und sie trotz der frühen Morgenstunde wachgerüttelt. Mit einem Mal hatte ihn eine Riesenangst erfasst, seine Schwester könnte den Kurzen bereits vergessen haben. Und wirklich, im ersten Augenblick, als er ihr noch etwas atemlos von Tills Löwenmarionette erzählte, hatte sie ihn genauso verständnislos angestarrt wie ihre Mutter. Doch je länger er Greta von den Ereignissen in der Geheimkammer des Gesellen und dem schrecklichen Vertrag berichtete, desto mehr war sie wieder die Alte geworden.

»Wenn wir verstehen, was die Zeichen bedeuten, kommen wir bestimmt weiter«, sagte Caspar jetzt. »Mir sind sie schließlich erschienen! Während sich bei Anatol und seinen Vorfahren nichts getan hat. Das muss etwas zu bedeuten haben! Etwas Gutes!«

Die Bilder der vergangenen Nacht blitzten wieder in Caspars Kopf auf. Seite für Seite hatten er und Anatol die alte Chronik nach einem Hinweis durchsucht, wie sich die drei Zeichen entschlüsseln ließen. Aber weder das Herz noch das Schwert oder die Krone wurden auch nur mit einem Wort erwähnt. Sie mussten irgendwie allein darauf kommen, was sich hinter den Zeichen verbarg.

Greta nahm ihr Gezwirbel an den losen Fäden ihres Armbands wieder auf. »Lass uns einfach mal rumspinnen, was uns alles zu diesen Symbolen einfällt«, schlug sie vor.

»Rumspinnen?«, sagte Caspar und runzelte die Stirn. Seine Schwester und ihre seltsamen Ideen …

»Herz, Schwert und Krone …«, Greta malte mit ihrem Finger die Formen auf ihre Tagesdecke. »Es … es könnte etwas mit Spielkarten zu tun haben. Da sind solche Symbole drauf.«

»Hm, ja«, brummte Caspar und schaute gedankenverloren auf die Fotos an Gretas Wand. Von allen Marionetten und Puppen, die ihre Eltern jemals gebaut oder geschnitzt hatten, hing ein Bild über ihrem Schreibtisch. Caspars Blick blieb an der Königin haften. Mit einem Ruck kam er hoch. »Die Zeichen … Die gehören alle zu einer Königin. Das Schwert, die Krone, das Herz.«

»Ja?« Greta sah ihn erwartungsvoll an.

»Und unsere Königin … Hat sie nicht auch ein eigenes Zeichen? So ein … ein …«

Ihm fiel das Wort nicht ein.

»Meinst du ein Wappen?«

»Genau!«

»Zu einem Wappen gehört meistens eine Jahreszahl«, wandte Greta ein. »Und du hast ja keine Zahlen gesehen, oder?«

»Nein.«

»Vielleicht in römischen Ziffern? Die werden als Buchstaben geschrieben.«

Als wenn er das nicht selbst wüsste. Aber er ging auf ihre Bemerkung gar nicht erst ein. »Könnten die Zeichen nicht trotzdem zu einem Wappen gehören?«, überlegte er laut. »Vielleicht hat dieser Meister ja ein eigenes Wappen, und wenn wir das finden, finden wir auch Till!«

Ihr Entschluss stand fest. Sie mussten in die Stadt fahren und nach einem Wappen mit diesen drei Zeichen suchen. Auch wenn es nicht viel war, so war es immerhin ein Anfang. Anatol wollte im Theater bleiben und die Chronik noch einmal Wort für Wort durchgehen – für den Fall, dass sie irgendetwas übersehen hatten.

Caspar hatte sein altes Notfall-Handy aufgeladen und die wichtigsten Nummern zur Sicherheit auf einen Extrazettel geschrieben, den er in das kleine Fach an seinem Rucksack steckte, in dem er auch das Messer versteckt hatte. Außerdem hatte er aus dem Regal im Flur den Stadtplan genommen und ihn zusammen mit der Taschenlampe, einem Notizheft und einem Bleistift in seinem Rucksack verstaut. Eine Packung Kaugummi rundete sein kümmerliches Rettungspaket ab. Aber er war eben kein Superheld, sondern ein elfjähriger Junge – da musste man improvisieren können. Entschlossen zog er den Reißverschluss zu.

»Warte mal«, sagte Greta da und verschwand kurz aus dem Zimmer. Durch die offene Tür konnte Caspar in den leeren Flur sehen, und für einen winzigen Moment hoffte er, Till würde dort einfach auftauchen und dieser Albtraum hätte ein Ende. Doch das passierte natürlich nicht. Stattdessen kam seine Schwester aus dem Bad zurück.

»Der ist für dich«, sagte sie und hielt ihm etwas Kleines hin.

Es war ein schmaler Ring. Caspar konnte sehen, dass er so ähnlich geflochten war wie das Armband, das Greta um ihr Handgelenk trug.

Sie wickelte den Ring in ein Stück Seidenpapier und legte ihn in Caspars geöffnete Hand.

»Ich hab ihn aus meinen Haaren geflochten.«

»Aus deinen Haaren?« War das etwa wieder eine von Gretas schrägen Ideen?

»Wenn du ihn trägst, hast du immer etwas von mir bei dir«, erklärte sie ernst. »Vielleicht … hilft das.«

Er nickte und schob ihn vorsichtig in seine Hosentasche. »Okay … danke.« Möglicherweise war das ja gar nicht so

dumm. Unwillkürlich fuhr er sich mit der anderen Hand durchs Haar. »Also, meine sind zu kurz zum Flechten.«
Sie lächelte. »Weiß ich doch.« Sie schnitt ihm mit der Schere eine kleine Strähne ab, wickelte sie in ein Stück Seidenpapier und steckte sie sich anschließend in die Hosentasche. »Mir fällt schon etwas ein, wie ich daraus einen Anhänger mache oder so.«
Daran zweifelte Caspar keine Sekunde.

»Das kann nicht sein! Wo habe ich nur meinen Kopf?!« Ihre Mutter kam ihnen mit offenem Wintermantel und auf Strümpfen entgegen. »Habt ihr meinen Haustürschlüssel gesehen?«
»Nein«, sagte Caspar.
»Ist er nicht in der Schale?«, fragte Greta.
Ihre Mutter runzelte fragend die Stirn. »Welche Schale?« Sie blickte von einem zum anderen.
»Na, die Schale, in der wir immer unsere Schlüssel aufbewahren«, antwortete Greta geduldig.
»Die auf der Kommode, Mama«, ergänzte Caspar.
Seine Mutter blickte sich suchend im Flur um, als sähe sie ihn zum ersten Mal. Dann entdeckte sie die Keramikschale mit dem Rosenmuster und seufzte erleichtert auf. »Ah, ihr habt recht! Da ist er ja!« Sie lächelte sie an. »Wollt ihr mit einkaufen kommen?« Sie schlüpfte in ihre Winterstiefel und nahm sich zwei leere Einkaufstaschen von der Garderobe.
Caspar vergrub die Hände in den Hosentaschen und warf Greta einen Hilfe suchenden Blick zu. »Ähm … jetzt haben wir eigentlich keine Zeit.«

Ihre Mutter schaute ihn verblüfft an. »Keine Zeit? Ihr habt doch Ferien!«
Greta setzte ihr fröhlichstes Lächeln auf. »Genau, Mamsi. Heute ist ja unser allerletzter Ferientag. Da wollten Caspar und ich ein bisschen … ein bisschen in die *Bücherhalle*.«
Caspar atmete auf.
»Schade«, sagte ihre Mutter und nickte zerstreut. »Die liegt ja ganz am anderen Ende der Stadt.« Sie seufzte. »Na, dann habt Spaß, ihr zwei, ja?«

Als sie die Tür des Theaters hinter sich zugezogen hatten, schauten die Geschwister sich an.
»Huh, Mama ist wirklich vollkommen durch den Wind. So hab ich sie noch nie erlebt!« Greta machte ein besorgtes Gesicht.
»Das hat mit diesem Geheimvertrag zu tun«, raunte Caspar ihr zu. »Wenn die Eltern ihr Kind vergessen, gerät, glaube ich, ihr ganzes Gedächtnis durcheinander. Weißt du noch, wie Papa kurz vor Weihnachten vergessen hat, Till vom Kindergarten abzuholen?«
Greta nickte. »Hoffentlich werden sie wieder normal, wenn wir Till gefunden und zurückgebracht haben.«
Sie gingen weiter zur Bushaltestelle. Über der Stadt leuchtete ein strahlend blauer Winterhimmel. Sie nahmen den Bus in die Innenstadt, wo die meisten königlichen Gebäude mit einem königlichen Wappen standen. Dort wollten sie ihre Suche nach den drei Zeichen beginnen. Die ganze Fahrt über starrte Caspar aus dem Fenster. Im Rinnstein lagen noch rote

Papierfetzen von Knallern herum – die letzten Überreste von Silvester. War es wirklich erst zwei Tage her, dass er mit Till Raketen in den Himmel geschossen hatte? Er konnte es kaum glauben. Sein Bauch tat weh, und wieder war da diese unerträgliche Stimme in seinem Kopf. »Du bist schuld«, zischte sie ihm zu. »Du hast deinen kleinen Bruder ans Messer geliefert.«

»Aussteigen, Bruderherz«, sagte Greta und schreckte Caspar aus seinen Gedanken hoch. Sie hatten die Insel Slotsholmen erreicht, auf der die Christiansborg lag. Kaum waren sie aus dem Bus gestiegen, hielt Greta ihm auch schon den Stadtplan unter die Nase und umkreiste mit ihrem schmalen Finger die Insel und deren Umgebung. »In diesem Gebiet befinden sich viele öffentliche Gebäude. Die haben fast alle ein Wappen.«

»Glaubst du echt, dieser Meister hält Till mitten in Kopenhagen gefangen?«, fragte Caspar zweifelnd. »Ist das nicht viel zu riskant für ihn?«

Seine Schwester faltete den Stadtplan wieder zusammen. »Ich weiß es nicht«, sagte sie mit bedrückter Stimme. »Aber irgendwo müssen wir schließlich mit der Suche beginnen.«

»Stimmt.« Caspar nickte. Er verstand, was sie sich nicht auszusprechen traute: Solange sie zu Hause in ihrem Zimmer gesessen hatten, war ihm die Idee mit dem Wappen noch ziemlich plausibel erschienen. Aber jetzt, bei näherer Betrachtung, kam ihm das Ganze eher wie ein verdammt dünner Strohhalm vor.

Ein paar Minuten später ragte das imposante Gebäude der Christiansborg direkt vor ihnen auf. Caspar wusste, dass sich hier der Sitz des dänischen Parlaments befand, und auch die

Königsfamilie hatte einige Räume in dem riesigen Bauwerk. Von den Wappen, die sie hier entdeckten, ähnelte jedoch keines den Zeichen, die Caspar gesehen hatte. Nacheinander klapperten sie die Schlosskirche, das Nationalmuseum und all die anderen historischen Gebäude ab. Nirgendwo wurden sie fündig.

Nach gut einer Stunde ließ Caspar den Kopf hängen. Aber was hatte er auch erwartet? Er seufzte.

Greta lächelte ihm aufmunternd zu. »Hej, so schnell werfen wir die Flinte nicht ins Korn!«, sagte sie. »Es gibt in Kopenhagen schließlich noch jede Menge Wappen.«

Caspar wollte gar nicht wissen, wie viele es waren. Vermutlich unendlich viele. Es kam ihm so vor, als wollten sie die Nadel im Heuhaufen finden. Sie hätten mit ihrer Suche vielleicht doch zu Hause am Computer beginnen sollen.

Neben ihm zerrte eine dünne Frau, eingepackt in eine schicke Steppjacke, ihre kleine Tochter ungeduldig an der Hand hinter sich her.

»Jetzt mach nicht so ein Theater!«, schimpfte die Mutter genervt. »Wenn es kein Eis gibt, kaufen wir eben eine heiße Waffel für dich.«

Bei Caspar, der eigentlich nur mit halbem Ohr hingehört hatte, machte es plötzlich Klick. Er schlug sich mit der Hand gegen die Stirn. »Greta«, rief er aufgeregt. »Das Theater! Das königliche Theater, daran haben wir noch nicht gedacht.«

Greta nickte nachdenklich. »Gute Idee«, sagte sie. »Ein Theater hätte sogar etwas mit unserer Familie zu tun. Also los!«

Sie rannten durch die Fortunstraede in Richtung des König-

lichen Theaters. Rechts und links des Eingangs hingen tatsächlich zwei Wappen.
Caspar blickte nach oben. »Da fehlt das Schwert.« Es gelang ihm nicht, seine Enttäuschung zu verbergen. Sie lagen schon wieder falsch – auch dieses Wappen war nicht das richtige.
»Aber schau!«, widersprach Greta. »Es gibt eine Krone und sogar mehrere Herzen!« So schnell wollte seine Schwester noch nicht aufgeben.
Doch Caspar schüttelte entschieden den Kopf. »Ich habe nur ein Herz gesehen.«
»Ja, ja, ich weiß!«, fuhr Greta ihm dazwischen. »Aber du hast auch gesagt, dass dir vor Müdigkeit ganz schwummerig war. Da könntest du etwas übersehen haben.«
Caspar biss die Zähne zusammen. Den ganzen Morgen waren seine Nerven zum Zerreißen angespannt gewesen. Wer konnte schon sagen, wie viel Zeit ihnen überhaupt blieb, um Till zu retten? »Ja, ich war hundemüde, aber ich weiß haargenau, was ich gesehen habe!«, erwiderte er wütend. »Und zwar *ein* Schwert, *ein* Herz und *eine* Krone! Genau diese drei Symbole müssen wir finden!«
Seine Schwester vergrub das Gesicht in ihrem Schal, und schon tat Caspar sein Ausbruch leid. Sie sah ganz unglücklich aus. »Ich dachte ja nur … Dann lass uns weitersuchen.«
»Und wo?«, fragte er ratlos.
»Zum Schloss«, entschied Greta nach einem Blick in den Stadtplan. »Das ist das Nächste.« Sie griff seine Hand, drückte sie kurz, und gemeinsam liefen sie vom Kongens Nytorv zum Schloss Charlottenborg und von dort aus weiter zur Amali-

enborg. Doch nirgends entdeckten sie ein Wappen, das den Zeichen ähnelte, die Caspar gesehen hatte.

Vor der fellbemützten Palastwache standen wie immer die Touristen mit ihren Fotoapparaten, auf der Schneefläche davor tobten einige Jugendliche und veranstalteten eine Schneeballschlacht, und auf den Wegen rund um den Palast nutzten Familien den letzten Ferientag für einen Spaziergang. Den Kindern war anzumerken, wie langweilig sie das fanden.

Caspar musste wegsehen. Er hätte alles dafür gegeben, mit seiner Familie – seiner ganzen Familie – so einen öden, blöden Spaziergang zu machen!

Greta zeigte auf das Toilettenschild neben dem kleinen Museumsshop. »Bin gleich wieder da«, sagte sie und verschwand durch die Tür.

Caspar nickte. Kurz überlegte er, ob er sich einen Moment im Laden aufwärmen sollte, da hörte er ein Lachen – ein glucksendes, ansteckendes Lachen. Till!

13. KAPITEL

»Till!?« Hektisch sah Caspar sich nach allen Seiten um und bemerkte gerade noch aus dem Augenwinkel, wie eine kleine Gestalt auf der anderen Straßenseite hinter einer Häuserecke verschwand.

Ohne sich umzuschauen, startete Caspar durch. Er lief die Straße hinunter. Vor ihm machte eine Reisegruppe ein Foto vom Hafen. Eine Böe fegte von der See auf die alte Königsstadt zu, und wieder meinte Caspar, Tills Lachen zu hören. Panisch sah er sich um. Wohin war sein kleiner Bruder nur verschwunden? Er kniff die Augen zusammen, und da! Wenige Meter vor ihm tauchte die kleine Gestalt wieder auf. Wie aus dem Nichts! Caspar wollte gerade nach seinem Bruder rufen, da erstarben die Worte auf seinen Lippen. Wie vor den Kopf gestoßen blieb er stehen. Das war ja gar nicht Till! Es … es war die Diebin vom Kanalufer! Sie trug eine Baskenmütze und einen glänzenden grauen Mantel, und als Caspar genau hinsah, entdeckte er auch die Glitzerhandschuhe. Genau wie Till gesagt hatte! Flink schlüpfte sie zwischen den Passanten

hindurch, und gleich würde er sie wieder aus den Augen verlieren. Das durfte einfach nicht passieren!
Kurz warf Caspar einen Blick zurück. Verdammt! Jetzt merkte er erst, wie weit er sich bereits vom Schloss entfernt hatte. Wenn er dem Mädchen weiter folgte, hätte Greta keine Ahnung, wo er abgeblieben war. Aber das Mädchen hatte ihm die Holzpuppe zugesteckt, da war er sich inzwischen absolut sicher. Und mit diesem Zeichen hatte der Meister Tills Verschwinden angekündigt.
Caspars Herz klopfte bis zum Hals. Ich darf sie nicht verlieren, war alles, was er denken konnte, während er versuchte, mit ihr Schritt zu halten, ohne aufzufallen.
Als sie plötzlich unvermittelt anhielt, schaffte er es gerade noch, sich mit einem Hechtsprung hinter einem parkenden Auto in Deckung zu bringen. Zum Glück schien das Mädchen ihn nicht bemerkt zu haben. Suchend sah sie sich um, und für einen Moment konnte er sie genauer betrachten. Sie machte einen gehetzten Eindruck. Ihre Haut war dunkler als seine, und unter der Baskenmütze schauten ein paar kringelige schwarze Locken hervor. Als sie weiterlief, achtete er genau darauf, genügend Abstand zu halten, damit sie ihn auf keinen Fall bemerkte.
Wohin wollte sie wohl? Caspar hatte kaum auf den Weg geachtet, aber als er sich umschaute, wusste er wieder, wo er war. Vor sich sah er schon eine Menschentraube an Touristen, die sich trotz der Kälte am Ufer versammelt hatten, um ein Foto von der kleinen Meerjungfrau zu machen – dem Wahrzeichen der Stadt. Geschickt huschte das Mädchen zwischen den

Menschen hindurch. Niemand schien sie zu bemerken oder überhaupt wahrzunehmen. Sie hatte etwas Flüchtiges an sich, das sich jedem Blick entzog, und Caspar hatte große Mühe, sie nicht aus den Augen zu verlieren.

Als das Mädchen bei der kleinen Statue der Meerjungfrau angekommen war, sah sie sich erneut suchend um. Schnell senkte Caspar den Kopf und tat so, als würde er etwas auf seinem Handy lesen.

Genau in diesem Moment entdeckte er die beiden Jungen, die unten am Ufersaum auf das Mädchen zuliefen. Sie schienen sich zu streiten, denn gerade als das Mädchen ihre Umhängetasche öffnete, versetzte der größere Junge dem anderen einen ziemlich festen Klaps gegen den Hinterkopf. Auf die Entfernung konnte Caspar zwar nicht verstehen, was er sagte, aber an seinem hochmütigen Gesicht konnte er ablesen, dass es nichts Freundliches war. Der kleine pummelige Junge zog den Kopf ein und blieb ein wenig abseits stehen, als das Mädchen sie erreichte. Sie schien von dem Streit gar nichts mitbekommen zu haben. Nach ein paar Worten kamen sie zu dritt die Promenade hoch, und Caspar bemerkte mit Schrecken, dass sie direkt auf ihn zuhielten. Hastig drehte er sich weg und tat wieder so, als wäre er wahnsinnig mit seinem Handy beschäftigt. Da begann es zu klingeln. Der schlaksige Junge drehte sich zu ihm um und schaute ihn mit zusammengekniffenen Augen an. Dann zog er sein schwarzes Käppi tiefer in die Stirn und wandte sich wieder dem Mädchen zu, während der Kleinere wortlos hinterherschlich. Schnell wandte Caspar sich zur Seite, während er in sein Handy wisperte: »Greta?«

»Caspar! Wo bist du?«, rief seine Schwester aufgeregt.
»Bei der kleinen Meerjungfrau«, flüsterte er, während er versuchte, dem Mädchen und den beiden Jungs möglichst unauffällig zu folgen.
»Was?! Ich verstehe dich kaum. Bei der kleinen Meerjungfrau? Was machst du denn da?« Ihre Stimme überschlug sich fast. »Rühr dich ja nicht vom Fleck! Ich bin gleich bei dir.«
»Nein, ich muss an ihnen dranbleiben.«
»Dranbleiben? An wem?«
»Erklär ich dir später.«
Er ging etwas schneller, um die drei nicht zu verlieren.
»Caspar, mach keinen …«
»Ich meld mich wieder«, unterbrach er sie mit gedämpfter Stimme, legte auf und sah gerade noch, wie die Gruppe in eine Toreinfahrt bog.
Caspar wartete ein paar Sekunden, dann folgte er ihnen um die Ecke. Aber da war niemand mehr! Hatte er ihnen etwa zu viel Vorsprung gelassen? Er starrte die Gasse hinunter. Wo waren sie nur abgeblieben? Er beschleunigte seine Schritte und lief die schmale Gasse entlang. Die erste Querstraße, die zweite, die dritte – da endlich entdeckte er die drei auf der anderen Straßenseite. Um ein Haar wäre er an ihnen vorbeigelaufen. Sie standen so eng zusammen, dass das Grau ihrer Mäntel zu einer Fläche verschmolz und sie vor der Hauswand beinahe unsichtbar machte. Caspar wurde langsamer. Bloß stehen bleiben durfte er jetzt nicht. Das wäre einfach zu auffällig. Von der anderen Seite flogen ein paar Wortfetzen zu

ihm herüber. »Was glaubst du denn?« Die Stimme des großen Jungen überschlug sich. »Natürlich hat Spuck es mal wieder vermasselt«, sagte er verächtlich.
»Hör auf, ihn so zu nennen, Salamander!«, hörte Caspar das Mädchen sagen.
Er ging langsam weiter. Als die Stimmen hinter ihm verstummten, riskierte er einen Blick zurück und sah gerade noch, wie die drei in einer noch engeren Gasse verschwanden. Schnell machte er kehrt und nahm die Verfolgung wieder auf. Ob die drei Kinder überhaupt wussten, dass dieser Meister Till gefangen hielt? Caspar hoffte von ganzem Herzen, dass sie ihn zu seinem kleinen Bruder führen würden. Und sobald er Till ausfindig gemacht hatte, würde er Greta anrufen und warten, bis sie bei ihnen war.
Endlich erreichten sie wieder Straßen, die Caspar vertraut waren. Er blickte sich um. Befanden sie sich hier nicht ganz in der Nähe der großen Einkaufsstraße, die zum Kongens Nytorv führte? Und da entdeckte er auch schon den Runden Turm, den alle Schulklassen Kopenhagens mindestens einmal in ihrer Grundschulzeit besichtigten. Im Laufschritt steuerte der große Junge mit dem Käppi darauf zu. Für den Bruchteil einer Sekunde ließ Caspar die drei aus dem Blick und schaute an dem trutzigen Bauwerk empor, an dessen Mauer oben das alte Bilderrätsel hing. Als er in der zweiten Klasse hier gewesen war, hatte seine Lehrerin ihnen die Bedeutung erklärt. Wie hatte sie nur gelautet? Caspar runzelte die Stirn und starrte auf das Bilderrätsel. Unter den römischen Schriftzeichen prunkten ein Schwert, eine Krone und ein unförmiges rotes Etwas,

das … aussah wie ein Herz! Caspar schnappte nach Luft. Die drei Zeichen, die er bei Anatol im Wachs gesehen hatte! Das waren sie – er erkannte sie sofort wieder!

Aus dem Augenwinkel nahm er gerade noch wahr, wie der pummelige Junge in einen Gang huschte, der neben dem Runden Turm entlangführte. Caspar sprintete los, überquerte den belebten Vorplatz und schlich sich die letzten Meter, dicht gegen die Turmmauer gepresst, heran. Mit angehaltenem Atem beobachtete er, wie zuerst das Mädchen und dann die beiden Jungen durch eine Luke am Boden der Turmmauer verschwanden. Caspar wartete einen Moment, bevor er sich der Luke näherte. Sie war aus Holz, und als Caspar vorsichtig an dem gusseisernen Ring zog, ließ sie sich öffnen. Seine Knie wurden weich, und er tastete nach seinem Handy. Es war höchste Zeit, Greta anzurufen. Andererseits riskierte er dann, dass er die drei doch noch verlor. Er hob die Luke ein bisschen höher und schaute durch den Spalt in das Dunkel.

Ohne lange nachzudenken, ließ er sich in den Schacht hinuntergleiten und landete mit einem dumpfen Aufprall auf den Füßen. Durch die kleinen Maueröffnungen fiel gerade so viel Licht, dass er auf dem Steinboden Spuren von Schnee erkennen konnte, die die Kinder mit ihren Schuhen hinterlassen haben mussten. Vorsichtig folgte er ihnen und hielt immer wieder inne, um auf Geräusche zu lauschen. Einmal glaubte er, von irgendwoher schwere Schritte zu hören. Kamen sie etwa auf ihn zu? Er horchte ins Dunkel. Nein, sie entfernten sich. Erleichtert atmete Caspar auf und wartete, bis sie verklungen waren, bevor er weiterschlich.

Schließlich endete der Gang in einem großen Vorraum mit gewölbter Decke. Unter dem Turm waren sie definitiv nicht mehr. Caspar presste sich gegen die Wand und spähte in den Raum, von dem aus mehrere Türen abgingen. Fußspuren konnte er hier keine mehr entdecken. Wie sollte er jetzt wissen, in welche Richtung er sich zu halten hatte? Ratlos sah er sich um.

Greta, schoss es ihm da durch den Kopf. Er musste ihr unbedingt eine Nachricht schreiben. Damit sie überhaupt wusste, worauf er gestoßen war. Er holte sein Handy aus der Tasche. Mist! Hier unten hatte er keinen Empfang. Aber er konnte jetzt unmöglich umdrehen und sie holen.

Er steuerte die erste Tür an. Dahinter öffnete sich ein schmales, schier endlos scheinendes Treppenhaus, an dessen Ende er eine weitere Tür erkannte, die sich gerade schloss. Caspar zögerte jetzt nicht länger, sondern rannte einfach los. Plötzlich war es ihm egal, ob er erwischt wurde, er wollte jetzt nur diese Kinder finden. Stufe um Stufe nahm er im Laufschritt, immer höher gelangte er, bis er schließlich keuchend die zweite Tür erreichte. Caspar atmete tief ein und griff nach der Klinke.

14. KAPITEL

Im Dämmerlicht, das durch die hohen Fenster an der Längsseite des Raums fiel, der etwa die Größe von zwei Klassenzimmern hatte, erkannte Caspar mehrere Etagenbetten. Alle waren leer. Leise schloss Caspar die Tür hinter sich. War das ein Schlafsaal? Auf dem Etagenbett vor ihm lag unten ein zerschlissener Schlafsack, und von dem oberen Bett hing ein Vorhang aus löchrigen Handtüchern.

Er wollte es gerade genauer unter die Lupe nehmen, als am gegenüberliegenden Ende des Raums eine Tür aufging. Schnell duckte sich Caspar hinter das Bettgestell. Er hörte, wie leichte Schritte auf ihn zukamen. Vorsichtig ließ er sich auf den Boden gleiten und robbte unter das nächste Bett. Ganz nah quietschte Metall. Jemand hatte sich auf das Bett ihm gegenüber gesetzt und fing an, sich die Schuhe auszuziehen. Caspar erkannte kleine Füße mit neongrünen Schneeboots!

Konnte das wirklich Till sein? Alle Müdigkeit fiel wie von selbst von ihm ab. Sein Herz jubelte, als die Person vor ihm

die Schneeboots von den Füßen kickte – genau wie Till das immer tat.
Er hatte ihn gefunden! Er hatte seinen kleinen Bruder gefunden. Und es war überhaupt nicht schwer gewesen.
Caspar kroch aus seinem Versteck hervor und lief zu dem anderen Bettgestell hinüber. Jetzt nur noch Till schnappen und bloß weg hier. »Till!«, flüsterte er, und tatsächlich! Da saß er, unverkennbar Till, mit seinen roten Haaren und der Knubbelnase. Er zog seinen Bruder glücklich an sich. »Hej, Kleiner, da bist du ja!«
Till wand sich aus Caspars Umarmung. »Hallo?«, sagte er und musterte ihn neugierig.
Jemand hatte ihm einen viel zu großen schwarzen Kapuzenpulli angezogen, unter dessen Kapuze seine Haare halb verschwanden.
Caspar strahlte ihn an. Ich hab dich wiedergefunden, war alles, was er denken konnte. Ich ganz allein. Eine Welle von Stolz brandete in ihm auf.
»Komm, wir müssen schnell hier weg«, sagte er.
»Warum?«, fragte Till.
Caspar griff nach seiner Hand.
»Ich bring dich nach Hause.«
Till legte seine kleine Stirn in Falten, so wie er es schon tausendfach getan hatte. »Nach Hause?«
Puh, der Kurze schien ja ziemlich verwirrt zu sein. Aber darauf konnte Caspar jetzt keine Rücksicht nehmen. Er warf einen Blick zu der Tür, durch die Till eben gekommen war. Die anderen Kinder konnten jeden Moment hier sein.

»Das ist eine lange Geschichte.« Er fasste nach Tills Hand, zog ihn hoch und half ihm wieder in seine Boots. »Los, komm! Wir müssen uns beeilen.«
Till sah ihn aus fragenden Augen an. »Bist du auch ein Neuer?«
Zwei, drei Sekunden vergingen, dann explodierten die Worte in Caspars Kopf. Er erkennt mich nicht!, begriff er. Er hat vergessen, dass ich sein Bruder bin!
Caspar fühlte, wie Panik in ihm aufstieg. Raus hier, ich muss ihn von diesem Ort fortbringen! Ohne ein weiteres Wort zu verlieren, packte er Tills Arm und zog ihn mit: durch die Tür in das schmale Treppenhaus, die Stufen hinunter in Richtung des unterirdischen Gangs, der sie schließlich wieder zu der Luke führen würde. Der Kleine protestierte, aber Caspar achtete nicht darauf und rannte mit ihm die letzten Stufen hinab. Er konnte die Tür zum Vorraum schon sehen, als Till hinter ihm ruckartig stehen blieb.
»Weiter!«, rief Caspar.
»Halt!«, jammerte Till.
Tills Kopf war seltsam nach hinten gereckt, und er stemmte sich gegen Caspars Griff. »Halt an! Das tut weh.«
»Was? Wir sind beinahe draußen!«, rief Caspar und wollte ihn mitziehen.
Tills Kapuze war zurückgerutscht, und zwischen den roten Haaren entdeckte Caspar jetzt ein silbrig dünnes Etwas, das vom Hinterkopf seines kleines Bruders abstand wie eine kurze Antenne. Was war denn das? Caspar sprang zurück auf die Stufe, auf der Till wie angewurzelt stand. Als er das sonderbare

Ding vorsichtig antippte, stellte er fest, dass es ein beweglicher Faden war. Wie war das möglich? Ein normaler Faden hätte doch runterhängen müssen, aber dieser schien waagerecht in der Luft zu stehen, gespannt wie eine Bogensehne. Als würde jemand daran ziehen und Till dadurch festhalten.

Das Ding musste weg! Beherzt griff Caspar den Faden und zog.

»Aua!«, sagte Till und machte einen Schritt von seinem großen Bruder weg.

»'tschuldigung«, murmelte Caspar.

Er fasste nach hinten an seinen Gürtel und zog das Messer aus der Hülle.

Till sah ihn aus schreckgeweiteten Augen an. »Was machst du mit dem Messer?«

»Pscht, geht ganz schnell.« Caspar zwang sich zu einem Lächeln. Er nahm den Faden so, dass sich eine kleine Schlaufe bildete, und schob die Klinge hinein. Am besten schnitt er den Faden mit einem Ruck durch!

»Stopp!«, zischte da plötzlich jemand über ihm.

Caspar fuhr zusammen. Ein paar Stufen höher stand das Mädchen mit der Baskenmütze und starrte ihn feindselig an.

»Pack das Messer weg.«

»Nein!«

Wenn das Mädchen sie entdeckt hatte, dann waren die anderen sicher auch nicht weit. Er musste Till von diesem Faden befreien, bevor sie loslief und Alarm schlug. Wieder konzentrierte Caspar sich auf diesen seltsamen Faden. Hinter ihm huschte das Mädchen die Stufen hinunter.

»Du tust ihm weh!«
Sie stand jetzt direkt neben Caspar. Ihre großen dunklen Augen funkelten vor Wut.
»Lass mich!« Caspar versuchte, sich nicht von ihr ablenken zu lassen. Zwischen ihnen stand Till.
»Wir sind gleich draußen«, raunte Caspar ihm zu.
Wieder setzte er das Messer an.
Till kniff die Augen zu.
»Warum schneidest du ihm nicht gleich ein Ohr ab? Oder einen Finger?«, fragte das Mädchen.
Was redete sie da? Widerwillig wandte Caspar sich zu ihr um.
»Mit dem Faden kommt er hier aber irgendwie nicht raus.«
»Ach, Blitzmerker! Die Neuen haben immer einen kurzen Faden!«
Sie sagte es so, als sei es für sie etwas ganz Normales. Ein kurzer Faden. Sein Bruder sollte überhaupt keinen Faden haben!
Oben am Treppenabsatz bewegte sich etwas.
»E-Emma?«
Es war der pummelige Junge von vorhin. Jetzt fiel Caspar auf, dass auch er eine Mütze trug.
»W-wer ist d-das?«
»Jemand, der sich verlaufen hat«, sagte das Mädchen namens Emma. »Ich klär das, Puck, okay?«
Der Junge betrachtete Caspar verblüfft. »S-sich verlaufen? Hier … i-i-im Turmhaus?«
Caspar suchte Tills Blick. »Ich hab mich nicht verlaufen!

Ich bin hier, um meinen Bruder zu holen.« Er sah von dem Mädchen zu dem Jungen oben auf dem Treppenabsatz. »Das geht euch nichts an. Mein Bruder und ich gehören hier nicht her.«

»Irr-Irrtum«, sagte der Junge kopfschüttelnd. »Im Turm des M-M-Meisters gibt es keine B-Brüder.«

»*Du* gehörst hier vielleicht nicht her«, ergänzte das Mädchen. »Und meinetwegen kannst du auch gehen, wohin du willst. Aber Till bleibt.«

Langsam hob sie die Hand und zog das Messer von dem Faden weg.

Caspar fühlte, wie Tills Körper sich neben ihm entspannte.

In diesem Moment begriff er, dass das Mädchen recht hatte. Till kam nicht frei, nur weil er ihn im Turm des Meisters gefunden hatte. Ein jahrhundertealter Vertrag löste sich nicht in Luft auf, bloß weil er hier auftauchte und seinen kleinen Bruder zurückhaben wollte.

Caspar steckte das Messer zurück und nickte langsam. »Ohne Till gehe ich nirgendwohin«, sagte er.

»Vollidiot!«, zischte sie, drehte auf dem Absatz um und verschwand durch den Gang.

15. KAPITEL

Blinzelnd öffnete Caspar die Augen und versuchte, seine Beine auszustrecken. Aber da war kein Platz. Wo war er? Und wo war Till? Durch die Ritzen zwischen den Holzlatten fielen schwache Lichtstrahlen auf sein Gesicht. Caspar stützte sich auf den Ellenbogen. Jeder Knochen tat ihm weh. Da fiel es ihm wieder ein. Nachdem er Till zurück in den Schlafsaal begleitet hatte, war sein kleiner Bruder dem Mädchen und dem Pummeligen einfach aus dem Raum gefolgt, nicht ohne Caspar noch einmal einen Blick zugeworfen zu haben, der zwischen Neugier und Misstrauen schwankte. Vollkommen durcheinander und zu Tode erschöpft, war Caspar zurückgeblieben.

Dass Till sich nicht an ihn erinnerte, war ein Schock, und dieser sonderbare Faden in seinen Haaren! Der totale Horror!

Caspar hatte noch überlegt, ob er den Kindern nachschleichen sollte, als er plötzlich Stimmen im Flur gehört hatte, die er nicht kannte.

Unter den Fenstern an der Längsseite des Raums standen einige Holztruhen, die groß genug waren, um sich darin zu

verstecken. Ohne weiter nachzudenken, hatte er sich in eine von ihnen verkrochen. Doch schließlich hatte die durchwachte Nacht mit Anatol ihren Tribut gefordert, und ehe er sich's versah, war er fest eingeschlafen.
Leise drückte Caspar den Deckel der Truhe einen Spaltbreit hoch und spähte in den Saal. Wie spät es wohl war?
Höchste Zeit, dass er hier rauskam, und einen Weg fand, zusammen mit Till zu fliehen.
Gleich im nächsten Etagenbett bewegte sich jemand. War das sein Bruder? Aber Caspar erkannte den pummeligen Jungen von gestern. Wie hatte ihn das Mädchen genannt? Piet? Nein, Puck! Ein merkwürdiger Name für einen Jungen.
Der Junge schlüpfte gerade in seinen Kapuzenpulli. An diesem Morgen hatte er keine Mütze auf, und plötzlich entdeckte Caspar zwischen seinen dunkelblonden Haaren etwas Silbriges. War das etwa auch so ein Faden, wie Till ihn hatte?, überlegte Caspar noch, als der Junge mit der Hand unter den Faden griff und ihn aus dem Pulli zog. Caspars Augen wurden groß und größer. Wie lang war denn dieser Faden? Vier, fünf Meter? Aus seinem Versteck beobachtete er, wie der Junge den Faden, der nicht sehr dick war, sorgfältig zu einem Knäuel aufwickelte und ihn in seiner Kapuze verstaute. Ein klackerndes Geräusch ließ Caspar zusammenzucken, und er blickte zum anderen Ende des Raums. Erst jetzt fiel ihm auf, dass sich über der Tür eine Art Galerie befand, die über die gesamte Schmalseite des Saals führte. Oben hinter dem Geländer stand das Mädchen mit der Baskenmütze. Sie hatte den Vorhang zur Seite gezogen und klet-

terte nun flink auf das Holzgeländer. Caspar hielt die Luft an. Bis zum Boden waren es sicher drei Meter. Wollte sie da etwa runterspringen? Irritiert kniff er die Augen zusammen, als sie wie ein Eichhörnchen die Wand hinunterkletterte. Unten angekommen, lief sie zusammen mit Puck zu dem Flur, durch den sie am Vorabend auch mit Till verschwunden waren. Nun war der Saal leer. Den älteren Jungen, der gestern das Käppi getragen hatte, konnte er nirgendwo entdecken.

Caspar wollte die Klappe der Truhe ganz öffnen, als rechts von ihm die Tür zum Treppenhaus aufging. Er unterdrückte ein Stöhnen und ließ die Klappe schnell runter. Kam er denn nie wieder aus dieser Kiste raus? Er hörte schwere Schritte, und ehe er begriff, wie das möglich war, flog die Klappe über ihm auf. »Wen haben wir denn hier?«

Caspar starrte in ein Gesicht, das er schon einmal gesehen hatte. Es war der Fremde mit der Augenklappe, der ihm das Messer gegeben hatte.

Der Riese packte ihn am Jackenkragen und zog ihn auf die Beine. »Zum Teufel, der Junge aus dem Theater! Los, raus da!«, kommandierte er.

Caspar griff schnell nach seinem Rucksack und stieg dann aus der Kiste. Hinter dem Einäugigen bemerkte er einen zweiten Mann. Sein Alter war schwer zu schätzen. Er trug einen geflickten Kittel und hatte das Gesicht einer verschrumpelten Kartoffel.

»Sie … Sie haben das Messer im Theater nicht mehr abgeholt«, stammelte Caspar an den Riesen gewandt. Es war das

Erstbeste, was ihm einfiel. »Da bin ich jetzt eben zu Ihnen gekommen.«
»Ach so?« Das unversehrte Auge stierte ihn wütend an. »Und wie, verdammt, hast du dich hier reingeschlichen?«
»Durch die Luke in der Turmmauer«, antwortete Caspar wahrheitsgemäß. Dass er den Kindern gefolgt war, behielt er besser für sich. Sein Instinkt riet ihm, den Mund zu halten.
Die Männer wechselten einen Blick.
»Verfluchter Rattendreck, das wird dem Meister gar nicht gefallen«, spuckte der Einäugige aus.
Der Alte wackelte mit dem Kopf. »Ganz und gar nicht wird ihm das gefallen! Lass uns das Jungchen einfach auf demselben Weg hinausbefördern, wie es sich hereingeschlichen hat, he?«, krächzte er. »Vielleicht ist es klüger, den Meister jetzt nicht damit zu behelligen. Du weißt doch, Norden – so kurz vor seiner Transforma…«
»Der Meister ist hier?«, fiel Caspar dem zweiten Mann ins Wort. »Dann muss ich mit ihm sprechen! Unbedingt!«
Die beiden starrten ihn an. Caspar hielt tapfer ihren Blicken stand. Sie wussten, wo der Meister sich aufhielt. Der Meister, der seinen kleinen Bruder gefangen hielt.
»Ich bin bereit«, sagte er.
»Das, Jungchen, entscheidest nicht du!«, fuhr ihn der Riese an und nahm ihm seinen Rucksack weg.
Dann fassten die zwei ihn links und rechts am Arm und zogen ihn durch die Tür, die in die Vorhalle führte. Im selben Augenblick hörte Caspar hinter sich Tills Stimme.
»Emma, wo bringen sie den Neuen hin?«

Schnell wandte Caspar den Kopf. Sein kleiner Bruder stand neben dem Mädchen in der Tür auf der anderen Seite des Schlafsaals und sah ihm nach.

»Sei still«, ermahnte Emma ihn. »Das willst du gar nicht wissen.«

Dann schob der ältere Mann Caspar durch die Tür und ließ sie hinter sich ins Schloss fallen.

Wie einen Gefangenen führten sie ihn durch endlos lange Gänge, in denen vereinzelt verstaubte Glühbirnen leuchteten und ihnen den Weg wiesen. Schon bald verlor Caspar die Orientierung. Gehörten diese Gänge noch zum Nebengebäude, oder führten sie in den Turm? Caspar wusste es nicht. Trotz seiner Angst versuchte er, sich jede Einzelheit genau einzuprägen, und zählte im Stillen die Lichter. Nach vierzehn Glühbirnen und einer gefühlten Ewigkeit erreichten sie eine niedrige Tür. Der Alte holte einen großen Schlüsselbund unter seinem Kittel hervor und schloss auf. Dahinter verbarg sich ein kleines Verlies.

»Das hast du davon, dass du hier herumschnüffeln musstest«, sagte der Riese mit bösem Unterton.

Caspar hielt sich im Türrahmen fest. »Sie können mich nicht einsperren! Meine Eltern wissen, wo ich bin«, log er. »Sie gehen zur Polizei, wenn ich nicht zurückkomme! Dieser Turm liegt mitten in Kopenhagen. Sie …«

»Die Polizei? Uuh, da bekomm ich ja Angst!« Der Riese beugte sich zu ihm, löste seine Hände von dem Holzrahmen und wandte sich zu dem Alten. »Hörst du das, Larsen, seine Eltern gehen zur *Polizei*!«

Auf dem kartoffeligen Gesicht des Alten erschien ein schiefes Grinsen.
»Hehe, zur Polizei?«, quiekte der und drängte Caspar durch die Tür. »Als ob die im Reich des Meisters irgendetwas ausrichten könnten!«

Das Verlies war kaum größer als ein Schuhkarton. Auf dem Boden lag ein Strohsack, und hoch oben in der Mauer befand sich eine winzige Öffnung, durch die Licht fiel. Hinter der Tür quietschte der Riegel.
Zu seiner Überraschung war sein Rucksack noch kurz vorher neben ihm auf dem Boden gelandet.
Sofort bückte sich Caspar. Das Handy war seine einzige Rettung. Er durchsuchte das Hauptfach und die Seitentaschen. Er stülpte den Rucksack komplett um und schüttelte noch den kleinsten Krümel hervor. Aber sein kleines, altes Handy tauchte nicht auf. Die Wächter hatten es einkassiert.
Casper lehnte sich gegen die Wand und schloss die Augen. Wie hatten die zwei Wächter ihn nur so schnell in seinem Versteck gefunden? Jemand musste ihn verpfiffen haben. Caspar kickte den Strohsack quer durch das Verlies. Das war bestimmt diese Emma gewesen! Sie hatte gewusst, dass er im Turm war, und musste ihn irgendwie in seinem Versteck bemerkt haben.
Caspar starrte zu dem Fenster hoch, durch das er ein kleines Stück Himmel sehen konnte. Was war er nur für ein Dummkopf gewesen, den dreien in den Turm zu folgen, ohne Greta vorher eine Nachricht zu schicken. Sie und seine Eltern wa-

ren sicher schon ganz krank vor Sorge, weil er verschwunden war.
Ob sie die Polizei alarmiert hatten? Oder hatten sie sich selbst auf die Suche gemacht – gemeinsam mit Anatol? Was würde Greta ihnen erzählen? Vermutlich, dass sie ihn in der Stadt verloren hatte.
Caspar zog die Beine an. Selbst durch den Strohsack war der Boden kalt und hart, und es drückte ihm am Po. Er verlagerte sein Gewicht. Aber halt, das war ja gar nicht der Stein – das war sein Messer! Er zog das Unglücksmesser aus der Hosentasche und legte es in der Hülle vor sich auf den Boden.
Anatol mochte tausendmal das Gegenteil behauptet haben: Caspar wusste, es war seine Schuld, dass der Meister Till geholt hatte. Nur seine Schuld! Er verstand noch immer nicht, wie, aber durch das Messer hatte der Meister eine Verbindung zu ihnen hergestellt. Und dadurch, dass er, Caspar, tatsächlich so dumm gewesen war, es anzunehmen, und dann auch noch Tills Gesicht damit geschnitzt hatte, war überhaupt erst alles in Gang gesetzt worden.
Hierfür als Zins zu zahlen alle fünfzig Jahr soll das jüngste Kind dem Meister gehören auf ewig. Und es soll von seiner Familie vergessen sein, als wäre es nie geboren.
Die Worte des Vertrags hatten sich tief in Caspars Gedächtnis gebrannt.
Aber wenn der Meister unbedingt ein Kind haben will, überlegte er jetzt wütend, dann soll er doch mich nehmen. Er war ein geschickter Schnitzer. Mit dem Messer konnte er für den

Meister alles schnitzen, was er wollte. Vorausgesetzt, er ließ ihn wieder aus diesem Verlies heraus.
Caspar sah sich um. Zumindest liegen hier keine Knochen, dachte er grimmig. Als er das Messer wieder wegsteckte, raschelte es in seiner Hosentasche, und er fühlte das Seidenpapier, in das Greta ihren Haarring gewickelt hatte. Gestern hatte er Gretas Idee schräg gefunden, aber jetzt war er nur froh, etwas von seiner Schwester bei sich zu tragen. Auf diese Weise fühlte es sich beinahe so an, als wären er und Till nicht ganz allein hier in diesem Turm.
Er wollte den Ring gerade in die Tasche zurückstecken, da fiel ihm etwas ein: Was würde aus dem Ring, wenn die Wachen seine Kleidung durchsuchten oder sie an sich nahmen? Till und die anderen Kinder trugen alle den gleichen großen Kapuzenpulli und eine dunkle Hose. Er holte den Ring hervor und drehte ihn zwischen den Fingern. Wie glatt er sich anfühlte. Probehalber steckte er ihn an seinen Ringfinger. Beinahe musste er lachen. Was würden seine Kumpel in der Schule sagen, wenn er mit einem Ring ankam?
Vorsichtig nahm er ihn ab. An der Hand konnte er ihn auf keinen Fall tragen, das war zu auffällig, und eine Kette, um ihn aufzufädeln und ihn sich um den Hals zu hängen, hatte er nicht.
Caspar griff nach dem Seidenpapier, um den Ring wieder darin einzuwickeln. Vielleicht verwahrte er ihn am besten doch in seiner Hosentasche … Da fiel sein Blick auf seine Schuhe, und ihm kam eine bessere Idee. Schnell streifte er Schuhe und Socken ab. Der Ring passte perfekt über den mittleren Zeh. Er

spürte ihn kaum. Dort würde ihn bestimmt niemand entdecken und ihm wegnehmen!
Durch den Spalt unter der Tür klang ein Schlurfen. Kamen die Wachen etwa schon zurück? Caspars Herz begann schneller zu schlagen. Er schaffte es eben noch, sich die Socke über den Fuß zu ziehen und in den Schuh zu schlüpfen, da ging die Tür auch schon auf, und der Alte trat herein.
Wortlos stellte er ein Tablett neben den Strohsack auf den Boden.
»Kann ich jetzt zum Meister?«, fragte Caspar. Je eher er mit ihm sprach, desto besser.
»Jungchen, Jungchen, nicht so eilig!« Der Alte wischte den Löffel an seinem fleckigen Kittel ab und fischte ein großes Stück Brot aus der Tasche. »Iss erst mal die Suppe da.« Der alte Wächter schlurfte zurück zur Tür. »Und lass sie nicht kalt werden«, fügte er noch hinzu, bevor er verschwand. »Du musst sie essen, solange sie heiß ist!«
Caspar brauchte nur einen Blick auf die schleimige Pampe zu werfen, um zu wissen, dass er von dieser Suppe ganz sicher keinen einzigen Löffel essen würde. Hungrig biss er in das Stück Brot und trank das Wasser. Da entdeckte er den Bonbon, der neben dem hölzeernen Löffel lag. Caspar wickelte ihn aus und steckte ihn sich in den Mund. Lakritz, dachte er noch – dann fiel sein Kopf nach vorn, und er sackte neben dem Tablett auf dem Boden zusammen.

16. KAPITEL

»Hehe, er ist noch betäubt«, krächzte jemand.

Die Stimme klang von weit, weit her. Caspar versuchte, die Augen zu öffnen, aber seine Lider waren schwer wie Blei. Mühsam blinzelte er zur Tür, wo er eine schiefe Gestalt ausmachen konnte. Der Alte mit dem Kartoffelgesicht, dachte Caspar.

»Los! Hoch mit dir!«, erklang da eine andere Stimme. »Der Meister will dich sehen.«

Caspar erkannte den Riesen mit der Augenklappe, der wie ein dunkler Felsen hinter dem Alten aufragte.

»Der macht ja schon vor der Zeremonie schlapp«, knurrte der Einäugige und stapfte ins Verlies. Er packte Caspar und warf ihn sich über die Schulter. Als sie an dem anderen vorbei auf den Gang traten, meinte Caspar, den Alten leise flüstern zu hören: »Du solltest doch die Suppe essen, Jungchen!«

Caspar bekam kaum mit, wohin ihn der Riese schleppte. Sein Kopf fühlte sich dumpf an, aber dennoch hatte er das Gefühl, dass sie sich stetig nach oben bewegten, bis sie schließlich

einen großen, runden Raum erreichten. Dort ließ ihn der Wächter unsanft auf den Boden ab.
Für einen Moment glaubte Caspar, dass der Raum voller Kinder war. Kinder, die ihn von allen Seiten anstarrten. Er schüttelte den Kopf, um richtig wach zu werden. Da erkannte er, dass sämtliche Wände um ihn herum mit großen Spiegeln verkleidet waren. Woran erinnerte ihn das nur? Auf dem glänzenden schwarzen Boden verlief eine kreisrunde weiße Linie, auf der die Kinder um ihn herumstanden, und ihre Spiegelbilder wurden von den Wänden hundertfach zurückgeworfen. Fieberhaft suchte Caspar nach dem Gesicht seines kleinen Bruders und atmete tief ein, als er Till zwischen Emma und Puck entdeckte. Sein kleiner Bruder blickte starr geradeaus und schien ihn gar nicht wahrzunehmen.
Noch während Caspar überlegte, was nun mit ihm geschehen würde, richteten sich mit einem Mal alle Blicke zu der Spiegelwand ihm gegenüber.
»Der Meister!«, wisperte Salamander aufgeregt.
Hinter einem Stuhl mit hoher Rückenlehne schwang eines der Spiegelelemente auf.
»Erbietet dem Meister euren Respekt!«, donnerte die Stimme des einäugigen Turmwächters.
Wie in einer einzigen Bewegung verbeugten sich die Kinder tief, während der Meister mit steifen Schritten den Raum durchquerte. Als er in der Mitte angekommen war, wies er sie mit einer knappen Handbewegung an, sich wieder aufzurichten. Caspar, der immer noch ein wenig benommen

auf dem Boden hockte, blinzelte von unten zu ihm auf und erschrak. Ihm war, als schaute er einem Skelett ins Gesicht. Die wächserne Haut spannte sich über den Wangenknochen, und die wimpernlosen Augen lagen tief in ihren Höhlen. Ohne ein Wort schritt der Meister an Caspar vorbei. Sein abgewetzter Mantel schlackerte um seine dürre Gestalt, und er blätterte ungeduldig durch ein kleines Buch, das er aus den tiefen Falten seines Mantels hervorgeholt hatte.

»Dieser Junge ist nicht in meinem Kalendarium verzeichnet!«, rief er über Caspars Kopf hinweg zu den Turmwächtern.

Caspar starrte beklommen auf die Hände des Meisters. Zwischen dessen überlangen, knochigen Fingern blitzten mehrere kurze Fäden auf, und sowohl dem linken Daumen als auch dem Mittelfinger fehlte jeweils das oberste Glied.

»Nein, Meister, nein«, stammelte der alte Turmwächter. »Das Jungchen hat sich in Euren Turm verirrt und …«

»… es ist der Junge, dem Ihr die Holzpuppe und das Messer geschenkt habt, Meister«, sagte Norden. »Erinnert Ihr Euch?«

Caspar horchte auf. Die Holzpuppe und das Messer waren Geschenke für ihn gewesen?

Der Meister wischte mit dem Saum seines Mantels über den Boden. »*Erinnerungen?* Für euch nichts als flüchtiges *Spielwerk*. Gefährliche *Geister*, die eure Sinne verwirren wollen. *Schatten*wesen, die ihr nicht beherrschen könnt.« Er blieb vor Caspar stehen und musterte den Jungen zum ersten Mal. »Aber ich – ich *erinnere* mich natürlich«, sprach er mit heiserer Stimme weiter. »Sag, haben dir meine Präsente nicht gefallen?« Die bernsteinfarbenen Augen des Meisters starrten ihn unverwandt an, und Caspar zwang sich, dem bohrenden Blick standzuhalten.

»Doch, doch«, krächzte er. »Das Messer … es hat mir sogar sehr gefallen.« Er schluckte. »Nur die Marionette war ziemlich gruselig.«

Die Augen des Meisters leuchteten auf. Er kam ein wenig näher an Caspar heran und senkte die Stimme. »Genau deswegen wolltest du sie auch behalten, nicht wahr?« Er drehte sich um und legte das Buch auf die Lehne des Stuhls.

»Nein. Nein, ich wollte sie nicht behalten«, stieß Caspar hervor.

Die papierdünnen Lippen des Meisters verzogen sich zu einem bösen Lächeln. »Es waren genau die richtigen Geschenke für dich, *Caspar Winter*! Den Erben der winterschen Puppenspieler-Dynastie, den …«, er zeigte mit seinem dürren Zeigefinger auf ihn, »… angehenden Meisterschnitzer, den alle bewundern.«

Gegen seinen Willen musste Caspar dem Meister wie gebannt zuhören.

»Ja«, fuhr dieser mit eindringlicher Stimme fort. »Du, Caspar, bist dazu ausersehen, etwas Großes zu erschaffen. Du kannst einzigartige Marionetten schnitzen …«

Caspar hielt sich die Ohren zu und rappelte sich vom Boden auf. »Aber das will ich gar nicht!«, rief er. »Sie können Ihr Messer wiederhaben und den Reichtum und den Erfolg. Ich will nur meinen Bruder zurück!«

Caspar merkte, wie die anderen Kinder ihn erschrocken ansahen.
Die Augen des Meisters verengten sich zu Schlitzen. »Till ist nicht *dein Bruder*. Er ist ein Kind Memorias und hat bereits den Faden erhalten.«
Caspar schnürte es die Kehle zu, als er sah, wie der Meister bei diesen Worten auf seinen kleinen Bruder zuging und ihm mit seiner krallenartigen Hand unters Kinn fasste. »Sag uns, Till, zu wem du gehörst!«
»Zu Euch, Meister«, antwortete Till mit zitternder Stimme. »Ich gehöre zu Euch.«
Caspar wollte dem Meister hinterher und ihn von Till wegziehen, aber seine Beine gehorchten ihm nicht.
Da wandte der Meister sich wieder Caspar zu. »So, so«, sagte er, und wieder umspielte ein böses Lächeln seine dünnen Lippen. »Du willst meine Geschenke also nicht. Verzichtest auf Ruhm und Reichtum. Nun, wenn das tatsächlich dein Wunsch ist, kommst du wahrlich nicht ungelegen. In diesen Zeiten gibt es viel Arbeit in Memoria, und nicht alle Kinder erfüllen meine Hoffnungen.«
Aus dem Augenwinkel bemerkte Caspar, wie Puck erschrocken zusammenzuckte.
»Andere hingegen brauchen noch etwas mehr Reifezeit, um ihre Pflichten hinreichend zu erfüllen.« Sein Blick wanderte zu Till.
Caspar wollte einen Schritt auf den Meister zu machen, aber eine Bewegung der Turmwächter ließ ihn innehalten.
»Das meine ich ja!«, rief er stattdessen. »Mein kleiner Bruder

ist viel zu jung für … für das hier.« Er versuchte, sich seine Angst nicht anmerken zu lassen. »Er ist noch keine Hilfe für Euch, aber … ich … ich kann Euch …«

Caspar zögerte. Was genau konnte er dem Meister eigentlich anbieten? »Ich kann … ich kann Euch …«

»… *dienen*«, vollendete der Meister seinen Satz. »Ja, Caspar, du wirst mir dienen. Denn wer Memoria einmal betreten hat, kann es nicht wieder verlassen.«

Mit diesen Worten winkte er die beiden Wächter zu sich.

»Die Spule, Larsen«, wandte er sich an den Älteren. Und zu dem einäugigen Riesen: »Die Kerze, Norden.«

Rechts huschte der Alte durch den Saal, nahm etwas von einem Tisch, der an der Wand stand, und kam zurück. Links ging der Riese auf eine kleine Kerze zu, die Caspar bis zu diesem Augenblick noch gar nicht bemerkt hatte, und nahm sie vorsichtig von ihrem Ständer.

Der Meister trat an Caspar heran. »Knie nieder, Caspar Winter.«

Caspar wollte protestieren, doch da berührte der knochige Zeigefinger des Meisters bereits seine Schulter, und er beugte ohne ein weiteres Wort gehorsam das Knie.

Der Meister nahm dem alten Larsen die Spule ab. Sie sah aus wie eine große Garnrolle und war mit einem silbrigen Faden umwickelt.

Nein!, durchzuckte es Caspar. Nein! Erst musste der Meister seinen kleinen Bruder freigeben. Verzweifelt versuchte er zu widersprechen, und Tränen der Wut stiegen ihm in die Augen. Das durfte der Meister nicht! Stumm musste Caspar zusehen, wie der Meister ungerührt ein kurzes Stück Faden abrollen ließ. Ein Blick, und schon stand die einäugige Wache mit der Kerze neben ihm.

»Nicht so nah, du Tölpel! Oder willst du mich verbrennen?!«, herrschte der Meister den Riesen an.

»Verzeiht, Meister.« Der Wächter nahm die Kerze ein Stückchen zurück, dann hielt der Meister den gespannten Faden über die Flamme und trennte das kurze Ende ab.

Es roch fast nach verbranntem Haar.

Mit einer fließenden Bewegung befestigte der Meister das Stück um einen seiner Finger. Anschließend versetzte er der Rolle einen erneuten Stoß und ließ den restlichen Faden abrollen.

Caspar spürte, wie die Fingerspitzen des Meisters seine Haare auseinanderschoben. Durch das Rauschen in seinen Ohren hörte er die Stimme des Meisters.

»Der Faden, gesponnen durch alle Zeit,
den Faden genommen auf Ewigkeit.
Gehorsam und Treue schwörst du mir,
den silbernen Faden gebe ich dir.
Unauflöslich durch Licht und Nacht.
Den Faden genommen durch meine Macht.
Der Faden, gesponnen durch alle Zeit.
Memorias edelste Kostbarkeit.
Graues Gestern und Morgen gibst du mir,
den silbernen Tag schenke ich dir.
Der Faden, gesponnen durch alle Zeit,
den Faden genommen auf Ewigkeit.«

Caspar fühlte, wie etwas Leichtes seinen Kopf berührte. War das etwa der Faden?
Nachdem Norden mit der Kerze zu ihnen getreten war, beugte sich der Meister zu Caspar und flüsterte ihm ins Ohr: »Man sagt, es sei wie der Stich eines Skorpions.«
Es brannte wie Feuer, als das flüssige Wachs auf seinen Kopf tropfte. Caspar biss die Zähne zusammen. So einen Schmerz hatte er noch nie in seinem Leben gefühlt. Und gerade als er meinte, es nicht mehr auszuhalten, stieg von seinem linken Fuß ein sanftes Kribbeln in ihm auf. Er schloss die Augen, und da tauchte Gretas Gesicht vor ihm auf. »Den hab ich für dich gemacht«, flüsterte sie ihm zu. Gretas Ring! Verzweifelt klammerte Caspar sich in seinen Gedanken an ihn.
In dem Moment fühlte er, wie der Meister über ihm seine Hand nach rechts bewegte. Unwillkürlich folgte Caspars Kopf.
Der Meister hob und senkte seine Hand. Caspars spürte, wie er nickte.
»Der Faden ist gegeben.« Der Meister nickte zufrieden.
Caspar spürte kaum, wie er zu Boden sank.
»Der Faden ist genommen.«
Von oben blickten zwei kalte, bernsteinfarbene Augen auf ihn hinab. »Willkommen in Memoria.«

17. KAPITEL

»Was … was machst du da?«, fragte Caspar und rieb sich die Augen. Der pummelige Junge, der am Fußende seines Bettes saß, fuhr erschrocken zusammen und ließ etwas fallen.
»I-ich bring dein Schild an«, stotterte er und hob den Schraubenzieher vom Boden auf. »Dein Namensschild.«
»Mein Namensschild?« Caspar kam hoch. »Wozu?« In seinem Kopf pochte und brummte es heftig.
»D-d-damit du einen Namen hast«, antwortete der Junge und zog die Schrauben, mit denen das Schild am Bett befestigt war, etwas fester. »Du h-heißt ab jetzt C-Caspar.«
Aber so hieß ich doch schon immer, dachte Caspar verwirrt.
»Ich bin übrigens Puck.« Der Junge streckte ihm die Hand entgegen.
»Hej, Puck!«, sagte Caspar. Allmählich wurde es etwas klarer in seinem Kopf. »Wo ist denn mein Bru… äh …«, er unterbrach sich, »… ich meine, der Kleine?«
»Beim Frühstück. W-w-wie die anderen. W-w-wenn du f-fertig bist, b-bring ich dich hin.«

Caspar wollte schnell aus dem Bett schlüpfen, da begann sich vor seinen Augen alles zu drehen.
»Mach l-lieber langsam, Caspar!« Puck hielt ihn am Arm, bis er sein Gleichgewicht wiederfand, und zeigte auf den Kleiderstapel, der auf der oberen Matratze des Etagenbetts lag. »Da, d-deine neuen Sachen.«
Caspar hielt inne. Seine Klamotten waren verschwunden! Pulli, Hose, Mütze und Schuhe – alles weg. Was für ein Glück, dass er Gretas Ring gestern noch aus der Hosentasche genommen hatte. Wenn er genau hinfühlte, konnte er ihn ganz leicht am Zeh spüren. Erleichtert atmete Caspar auf.
Als er sich fertig angezogen hatte, reichte Puck ihm eine gestreifte Strickmütze. »Vergiss d-deine K-K-Kopfbedeckung nicht.«
»Hier drinnen? Du hast doch auch keine auf«, sagte Caspar und strich sich unwillkürlich über die Haare.
Autsch! Es war, als hätte er einen elektrischen Schlag bekommen. Caspar riss die Hand zurück und starrte sie erschrocken an.
»K-keine Angst! Das ist nur in den ersten Tagen so«, erklärte Puck und hielt ihm weiter die Mütze hin. Langsam nahm Caspar sie und zog sie sich über den Kopf.
»Komm mit.«
Caspar folgte Puck durch den schmalen Flur, bis sie durch eine niedrige Tür in einen großen Raum gelangten. Die Wände waren weiß getüncht, in der Mitte befand sich eine lange Tafel, und weiter hinten stand Larsen an einem altmodischen Herd und rührte in einem Topf.

Am Kopf der Tafel hockte der einäugige Norden über seinen Teller gebeugt und nagte schmatzend eine Fischgräte ab. Die Kinder saßen mucksmäuschenstill über ihren Schüsseln und löffelten ihren Frühstücksbrei. Keiner beachtete Caspar und Puck, als sie die Küche betraten.
Caspar entdeckte seinen kleinen Bruder sofort. Till saß neben dieser Emma, und auch wenn Caspar es nicht beweisen konnte, war er sich beinahe sicher, dass sie es gewesen war, die ihn bei den Wächtern verpfiffen hatte. Aus irgendeinem Grund hatte sie ihn auf dem Kieker. Diesem älteren Jungen mit dem arroganten Gesichtsausdruck traute Caspar allerdings auch nicht über den Weg. Wie hatte ihn Emma noch genannt? Salman? Salat? Nein, Salamander, wenn er sich recht erinnerte.
»Da ist d-dein Platz«, sagte Puck leise und zeigte auf einen freien Stuhl auf der anderen Seite des Tisches.
Am Kopfende ließ Norden die glitschige Gräte auf seinen Teller fallen. Missmutig fixierte er Caspar. »Na, wenn das nicht dieser undankbare Wurm ist, der die Geschenke des Meisters abgelehnt hat«, brummte er dem alten Larsen zu.
»Hehe!« Der Alte drehte sich um und winkte Caspar zu sich. »Los, komm her, Jungchen, hol dir dein Frühstück! Du wirst es brauchen.« Er sah zu den anderen Kindern. »Und ihr sagt dem Neuen eure Namen. Er weiß ja von nichts.«
Caspar ging langsam an dem langen Tisch vorbei.
Der ältere Junge blickte kaum von seiner Schüssel auf. »Ich bin Salamander«, knurrte er. Er hatte eng beieinanderstehende Augen und eine stachelige Frisur, aber das Interessanteste war:

Hinten zwischen seinem Haaransatz und der Kapuze blitzte es silbern. Also hatte Salamander auch einen Faden.
Nun nickte ihm Puck zu. »P-P-Puck«, stammelte er mühsam.
Er sah zu dem Mädchen.
»Ich heiße Emma«, sagte sie und musterte ihn neugierig.
Caspar beachtete sie gar nicht, sondern lächelte seinen Bruder an.
»Und ich bin Till. Wir sind Bettnachbarn, und wenn du …«
»Ruhe!«, polterte Norden dazwischen und schlug mit der Faust auf den Tisch, dass es krachte. »Ich bin Norden, der erste Turmwächter, und wer hier aufmuckt …«, er hob die Faust, »… kann sich auf eine Abreibung gefasst machen.«
Till zuckte zusammen, senkte den Kopf und schwieg.
Am liebsten wäre Caspar zu ihm gelaufen und hätte ihn in den Arm genommen. Aber der Turmwächter warf ihm einen scharfen Blick zu und machte eine Kopfbewegung in Richtung Herd. Obwohl es innerlich in ihm brodelte, gehorchte Caspar und beeilte sich, zum Herd zu kommen. Der alte Larsen reichte ihm eine Schüssel. »Jungchen, du wirst hungrig sein«, sagte er und klatschte ihm eine Kelle heißen Brei in die Schale. »Ich bin Larsen. Zweite Wache und Koch.«
Caspar nickte und blickte in seine Schale. Es war wieder dieses glibberige Zeug, das er schon im Verlies nicht angerührt hatte.
Er kehrte zum Tisch zurück, setzte sich an den Platz, den Puck ihm gezeigt hatte, und tat so, als wäre er voll und ganz mit seinem Brei beschäftigt. Aus welchem Grund bloß hatte der alte

Wächter die Kinder aufgefordert, ihre Namen zu nennen? Die kannte er doch schon.
Er weiß ja von nichts, hatte der Alte eben gesagt.
Caspar blickte verstohlen in die Runde und hielt plötzlich die Luft an. Gingen die anderen etwa davon aus, dass er alles, was vor der Faden-Zeremonie passiert war, vergessen hatte? So wie Till, der nicht mehr wusste, dass sie Brüder waren? Aber wenn das so war: Warum konnte er sich noch an alles erinnern?
Von der anderen Seite musterte Emma ihn aus wachen Augen. Schnell beugte Caspar sich über seine Schale und schob sich einen Löffel Brei in den Mund, der viel besser schmeckte, als er befürchtet hatte. Bis er einen Weg gefunden hatte, wie er und Till fliehen konnten, war es sicher das Beste, so zu tun, als sei er genauso ahnungslos wie sein kleiner Bruder.
Da schob Norden polternd den Stuhl zurück, stand auf und klatschte in die Hände. »Los, ihr Faulpelze! Ihr nichtsnutzigen Vielfraße! Genug gefrühstückt. Wir brechen auf.«
Salamander sprang sofort hoch. »Hat der Meister denn noch gesagt, wo ich den Mann aus dem Vitaskop finden kann?«
Norden tippte gegen Salamanders Stirn. »Der Meister erwartet, dass du deinen Auftrag erfüllst. Wie du das schaffst, ist deine Sache.«
»Ein verdammt kniffliger Auftrag«, murmelte Salamander.
Puck trat schüchtern vor. »K-könnte m-m-man n-n-nicht …«
»Misch du dich nicht ein, Spuck«, fuhr Salamander ihm über den Mund. »Und komm mir da draußen bloß nicht in die Quere.«

Puck verstummte und ließ die Schultern hängen.
Der einäugige Turmwächter klatschte noch einmal in die Hände. »Emma, du gehst mit Puck und Salamander«, entschied er.
Emma nickte, und Caspar fragte sich, ob die anderen Kinder im Gegensatz zu ihm und seinem Bruder vielleicht sogar freiwillig hier waren. Immerhin konnten Salamander, Puck und sie sich draußen anscheinend völlig frei bewegen.
Als Emma von der Bank glitt, entging Caspar nicht, wie sie Till über den Rücken strich und ihm etwas zuflüsterte. Der Kleine lächelte schwach. Was bildete die sich eigentlich ein? Die sollte Till endlich in Ruhe lassen!
Wütend schaute er ihr hinterher, wie sie mit Puck und Salamander die Küche verließ.
Auch Till sprang von der Bank und hüpfte zum alten Larsen.
»Larsen, was mach ich heute?«, fragte er und zupfte den Turmwächter am Ärmel.
»Du fütterst die Larven«, befahl Norden, bevor Larsen etwas sagen konnte. »Aber pass auf, dass du kein Futter verschwendest! Bis zur nächsten Lieferung müssen die Vorräte unbedingt reichen!«
»Aye, aye!«, rief Till und nickte eifrig.
Neugierig hörte Caspar zu. Von welchen Larven war hier die Rede?
Till wollte schon losflitzen, da stellte ihm der alte Larsen zwei große Eimer mit Grünzeug hin.
»Halt, Kleiner! Vergiss das Futter fürs Rauparium nicht.«

»Aber klar. Wird gemacht. Ganz fix.« Till nickte wieder.
Die sind für den Kurzen viel zu schwer, wollte Caspar protestieren. Aber zu seiner Überraschung nahm Till die beiden Eimer, ohne zu quengeln, und schleppte sie in Richtung Ausgang. An der Tür drehte er sich noch einmal zu Caspar um. »Bis dann, Caspar!«
»Bis dann!«, rief Caspar und folgte dann Larsen, der ihn zu sich an den Herd winkte. In der Wand entdeckte er einen Lastenaufzug. Sollte er etwa als Einziger hier in der Küche bleiben – und was? Kartoffeln schälen? Er musste doch ein Auge auf Till haben! Und was war dieses Rauparium, in das sein kleiner Bruder geschickt worden war?
Der Alte bückte sich und zog ein rundes Bodengitter hoch, das sich nur ein paar Schritte vom Herd befand. »Los, los, Jungchen! Nicht säumen und träumen, runter mit dir!«
Caspar warf einen Blick in das dunkle Loch und wich entsetzt einen Schritt zurück. »Da runter?«
Mit erstaunlich festem Griff hielt Larsen ihn fest. »Bis heute Abend hast du da unten alles blitzeblank gemacht.« Caspar wollte etwas erwidern, aber der Alte schob ihn bereits auf das Loch zu, und Caspar blieb nichts anderes übrig, als sich an der Strickleiter, die am Rand befestigt war, vorsichtig hinunterzuhangeln.
Mit einem Rasseln schloss sich das Gitter über ihm.

18. KAPITEL

Ungläubig blickte Caspar sich in dem winzigen Raum unter dem Speisesaal um. Es war wirklich kaum mehr als ein Loch. Statt eines Fensters gab es nur einen schmalen Mauerschlitz, und über dem Spülbecken brannte eine schwache Glühbirne. Caspar hatte kaum Platz, sich zu bewegen, denn überall auf dem Boden stapelten sich schmutzige rechteckige Glasbehälter, die ein bisschen aussahen wie kleine Aquarien. Das waren sicher mehr als hundert Stück! Wie sollte er die bis zum Abend jemals sauber bekommen?

Caspar seufzte. Er hockte sich hin und sah sich ein paar der Glasbehälter genauer an. Einige waren von innen ganz mit weißen Fäden verklebt, andere wiederum mit einem zähen bräunlichen Belag überzogen. Caspar rümpfte die Nase. Puh, war das eklig! Aber es half nichts. Denn alles, was zählte, war, dass er Till hier herausbrachte. Und wenn er dafür Tausende dieser Becken putzen musste, dann würde er es verdammt noch mal tun! Entschlossen schob er sich die Ärmel hoch und ließ heißes Wasser in das Spülbecken laufen.

Dann nahm er sich den ersten Glasbehälter vor und begann zu schrubben.
Wegen Greta machte er sich große Sorgen. Hätte er ihr bloß eine Nachricht geschickt, als er noch die Gelegenheit dazu gehabt hatte. Jetzt war es zu spät dafür, sein Handy war weg, und er hatte keine Ahnung, wie er mit ihr in Verbindung treten sollte, ohne Till allein zu lassen. Er holte das Becken aus dem Wasser und wollte es schon auf die Abtropffläche stellen, als er sah, dass das Glas immer noch von diesem pelzigen Belag überzogen war. Caspar scheuerte fester. Seine Gedanken kreisten unaufhaltsam um Greta, Mama und Papa. Immer wieder ließ er frisches Wasser ein. Dampf stieg auf und hüllte ihn ein. Die Behälter stapelten sich um ihn herum, nass vom Wasser und starrend vor Schmutz. Caspar begann zu schwitzen. Stunde um Stunde verging, doch so sehr er sich auch anstrengte, es gelang ihm einfach nicht, auch nur ein einziges Glasbecken vollkommen sauber zu bekommen. Waren diese Behälter verhext, oder war er einfach nur zu blöd, um anständig abzuwaschen?
Erschöpft lehnte er sich schließlich gegen das Waschbecken und schloss für einen Moment die Augen. Er erinnerte sich, wie der Meister sich ihm genähert hatte. Trotz seines zerschlissenen Mantels, der ihn eher wie ein Landstreicher als ein Meister aussehen ließ, hatte Caspar seine Macht spüren können. Der Meister hatte ihm den Faden gegeben, und seine Prophezeiung, dass jeder, der Memoria einmal betreten habe, es nie mehr verlassen könne, presste ihm noch immer die Luft ab.

Ob die Familien von Emma, Puck und Salamander einen ähnlichen Vertrag mit dem Meister geschlossen hatten? Waren sie auch Gefangene auf Lebenszeit und würden eines Tages so alt und schrumpelig sein wie Norden und Larsen? Nur, warum konnten sie sich draußen frei bewegen? Das machte keinen Sinn.

Mit einem tiefen Seufzer nahm Caspar sich den nächsten Glasbehälter vor. Er wollte nicht aufgeben, aber die Hände taten ihm furchtbar weh, und seine Haut war schon ganz rot vom heißen Wasser. Entmutigt ließ er sich auf den Boden sinken.

»Caspar?«

Verwirrt horchte Caspar auf.

»Hier«, flüsterte es.

Er rappelte sich auf und schaute sich um. War da jemand? Er schaute an die Decke, aber das Gitter über ihm war noch immer geschlossen.

»Hallo?«, rief er leise. »Wer ist denn da?«

»Du darfst an nichts denken«, hörte er die helle Stimme wieder. Sie kam aus dem Spalt in der Mauer. Caspar stieg über die Becken und stellte sich direkt davor.

»An nichts denken? Wieso?«, fragte er nach draußen.

»Lass nur deine Hände arbeiten!«, wisperte die Stimme.

»Wer ist denn da?«, flüsterte Caspar durch den Spalt. Doch auf der anderen Seite war nur noch ein kurzes Scharren zu hören und dann Stille.

War das Puck gewesen? Nein, dachte Caspar, den könnte ich an seinem Stottern erkennen. Oder etwa Salamander? Vielleicht war er gar nicht so fies, wie er tat.

Du darfst an nichts denken, hatte die Stimme gesagt.
Leichter gesagt als getan. Aber einen Versuch war es zumindest wert. Caspar trat zurück zur Spüle. »Ich schrubbe.« Seine Hand scheuerte die Unterseite des Beckens. Ich schrubbe widerlichen Schleim weg, dachte Caspar und musste dabei sogar grinsen. Wieder und wieder sagte er sich die Worte vor, bis sie keinen anderen Gedanken mehr zuließen. »Ich schrubbe. Und schrubbe. Und schruuuuuuuuuuuuuubbe …«
Als oben das Gitter endlich geöffnet wurde, standen immerhin fünf blitzsaubere Becken neben Caspar.
»Sehr weit bist du ja noch nicht gekommen, Jungchen«, grummelte der Alte. »Da musst du wohl morgen weitermachen.«
Casper konnte nichts antworten. Nach den letzten Stunden fühlte sich sogar sein Kopf leer geschrubbt an. Mit letzter Kraft kletterte er die Strickleiter hinauf. Wenn er nur gewusst hätte, wer ihm geholfen hatte.

Nachdem ihm der Alte einen Teller mit belegten Stullen in die Hand gedrückt hatte, machte Caspar sich auf den Weg zurück in den Schlafsaal. Es war bereits Abend. Unten hatten die drei Jungs die Klemmleuchten an ihren Betten eingeschaltet. Wie kleine Segelboote trieben die beleuchteten Betten durch die Dunkelheit. Von irgendwoher schwebten zarte, leichte Töne durch den Raum. Caspar hob den Kopf. Hinter dem Geländer der Galerie, von der er gestern Emma hatte herunterklettern sehen, schimmerte ein Licht durch die zugezogenen Vorhänge. Hatte sie da oben etwa ein Radio? Caspar wankte zu seinem Bett. Er war so fertig!

Puck, der auf seiner Matratze lag und las, schaute kurz zu ihm auf. Caspar lächelte ihm müde zu.
Salamander hatte sich vor seinem Bett auf dem Boden ausgestreckt und trainierte Liegestütze.
Caspar knipste seine Lampe an und ließ sich auf seine Matratze fallen. Auf dem Nachbarbett saß Till an einen Bettpfosten gelehnt und schien vor sich hin zu träumen.
»Hej!« Caspar winkte ihm zu, doch der Kleine reagierte nicht. Er saß nur da, starrte ins Leere und zupfte sich die silbrig glänzenden Fusseln ab, die seine Anziehsachen von oben bis unten bedeckten. Caspars Herz zog sich schmerzvoll zusammen. Zu Hause wäre Till schon längst zu ihm herübergehopst, sie hätten eine Kissenschlacht begonnen und richtig Alarm gemacht. Und hier? Hier saß sein kleiner Bruder nur still da. Viel zu still. Caspar hielt es nicht länger aus! Er stellte den Teller mit Broten beiseite und ging zu Till rüber.
»Na, was machst du da?«
Till schaute ihn ratlos an. »Ich? Nichts.«
Caspar hockte sich vor sein Bett und pflückte einen besonders puscheligen Fussel von Tills Pulli.
»Sieh mal! Sieht aus wie Schnee«, sagte er und pustete ihn in die Luft.
Stirnrunzelnd wischte Till das Fusselflöckchen zur Seite. »Kenn ich nicht.«
»Scherzkeks!« Caspar knuffte seinen kleinen Bruder leicht in die Seite. Der Knirps liebte Schnee schließlich über alles! Im nächsten Moment blieb ihm das Lachen im Halse stecken. Denn offenbar hatte Till sogar vergessen, was Schnee war.

Es musste doch irgendetwas geben, woran er sich erinnerte. Caspar knabberte einen Moment nachdenklich auf seiner Lippe. Vor dem Fenster hatte Salamander inzwischen begonnen, Kniebeugen zu machen. Jedes Mal, wenn er in die Knie ging, tauchte sein Gesicht kurz in den Lichtkegel der Lampe ein und verschwand dann wieder. In Caspars Erinnerung erschien eine andere Person, die Kniebeugen machte. »Noah«, wisperte er. Den verrückten Bademeister, den ihr Vater erschaffen hatte, konnte Till unmöglich vergessen haben.

»Darf ich ein paar von deinen Fusseln haben?«, fragte er und begann auch schon damit, sie gleichmäßig auf Tills Bettdecke zu verteilen. Schließlich brauchte ein Bademeister auch ein Schwimmbecken.

Mit skeptischem Blick verfolgte Till jede von Caspars Bewegungen.

»So«, sagte Caspar und zwinkerte seinem kleinen Bruder aufmunternd zu. Eine Schwimmbrille hatte er nicht, also machte er mit den Zeigefingern und Daumen ein O und hielt es sich wie eine Brille vor die Augen. »Es geht los«, flüsterte er. »Hej, hej, hej, junger Mann. Kommen Sie rein. Das Schwimmbad hat geöffnet.« Caspar sprach mit verstellter Stimme und gab sich die allergrößte Mühe, genauso zu klingen wie sein Vater. »Tieftauchen, Pinguinreiten, Eiswürfelfurze – hier ist alles möglich. Kommen Sie rein in Noahs Schwiiiiiimmbad!«

»Noahs Schwimmbad?«, wiederholte Till leise, und dabei leuchtete etwas in seinen braunen Augen auf. Es war kaum wahrnehmbar, aber Caspar sah es trotzdem und wollte es um jeden Preis festhalten.

»Willst du auch mal Noah sein?«, fragte er aufgeregt. »Du brauchst deine Finger nur so zu halten und …«
Aber da war das kleine Leuchten bereits verschwunden. Till ließ den Kopf hängen. »Ich kenn gar keinen Noah«, sagte er traurig.
Caspar strubbelte ihm durchs Haar. »Ich werd dir noch mehr von ihm erzählen. Jeden Abend eine Geschichte!«
Noch während er das sagte, wurde ihm ganz flau in der Magengegend. Was versprach er denn hier? Er konnte doch gar keine Geschichten erzählen. Das konnte nur Greta.
Till zog die Beine an, schlang die Arme um die Knie und sah Caspar an. »Das heißt aber nicht, dass das alles Fusselgeschichten werden, oder?«, fragte er mit einem Grinsen.

19. KAPITEL

Jedes Mal, wenn Caspar in den nächsten Tagen das Gefühl hatte, der Mut könnte ihn verlassen, schloss er die Augen und malte sich dieses kleine, freche Till-Grinsen aus.
Langsam öffnete er sie wieder und starrte grimmig auf das volle Spülbecken vor sich. Neben ihm standen immer noch mehr als zehn dieser ekligen, verdreckten Glasbecken. Bestimmt war er der langsamste Spüler in ganz Dänemark! Aber wie sollte er auch an nichts denken, wenn er Tills und seine Flucht planen musste. Er versuchte ja, sich auf seine Aufgabe zu konzentrieren, doch in seinem Hinterkopf arbeitete es unentwegt weiter. Vor allem eine Frage ließ ihm keine Ruhe: Wie war es möglich, dass Till alles vergessen hatte und nicht einmal mehr wusste, was Schnee war, und er selbst konnte sich noch an alles erinnern? An dem Faden konnte es nicht liegen, denn den hatten sie ja beide.
Über ihm quietschte das Metallgitter, und mit einem Rasseln fiel die Strickleiter runter. Oben am Rand der Luke tauchte das schrumpelige Gesicht des alten Turmwächters auf. Hastig

schob sich Caspar die Mütze aus der Stirn und griff nach dem Spülmittel.

»Jungchen, wie weit bist du?«, rief Larsen nach unten.

»Fast fertig«, log Caspar.

»Wenn ich dein Geklapper nicht hören würde, würde ich glauben, du schläfst den ganzen Tag.« Der Alte schüttelte den Kopf und verschwand von der Öffnung.

Caspar rechnete schon damit, dass der Wächter das Gitter wieder schließen würde, aber zu seiner Verwunderung ließ er es offen. Nur nützte ihm das nichts. Er hatte die letzten Tage oft überlegt, ob er einen weiteren Versuch unternehmen sollte, mit Till zusammen zu entkommen. Aber inzwischen hatte er selbst den Faden und wusste, dass sie so nicht aus Memoria fliehen konnten. Als er sich gestern probehalber die Treppe vom Schlafsaal heruntergeschlichen hatte, war es ihm wie Till ergangen. Der Zug an seinem Hinterkopf war so schmerzhaft, dass Caspar sofort die Tränen in die Augen geschossen waren.

Er tauchte beide Hände wieder in das schaumige Wasser, als er oben in der Küche ein lautes Fluchen hörte.

»Rotziger Schabenschleim!«, brüllte jemand. »Dreckiger Betrug!«

Das war Norden. Caspar duckte sich unwillkürlich. Offenbar hatte der einäugige Turmwächter keinen so guten Tag gehabt.

Aus der Küche erklang wildes Trommeln. Schlug Norden jetzt die Möbel entzwei? Vorsichtig schlich Caspar unter die Öffnung und zog sich Sprosse für Sprosse die schwingende Leiter hoch.

»He, du riesenprankiger Pirat, du schlägst mir meine Küche nicht kurz und klein!«, stieß der alte Larsen hervor.
Caspar zog sich noch ein Stück höher, sodass er eben aus dem Loch herausschauen konnte.
»Die wird's bald nicht mehr geben«, wütete Norden weiter. »Nix wird es mehr geben. Totalonixo!«
»Jetzt mach nicht so einen Aufstand!«, schimpfte der Alte.
Mit einem Ächzen ließ Norden sich auf einen der Stühle fallen. »Ich bin gerade im Hafen gewesen.« Er senkte die Stimme zu einem Flüstern. »Die Lieferung ist nicht gekommen! Begreifst du, Alterchen? Es gibt keine neuen Blätter! Kein einziges!«
Wovon redete Norden da? Caspar hatte keinen Schimmer.
»Keine neuen Blätter?«, hörte er den alten Larsen krächzen. »Aber wir brauchen noch mehr Seide. Wenn die Raupen zu wenig Futter bekommen, spinnen sie keine Fäden mehr. Und der Kokon des Meisters ist noch nicht fertig.«
Norden schlug mit der Faust auf den Tisch. »Das weiß ich selbst!« Seine Stimme schwoll bedrohlich an.
»Lieferprobleme – und das ausgerechnet jetzt, wo der Meister so geschwächt ist und sich *transformieren* muss«, jammerte der Alte. »Das wird ihm ...«
Plötzlich brach Larsen ab. Caspar hörte, wie jemand aus dem Gang in die Küche kam.
»Kleiner, was willst du hier?«, knurrte Norden.
»Salamander schickt mich«, wisperte ein Stimmchen. Das war Till. »Ich ... ich soll den Neuen für unsere Zusammenkunft mit dem Meister holen.«

In Windeseile kletterte Caspar die Strickleiter wieder herunter und sprang an seinen Platz am Spülbecken zurück. Gerade noch rechtzeitig, denn im nächsten Augenblick stand der alte Larsen oben an der Öffnung und kratzte sich am Kopf. »Hab ich das Gitter etwa offen gelassen? Tststs …«, murmelte er und rief dann lauter: »Komm hoch, Junge! Los, der Meister hat nach euch gerufen.«

»Was? Was ist?«, rief Caspar zurück, ohne sich anmerken zu lassen, dass er alles mit angehört hatte. Flink kletterte er die Strickleiter empor.

Till wartete in der Küchentür auf ihn, und im nächsten Gang trafen sie auf Emma, Puck und Salamander. Mit eiligen Schritten stürzte Salamander die Stufen hinauf.

Emma ging neben Till. »Hast du den Ruf schon gehört?«, fragte sie den Kleinen sehr leise, aber Caspar hatte sie trotzdem verstanden. Bloß welchen Ruf meinte sie?

Till schüttelte den Kopf. »Nein.«

»Und d-du?«, wandte sich Puck an Caspar.

»Ich hab keine Ahnung, wovon ihr überhaupt redet!«, antwortete Caspar leichthin, obwohl er seine Neugier kaum bezähmen konnte.

»Das kommt schon noch«, tröstete Puck ihn.

Schon bald erreichten sie die großen Türen des Spiegelsaals. Nach einem kurzen Zögern öffnete Salamander die Tür, und die Kinder traten eins nach dem anderen hinein.

Wie in der Nacht seiner Aufnahmezeremonie stellten sie sich auf die Kreislinie in der Mitte des Raums. Caspar lief zu dem freien Platz links von Till. Die Anordnung erinnerte ihn an das Ziffernblatt einer Uhr. Der hohe Stuhl des Meisters stand auf der Zwölf, Salamander auf der Drei, Emma auf der Sechs, Puck auf der Sieben, Till hatte seinen Platz auf der Neun, und er selbst stand auf der Elf. Innerhalb des Kreises zierte ein fein ziseliertes Muster den schwarz lackierten Holzboden. Es sah uralt aus und musste von einem wahren Könner gestaltet worden sein.

Die Spiegeltür schwang auf, und der Meister stürmte, gefolgt von den zwei Turmwächtern, in den Raum.

»Bin ich denn nur von Versagern und Nichtsnutzen umgeben?«, schnaubte er wütend. »Dies ist ein schwarzer Tag. Ein schwarzer Tag für Memoria.«

Die Kinder wagten kaum zu atmen. Hastig flüchtete der alte Larsen auf seinen Platz vor der Tür, während Norden sich unter vielen Verbeugungen rückwärts vom Meister entfernte.

»Nein, Meister, nein. Ich werde eine Lösung für die ausgefallene Lieferung finden. Ihr könnt Euch auf mich verlassen.«

Der Meister wirbelte mit seinem Umhang herum und funkelte die Kinder an.

»Was gibt es da zu starren? Hat man euch keine Manieren gelehrt?«

Seine rechte Hand mit den kleinen Fädchen hob sich kurz und stieß dann ruckartig nach unten. Caspars Kopf wurde nach unten gerissen, und zusammen mit den anderen fiel er in eine tiefe Verneigung.

Mit bebendem Herzen hörte er, wie der Meister näher kam.

»Nimm die Mütze ab«, befahl ihm der Meister.

Hastig zog Caspar sich die Mütze vom Kopf und presste sie an

seine Brust. Knapp über der Nasenspitze konnte er den Faden zwischen seinen Haaren hängen sehen. Der Meister griff danach, und seine knochigen Finger untersuchten den Faden.
»Noch so kurz?«
Bei jedem Druck, den er ausübte, fühlte Caspar kleine Stromschläge an seinem Kopf. Dann bewegte der Meister seine Hand, und Caspar merkte, wie eine Kraft ihn nach oben zog.
»Kannst du mir erklären, weshalb dein Faden nur so kümmerlich wächst?«, fragte er mit schneidender Stimme.
»Ich … ich weiß nicht«, stammelte Caspar.
Mit einem missbilligenden Kopfschütteln ließ der Meister sich auf seinen Stuhl sinken und schaute Caspar aus seinen Bernsteinaugen an.
»Tatsächlich nicht?«, fragte er und klopfte etwas von seinem Mantel. Erschrocken sah Caspar, wie der Stoff sich an dieser Stelle auflöste. Darunter kamen nicht etwa Hemd und Hose zutage, sondern es tat sich ein tiefschwarzes Loch auf, so als verberge sich unter dem Mantel kein menschlicher Körper, sondern nur schiere Finsternis. »Es liegt allein bei dir, Caspar, ob du den Faden nutzen willst. In Memoria wird kein Kind dazu gezwungen, die Geheimnisse des Fadens zu entdecken. Es ist deine eigene Entscheidung, ob der Faden dich fesselt oder befreit.«
Befreit, dachte Caspar bei sich. War das tatsächlich der Schlüssel? Würden sie fliehen können, wenn ihre Fäden nur lang genug waren? Er ahnte, dass es nicht so simpel sein konnte. Und dennoch: Der Meister war anscheinend nicht im Vollbesitz seiner Kräfte. Vielleicht gab es noch Hoffnung.

»Von heute an, bis der silberne Falter wiederkommt, wirst du an allen Zusammenkünften teilnehmen. Nutze die Zeit gut, Caspar! Sieh selbst, welche Möglichkeiten sich dem bieten, der mir wahrhaftig dient. Wer mir gehorcht, kann Dinge erreichen, von denen andere nicht einmal zu träumen wagen.«
Bei diesen Worten streiften seine wimpernlosen Augen kurz über Salamander. »Wer sich mir jedoch *widersetzt*«, ein dünnes Lächeln erschien auf seinen Lippen, und er blickte zu Emma, »... der darf keine zweite Chance und kein Pardon erwarten. Hast du verstanden?«
Caspar nickte stumm, und der Meister wandte sich an Norden. »Das Vitaskop ist bereit?«
»Ja, Meister.« Der einäugige Turmwächter nickte. »Soll ich es für Euch reinholen?«
»Tu das«, knurrte der Meister ungeduldig und strich sich eine lange weiße Haarsträhne aus der Stirn. »Larsen, bring den Tisch herbei!«
Die beiden Turmwächter beeilten sich, den Befehlen des Meisters Folge zu leisten.
Caspar setzte seine Mütze wieder auf und atmete erleichtert aus. Noch hatte der Meister keinen Verdacht geschöpft, dass er weiterhin über seine Erinnerungen verfügte und wusste, wer er und Till waren. Wenn nur endlich dieser grässliche Faden wachsen würde! Vorsichtig blinzelte er zu Till hinüber. Unter der Mütze seines kleinen Bruders kringelte sich der Faden bereits ein ganzes Stück runter bis auf Tills Rücken.
Während Larsen schnaufend ein Tischchen von der einen Seite herbeischleppte, kam Norden mit etwas Rundem unter

dem Arm wieder zurück. War das ein Vitaskop? Caspar sah sich das Ding genauer an. Salamander hatte es schon einmal erwähnt, aber Caspar hatte keine Ahnung gehabt, was er damit meinte.
Jetzt bemerkte er, wie Salamander sich den Hals verrenkte, um besser gucken zu können, und auch Emma stand mit gebanntem Gesicht da und verfolgte, wie Norden den Apparat auf den Tisch stellte. Das Vitaskop sah aus wie zwei miteinander verbundene Frisbeescheiben, und als Norden es öffnete, bemerkte Caspar verwundert, dass die aufgeklappte Hälfte mit einem feinen, schimmernden Tuch bespannt war, das in der Luft zitterte.
»Kommt näher«, forderte der Meister die Kinder auf.
Salamander sprang als Erster auf und hockte sich direkt vor das Gerät. Emma, Puck und Till setzten sich hinter ihn. Caspar rutschte neben Till. Auf der seidigen Oberfläche des Tuchs fing sich jetzt das Licht, und eine Reihe von Bildern entstand.
Der Meister nickte Salamander zu. »Präg dir gut ein, was du nun zu sehen bekommst.«
Caspar beugte sich vor. Auf dem Vitaskop erstarrte die Szene. Man sah einen Mann, der vor einem der bunt bemalten Häuser im Stadtteil Christiana stand. Er hatte wache Augen, und ein breites Lächeln umspielte seinen Mund. Er sah so aus, als ob ihm die Welt gehörte. Caspar kam er bekannt vor. Irgendwo hatte er ihn schon einmal gesehen – nur wo? Vielleicht in den Nachrichten? Oder in der Zeitung?
Der Meister zeigte auf Salamander. »Dieser Mann verfügt

über eine machtvolle Erinnerung. Er hat erlebt, wie sich die Menschen ihm anschließen, ohne zu zögern. Wie sie jedes Wort von ihm für wahr halten. Präge dir diesen Gesichtsausdruck ein.«

Caspar sah, wie Salamanders Wangen vor Aufregung glühten.

»Ja, Meister. Wir werden ihn ausfindig machen«, sagte er eifrig. »Genauso wie die anderen vor ihm.«

Der Meister nickte zufrieden und zog eine unscheinbare Schachtel aus seiner Manteltasche. Er reichte sie dem Jungen. Caspar fand, dass sie einem Schmuckkästchen ähnlich sah.

»Bring mir die Erinnerung des Mannes!«, rief der Meister aus. »Bring sie mir schnell.«

Caspar konnte nicht einschlafen. Immer, wenn er ganz kurz davor war, strich ein neuer Gedanke heran. Er fühlte sich, als hätte er Steine zum Abendbrot gegessen. Was hatte der Meister von Salamander gefordert? Er sollte eine Erinnerung dieses Mannes stehlen? Doch wie musste man sich das vorstellen? Wie konnte man jemandem eine einzelne Erinnerung nehmen? Caspar dachte an seine Eltern. Auch sie hatten keine Erinnerung mehr an Till. Wie gemein das war. Wie unendlich grausam. Tat der Meister das, weil er die Menschen bestrafen wollte? Oder weil er ihnen die schönen Erinnerungen neidete? Zuzutrauen war es ihm.

Caspar seufzte leise. Richtig weiter brachte ihn das alles nicht. Und was hatte es mit dieser rätselhaften Lieferung von Blättern auf sich, über die Norden und Larsen in der Küche so aufgeregt gesprochen hatten? Die Lieferung war nicht eingetroffen, schien aber enorm wichtig zu sein. Was hatte Larsen gesagt? Der Meister sei geschwächt.

Caspar drehte sich auf die andere Seite. Wenn es ihm nur gelänge, die Schwachstelle des Meisters herauszufinden. Dann hätten er und Till womöglich doch eine Chance, ihm zu entkommen.

Wie sehr wünschte er sich jetzt, bei Greta und Anatol zu sein und ihnen von seinen Beobachtungen zu erzählen. Gemeinsam würden sie sicher darauf kommen, was für ein Ziel der Meister eigentlich verfolgte.

Nach der Zusammenkunft hatte Caspar versucht, mit Salamander über das seltsame Kästchen zu sprechen, das der Meister ihm gegeben hatte. Aber Salamander hatte ihn eiskalt abblitzen lassen und ihn gewarnt, seine Nase nicht in Dinge zu stecken, die ihn nichts angingen. Je besser er Salamander kennenlernte, desto weniger konnte er sich vorstellen, dass er es gewesen war, der ihm im Spülloch geholfen hatte. Caspar stützte seinen Kopf in die Hände und schaute in die Dunkelheit des Schlafsaals. Im Grunde blieb nur eine einzige Person, die ihm geholfen haben könnte.

Da ließ ihn ein Flüstern aufhorchen. »Emma! Puck!«

Caspar hörte, wie links von ihm Salamander aus seinem Bett kletterte und jemand oben auf der Galerie den Vorhang zurückzog. »Es ist an der Zeit.«

Einen Moment später raschelte es auch in Pucks Bett, und Caspar konnte erkennen, wie sich der pummelige Junge seinen Kapuzenpulli überstreifte und zum Fenster lief. Emma

war in der Zwischenzeit über die Wand nach unten geglitten und gesellte sich nun zu den beiden.
Gebannt beobachtete Caspar, wie Salamander und Puck das Fadenknäuel aus ihren Kapuzen zogen und entrollten. Dann trat Salamander als Erster auf das Fensterbrett. Mit geübtem Schwung schleuderte er seinen Faden hoch, der pfeilschnell nach oben schoss, und sprang dann aus dem Fenster.
Caspar keuchte auf. Wie machte er das bloß?
»Pssst«, hörte er Emma zischen. Fast unmerklich schüttelte sie den Kopf und legte ihren Finger auf die Lippen. Caspar nickte ihr zu – zum Zeichen, dass er verstand. Im nächsten Augenblick folgte sie Puck bereits aus dem Fenster. Caspar sprang aus seinem Bett und lief zum Fenster. Als er hinausblickte, sah er die drei über den schmalen Dachfirst hinter dem nächsten Schornstein verschwinden.

20. KAPITEL

Während des ganzen Frühstücks saß Caspar wie auf Kohlen. Wo blieben Emma, Puck und Salamander? Till hatte seine Schale bereits fast ausgelöffelt, und gleich würde der alte Larsen sie losschicken. In der vergangenen Nacht war Caspar zu einem Entschluss gekommen. Er würde mit Emma und Puck reden. Salamander war nicht zu trauen. Aber nachdem Emma ihn gestern Nacht ein weiteres Mal gewarnt hatte, kam es ihm vor, als ob sich hinter ihrem widerspenstigen Auftreten etwas ganz anderes verbarg. Außerdem hatte er ein paarmal mitbekommen, wie sie sich um Till kümmerte, und wer seinen kleinen Bruder mochte, der konnte nicht so schlecht sein.

Er hatte so viele Fragen an sie.

Aus dem Flur kam Norden in die Küche gestapft und steuerte direkt auf ihn zu. »Du!«

»Ja?« Caspar zuckte zusammen.

»Du gehst heute mit ins Rauparium«, wies er ihn an.

»Mit Till?«, fragte Caspar so beiläufig wie möglich, obwohl

sein Herz vor Freude kleine Sprünge machte. Er wechselte einen schnellen Blick mit seinem Bruder.
»Nee, mit meiner Augenklappe«, brummte der Wächter.
Der alte Larsen stellte zwei Eimer vor Caspar und Till ab. »Hier ist das Futter! Teilt es gut auf! Hört ihr, Jungchen? Schön gleichmäßig.«
Till stand auf und griff nach einem Eimer.
»Weiß ich doch schon, Larsen«, sagte er mit Expertenmiene.
Caspar nahm den zweiten Eimer. Er war viel schwerer, als er gedacht hatte. Norden baute sich vor ihnen auf. »Und dass ihr mir keine Blätter vergeudet! Auch nicht das allerkleinste! Kapiert?«
Caspar horchte auf.
»Was für Blätter meint er denn?«, flüsterte Caspar seinem Bruder zu, als sie die Küche verließen.
»Na, die Maulbeerblätter für unsere Larven«, antwortete Till.
Caspar biss sich vor Aufregung in die Lippe. Waren das etwa die Blätter, von denen Norden am Vortag gesprochen hatte? Handelte es sich bei der ausgefallenen Lieferung um Maulbeerblätter? Neuer Mut stieg in ihm auf. Larsen hatte gesagt, der Meister sei geschwächt, und vielleicht gab es da einen Zusammenhang? Caspar war sich sicher, dass er etwas Wichtigem auf der Spur war.
Er blinzelte zu seinem kleinen Bruder. Auch wenn die Erinnerungen an ihre Familie komplett ausgelöscht waren, so konnte sich der Knirps offenbar trotzdem alles merken, was er Neues im Turm des Meisters erlebte. Caspar lag bereits die nächste

Frage auf der Zunge, da stolperte Till und ließ beinahe seinen Eimer fallen.
»Vorsicht!«, rief Caspar, hielt ihn fest und bemerkte, dass Till mal wieder seine Schuhe vertauscht hatte. »Du mit deinen Entenfüßen«, sagte er lachend.
»*Entenfüße?*« Till sah ihn aus großen Augen an.
»Na, sieh dir mal deine Schuhe an. Fällt dir da nicht etwas auf?«, fragte Caspar.
»Ach so.« Till schlüpfte aus seinen Stiefeln. »Das passiert mir manchmal.«
»Manchmal?« Caspar lachte wieder.
Till sah ihn trotzig an. »Was gibt's denn da zu lachen?«
»Nichts, nichts«, prustete Caspar.
»Ich lach auch nicht darüber, dass dein Faden nicht wächst«, stieß Till hervor.
Caspar schüttelte den Kopf und lächelte Till an. »Nein, da hast du recht, und ich lache auch nicht über dich. Ich bin einfach nur froh über deine Entenfüße.«
Er betrachtete seinen kleinen Bruder. Irgendwo ganz tief in ihm drinnen schlummerte noch der Till, wie er ihn kannte, und seine wichtigste Aufgabe war es, ihn wieder aufzuwecken.
»*Entenfüße*«, hörte er da seinen kleinen Bruder ganz leise murmeln und sah, wie er mit gerunzelter Stirn auf seine Füße schaute.

So erreichten sie einen Flur, von dem das nächste Treppenhaus abging. Till ging voran, und Caspar folgte ihm die Stufen hinauf. In regelmäßigen Abständen kamen sie an schmalen

Fenstern vorbei, durch die sie über die Dächer Kopenhagens blicken konnten. Caspar überlegte, wo genau sie hier wohl waren. Der Schlafsaal und die Küche befanden sich offenbar in einem Nebengebäude des Turms, während der Spiegelsaal und das Rauparium direkt im Turm untergebracht waren. Mit all seinen verwinkelten Gängen und Treppen kam ihm Memoria wie ein Labyrinth vor. Wieder wunderte er sich, wie gut Till sich zurechtfand. Mittlerweile wurde der Eimer in Caspars Händen immer schwerer. »Pause«, schnaufte er. Wie schaffte sein kleiner Bruder das nur? Merkwürdig, dass ihm das Tragen überhaupt nichts auszumachen schien.

»Ist dein Eimer denn nicht zu schwer für dich?«, fragte er nach.

Till zuckte mit den Schultern. »Nee, eigentlich nicht.«

Caspar nahm seinen Eimer, den er kurz abgestellt hatte, wieder auf und stieg die Stufen bis zu Till hoch. »Also, ich finde meinen mordsschwer …«

Till blickte sich verstohlen um, als wollte er sichergehen, dass ihn auch wirklich keiner hörte. Dann beugte er sich zu Caspar. »Du darfst es niemandem sagen! Vor allem nicht Norden oder Salamander!«

Caspar hob die Hand zum Schwur. »Ich schwöre auf alles, was mir lieb ist!«

Till senkte die Stimme zu einem Flüstern. »Der alte Larsen macht mir die Eimer immer nur halb voll. Er meint, sonst sind sie zu schwer für mich.«

»Was?« Caspar traute seinen Ohren nicht. »Der alte Larsen? Bist du dir sicher?«

Till nickte. »Und als ich am Anfang auch zum Spülen musste wie du, ist er ein paarmal runtergekommen. Um mich zu kontrollieren, hat er behauptet. Aber in Wirklichkeit hat er mir dann geholfen!«, erzählte er weiter. »Er tut immer schrecklich grimmig, aber eigentlich ist er in Ordnung.«

Caspar war sprachlos. Der kauzige Alte hatte Till wirklich geholfen? Aber halt! War es nicht auch Larsen gewesen, der das Gitter offen gelassen hatte, sodass er das Gespräch zwischen ihm und Norden belauschen konnte? Vielleicht half er ihnen tatsächlich. Die Frage war nur, warum.

Vor ihnen zweigte ein neuer Gang ab, und der Kurze lief direkt auf eine hohe dunkle Holztür zu. Oben im Türrahmen stand in großen Buchstaben das Wort »RAUPARIUM«, und darunter – etwa in der Mitte der Tür – war ein Falter geschnitzt.

Caspar blinzelte. Er hätte schwören können, dass dieser Falter genauso aussah wie der, der über dem Eingang ihres Theaters hing.

Gemeinsam traten sie durch die Tür. Neugierig schaute Caspar sich um. Was für ein seltsamer Raum! Das Rauparium schien direkt in einen großen Schornstein eingebaut worden zu sein, dessen Durchmesser nicht mehr als zehn Schritte betrug. Links und rechts führten zwei schmale Metallleitern die gemauerten Wände hinauf. Da schwebte etwas Weißes an ihm vorbei, strich leicht über sein Gesicht und landete auf seiner Hand. Verwundert betrachtete Caspar das weiße Gespinst auf seiner Hand. Dann erkannte er, dass es diese silbrigen Fusseln

waren, die er schon auf Tills Kleidung gesehen hatte. Hier kamen sie also her.
Neben ihm schnallte Till sich eine Stirnlampe über die Mütze.
»Du brauchst auch eine«, sagte er und zeigte an die Wand neben der Tür.
»Gibt's hier denn keine vernünftige Beleuchtung?«, fragte Caspar und nahm sich eine der Lampen von der Hakenleiste.
»Die Seidenspinner mögen kein grelles Licht. Deshalb müssen wir mit den Lampen auch vorsichtig sein. Eigentlich sind sie ganz harmlos. Nur wenn man sie blendet …«
Caspar knipste seine Lampe an. »Ja, was ist dann?«, fragte er und ließ den Lichtstrahl neugierig über die Mauern wandern.
»Nicht!«, rief Till. »Du erschreckst sie!«
Zu spät. Ein mächtiges Rascheln und Knistern erfüllte die Luft, und im nächsten Augenblick wirbelte ein Schwarm großer cremeweißer Falter um Caspar und hüllte ihn von Kopf bis Fuß ein.
Hilfe! Caspar wusste kaum, wie ihm geschah. Pelzige Beinchen krabbelten über sein Gesicht, es surrte und knisterte an seinen Ohren. Wild schlug Caspar mit den Armen um sich.
»Nicht schlagen!«, hörte er seinen kleinen Bruder rufen. »Schnell! Mach das Licht aus!«
Blind tastete Caspar nach der Stirnlampe. Da, der Schalter! Hastig knipste er das Licht aus.
»Brrrrr!« Voller Ekel schüttelte er sich, bis auch der letzte Falter aufgeflogen war. »Hast du nicht gesagt, die sind harmlos?«

»Ja, sie sind harmlos und scheu«, schnaubte Till. »Außer sie fühlen sich angegriffen.«
Caspar wischte sich noch einmal übers Gesicht. »Okay. Gibt es sonst noch Regeln, die ich kennen sollte?«
Till überlegte. »Keine Larven zerquetschen. Kein Glasbecken runterwerfen und …«, er hielt sich eine Hand vor das Auge, »keine Blätter verschwenden.«
Caspar hob beide Hände. »Puh, das reicht. Ich glaube, du zeigst mir einfach, was ich tun soll.«
Till zeigte auf die Leitern, die bis unter die Decke führten. »Wir fangen im ersten Ring an.«
Schon allein von dem Anblick wurde Caspar schwindlig. Das war ja irre hoch! Er atmete mehrmals tief durch, dann nahm er einen der Eimer und kletterte die Sprossen nach oben, bis er mit Till auf einer Höhe war.
Till zeigte auf die Glasbecken, die reihum in den Nischen des Mauerwerks versenkt waren. »Das hier ist der erste Ring«, erklärte er mit wichtiger Miene. »Hier sind die Eier.«
Caspar zählte insgesamt zwanzig Glasbecken, die den ersten Ring bildeten. »Und was ist unsere Aufgabe?«
Till zog das erste Becken aus der Nische. »Wir suchen die Larven raus, die in der Nacht geschlüpft sind, und setzen sie um.« Vorsichtig griff er mit der Hand hinein. »So.«
Caspar sah, dass das Glasbecken auf einer Schiene lief.
Till hatte offenbar schon die erste geschlüpfte Larve gefunden und legte sie vorsichtig in seinen kleinen Eimer. »Im dritten Ring sind die etwas älteren Raupen, und im vierten spinnen sich die Raupen dann ein. Dort entstehen die Seidenkokons.«

Caspar legte den Kopf in den Nacken. Über sich sah er noch drei weitere Ringe.
»Müssen wir denn heute noch ganz nach oben?«, fragte er beklommen und zog eines der Becken aus der Nische. Der gesamte Boden war mit Hunderten winziger Eier bedeckt.
»Nee, nur bis zum dritten.« Till war weiter über seinen Glasbehälter gebeugt und fischte fleißig Larve für Larve aus der Eiermasse. »Die brauchen doch Futter. Die Eier und die Puppen müssen außerdem auch noch mit Wasser besprüht werden, aber das dürfen nur Norden oder Salamander machen. Das Rauparium ist sehr wichtig für den Meister, weißt du?«
»Aha.« Halb fasziniert, halb angewidert betrachtete Caspar die Eier in dem Glasbecken vor sich. Wozu nur braucht der Meister so viel Seidengarn, dass ihm die Fütterung der Raupen derart wichtig war? Wie gern hätte Caspar Till all seine Fragen gestellt. Aber er wusste, dass der Kurze darauf natürlich keine Antworten hatte.
Till ließ das Glasbecken kichernd in die Nische zurückrollen.
»Sieht ein bisschen aus wie der Frühstücksbrei, den Larsen morgens immer für uns kocht, nicht?«
Caspar spürte ein leichtes Würgen. »Allerdings.«
Na super! Das Rauparium gefiel Caspar von Minute zu Minute besser. Widerwillig tauchte er die Hand in das Becken voller Eier. Da! Eine kleine Larve reckte ihm ihren grauen Kopf entgegen.
»Na, du Winzling?«, flüsterte er. »Glibber mich ja nicht an!« Mit spitzen Fingern setzte er sie in den Eimer. So arbeiteten

sie sich von Becken zu Becken, wobei Till munter auf die Larven einredete.
»Ihr habt sicher einen Riesenhunger«, sagte er. »In eurem neuen Zuhause gibt es gleich richtig leckere Blätter zu fressen!«
Als die kleinen Eimer randvoll mit Larven gefüllt waren, kletterten die Jungen zum nächsten Ring hinauf. Mit wackeligen Beinen kämpfte sich Caspar Sprosse für Sprosse hoch.
»Wusstest du, dass jede Raupenart andere Blätter frisst?«, fragte Till und setzte die ersten Larven vorsichtig in ein neues Becken.
»Nein.«
»Die Raupen des Meisters fressen nur Maulbeerblätter. Hat mir Larsen erzählt.«
Caspar staunte wieder, was sein kleiner Bruder innerhalb weniger Tage alles gelernt hatte.
»Sie häuten sich vier Mal. Danach beginnen sie sich einzuspinnen und trans… transfa…«
»Transformieren?«, half Caspar nach. Irgendwo in seinem Hinterkopf glitt ein Gedanke vorbei.
Till sah ihn überrascht an. »Genau! So hat Larsen es gesagt. Sie verwandeln sich und werden zu Schmetterlingen.«
»Wow! Du bist ja ein richtiger Raupenexperte.«
»Ich mag sie einfach«, sagte Till. Er schob den letzten Glasbehälter zurück und begann, die Leiter wieder hinunterzuklettern. Caspar tat es ihm nach.
Unten tauschten sie die kleinen Eimer gegen Futtereimer aus und stiegen die Leitern wieder nach oben. Caspar versuchte,

nicht nach unten zu schauen, aber dann wagte er einen kurzen Blick, und ihm brach der Schweiß aus. Im Gegensatz zu seinem kleinen Bruder, der den zweiten Ring schon erreicht hatte, machte ihm diese Höhe ganz schön zu schaffen. Doch er durfte der Angst nicht nachgeben. Tapfer setzte er den Fuß auf die nächste Sprosse. Mit dem schweren Futtereimer war es allerdings noch schwieriger, die Leiter hochzukommen.

»Was … was ist eigentlich dein Lieblingstier? Ich meine, außer Glibbermaden und Riesenfaltern?«, fragte er Till, um sich davon abzulenken, dass er sich jetzt beinahe fünf Meter über dem Boden befand.

Till blickte stirnrunzelnd zu ihm herunter. »Mein Lieblingstier?«

Caspar nickte und klammerte sich an der Leiter fest. »Ich mag zum Beispiel Hunde gern und Vögel. Ich kenne sogar einen Vogel, der sprechen kann«, schob er nach.

»Ein sprechender Vogel?« Tills Stimme klang unsicher, während er bereits damit begann, die Blätter auf seine Glasbehälter zu verteilen.

Caspar kämpfte sich eine weitere Sprosse hinauf. »Es ist eine Elster. Sie sagt *Ciao, bello! Ciao, bello*!« Caspar bemühte sich, Elsas schnarrende Stimme nachzuahmen. Dann war auch er endlich beim zweiten Ring angekommen.

Sein kleiner Bruder sah ihn fragend an. »Das denkst du dir bestimmt nur aus. Oder?«

»Nein! Sie kann sogar Guten Tag sagen, und wenn sie aufgeregt ist, schäkert sie richtig laut.« Aber obwohl er wie Elsa mit dem Kopf wackelte und alles versuchte, um die Elster für

seinen kleinen Bruder lebendig werden zu lassen, blieb Tills Gesicht regungslos. Er hat echt keine Ahnung, von wem ich hier rede, dachte Caspar entmutigt.
Außerdem machte ihm noch etwas anderes zu schaffen. Hinten unter Tills Mütze schaute ein Stück des Fadens hervor. Entweder er war ein Stück herausgerutscht, oder – und diese Möglichkeit hielt Caspar für wahrscheinlicher – Tills Faden war schon wieder gewachsen. Während sein eigener Faden keinen Millimeter länger geworden war. Staunend sah Caspar zu, wie Till die Leiter furchtlos bis zum dritten Ring hinaufkletterte. Von dort winkte er ihm zu.
Caspar wischte sich die feuchten Hände an der Hose ab. Eins nach dem anderen, sagte er sich. Heute versuche ich, mir nicht den Hals zu brechen, und wenn ich das geschafft habe, kümmere ich mich um das Fadenproblem. Er biss die Zähne zusammen und machte sich wieder auf den Weg nach oben. Kurz über dem zweiten Ring merkte er, wie seine Beine immer mehr zu zittern begannen. Trotzdem kletterte er die Leiter entschlossen weiter.
»Gleich hast du es geschafft!«, rief Till.
Nur nicht nach unten schauen! Caspar hielt den Blick starr auf die Mauer vor sich gerichtet. Sein Puls raste immer schneller. Er griff die nächste Sprosse und zog sich weiter die Leiter hoch. Nicht nach unten schauen. Nur klettern. Sprosse für Sprosse.
»Stopp«, hörte er da plötzlich Till. »Oder willst du gleich bis zum vierten Ring weiter?«
»Auf gar keinen Fall!« Caspar blinzelte zu Till, der sich mit

nur einer Hand an der Leiter festhielt, während er mit der anderen ein Glasbecken aus der Nische zog.
Aus den winzigen Larven des ersten Rings waren hier im dritten fingerdicke Raupen geworden, die über die Zweige krochen, mit denen die Glasbehälter ausgelegt waren. Caspar griff in den Eimer, zog eine Handvoll Blätter heraus und wollte sie gerade in den Behälter legen, als ihm ein paar Blätter entglitten und in die Tiefe fielen. Caspar schloss die Augen. Da fühlte er plötzlich, wie etwas an seinem Faden zog – weg von der Wand und der Leiter. Und mit einem Mal verspürte er den Drang, loszulassen. Einfach loszulassen. Er wollte wie die Blätter fallen. Fallen und die Angst vergessen, die ihm den Atem nahm.
»Caspar!« Tills Stimme drang wie aus der Ferne zu ihm durch. »Hey, Caspar! Du musst dich aber schon festhalten!«
Caspar riss die Augen auf. Verdammt, was machte er denn da? Er nahm sich zusammen und zog sich wieder an die Leiter ran. Er musste auf der Hut sein. Und durfte unter keinen Umständen vergessen, wie gefährlich der Faden war.

21. KAPITEL

Sie waren auf dem Weg vom Rauparium die Treppen nach unten, als Caspar hinter sich ein leises Klopfen hörte. Horchend blieb er stehen. Tok, tok, tok, machte es wieder.

»Warte mal«, sagte Caspar, drehte um und stieg die Stufen wieder empor, bis er sich auf der Höhe des Fensters befand. Draußen hinter der Scheibe saß ein schwarz-weiß gefiederter Vogel und pickte mit dem langen Schnabel gegen das Glas.

»Elsa!«, entfuhr es Caspar. Sein Herz machte einen Satz. Elsa hatte ihn gefunden! Hinter ihm kam Till die Stufen hoch.

»Komm, weiter«, drängelte der Kurze.

Caspar schüttelte den Kopf. »Das ist Elsa, siehst du? Der sprechende Vogel, von dem ich dir vorhin erzählt habe«, wisperte er Till aufgeregt zu. Er wollte sie reinlassen, aber da bemerkte er, dass das Fenster fest in die Mauer eingelassen war und sich überhaupt nicht öffnen ließ. So ein Mist! Draußen legte Elsa den Kopf in den Nacken. »Tschätschätschäk!«, rief sie.

Till zupfte an seinem Ärmel. »Du, wir müssen weiter.«

Caspar fasste seinen Bruder an den Schultern. »Gleich, Till. Das hier ist unheimlich wichtig. Für dich und für mich.«

Es muss einen Weg geben, wie ich dich hier hereinlassen kann, überlegte Caspar fieberhaft. Da fiel ihm das Messer ein. Hastig löste er die Lederhülle von dem Gürtel seiner neuen Hose. Ja, der Griff war hart und schwer. Gerade richtig, um eine Scheibe einzuschlagen.

Caspar konnte nur hoffen, dass sich keiner der beiden Turmwächter in der Nähe befand. Er fasste die Lederhülle so, dass der Griff des Messers nach vorn zeigte, und schlug damit hart gegen das Glas.

Der Schlag hallte durch das Treppenhaus.

Till riss die Augen auf. »Was machst du denn da?«, fragte er ängstlich.

»Ich hab's gleich«, flüsterte Caspar.

Der zweite Schlag ließ das Glas splittern. Behutsam klopfte Caspar die Scherben weg, sodass ein tellergroßes Loch entstand. Ein kühler Luftzug wehte ihm ins Gesicht. Vorsichtig stakste Elsa wieder heran. »Gräh, gräh.«

»Komm, Elsa! Komm her«, lockte Caspar sie und streckte seine Hand durch das Loch.

Ohne zu zögern, hüpfte die Elster darauf, und Caspar holte sie herein.

Sanft strich er ihr über die Federn. »Süße, wie kommst du denn hierher? Wie hast du uns gefunden?«

»Kik! Kik!«, antwortete Elsa und plusterte sich auf. »Guten Tag! Guten Tag!«

Till machte große Augen. »Der Vogel spricht ja wirklich!«

Caspar nickte stumm. Erinnerte Till sich nicht einmal jetzt an Elsa, wo sie direkt vor seiner Nase hockte? Caspar musste schwer schlucken »Das ist unsere Elsa! Du hast mit ihr das Sprechen geübt.«
Till warf erst ihm und dann der Elster einen unsicheren Blick zu. »Ich? Nein, bestimmt nicht. Davon weiß ich nichts.«
Caspar seufzte und hielt Till die zahme Elster hin. »Nicht so wichtig. Willst du sie mal streicheln?«
Da leuchteten Tills Augen auf. Ganz sanft strich er mit dem Zeigefinger über ihren Hals. Elsa schloss ihre kleinen, runden Augen.
»Sie mag es«, sagte Till.
»Das ist ihre Lieblingsstelle«, sagte Caspar. Er wusste, dass ihnen nicht mehr viel Zeit blieb.
»Was hat sie denn da an ihrem Bein?«, fragte Till. »Ist sie verletzt?«
Eine Papierrolle! Caspar stutzte. Die hatte er noch gar nicht gesehen!
»Nimmst du Elsa mal?« Er hielt Till die Elster hin, damit er die Nachricht von ihrem Bein lösen konnte.
Plötzlich erstarrte er. Es kam jemand durch das Treppenhaus.
»Till, bitte! Egal, wer es ist – du musst ihn aufhalten! Unbedingt«, raunte er dem Kurzen zu. Sein kleiner Bruder nickte, gab ihm die Elster zurück und rannte los. Wenige Sekunden später vernahm Caspar Salamanders Stimme. »Ist das Rauparium noch offen?«, fragte er.
»Wir haben es abgeschlossen«, hörte er Till antworten. »Wie wir sollten.«

»Dann gib mir den Schlüssel«, befahl Salamander. »Ich soll die Eier noch mit Wasser besprühen. Das ist keine Arbeit für so Kurzfäden wie dich.«

Die zwei klangen ganz nah und mussten sich auf dem Treppenabsatz direkt unter ihm befinden.

»'tschuldigung«, murmelte Caspar Elsa zu und steckte sie unter seinen Pullover. Einen Atemzug später kam Salamander um die Ecke.

»Noch so ein Kurzfaden! Aus dem Weg mit dir«, knurrte er ihn an.

Caspar drückte sich an die Außenmauer und versuchte, so gut es ging, mit seinem Körper das Loch im Fenster zu verbergen. Aber Salamander hatte es viel zu eilig, als dass er irgendetwas bemerkt hätte.

Puh, das war knapp gewesen.

Mit großen Sprüngen hastete Caspar die Treppe hinunter, bis er bei Till war.

»Ist der Vogel jetzt fort?«, fragte der Kleine, während sie nach unten liefen.

»Hm, ja«, nickte Caspar. Seine Gedanken wirbelten durcheinander. Elsa hatte ihn gefunden und ihm eine Nachricht gebracht! Vermutlich von Anatol und Greta. Was er jetzt brauchte, war ein sicheres Versteck, wo er die Botschaft unbeobachtet lesen konnte.

Vor ihm bog Till in den Flur, der zur Küche führte. Nach der Arbeit im Rauparium mussten sie Norden oder Larsen einen Bericht abstatten, das hatte Caspar bereits mitbekommen. Aber mit Elsa unter dem Pulli konnte Caspar unmöglich den

Turmwächtern gegenübertreten. Nein, er musste sie vorher in Sicherheit bringen.

»Till«, rief er. »Ich komm sofort nach!«

Sein Bruder drehte sich zu ihm um. »Wo willst du denn hin?«

»Es dauert höchstens fünf Minuten«, rief Caspar ihm noch zu, dann rannte er weiter in Richtung Schlafsaal.

Ob Emma oder Puck schon dort waren? Egal, er hatte keine Wahl. Außer Atem erreichte er den Saal. Alles schien ruhig, und Caspar zog die Tür hinter sich zu. Wo konnte er sich mit Elsa nur verstecken? Unter seiner Bettdecke würde die Elster sicher Platzangst bekommen. Er sah zu den Podesten unter den Fenstern. Dort hatten ihn die Wächter schon einmal erwischt. Unter seinem Pulli raschelte es, und er fühlte, wie Elsa versuchte, durch seinen Halsausschnitt ins Freie zu gelangen.

Er musste ein Versteck finden, und zwar sofort. Und der einzige Platz, der dafür infrage kam, war Emmas Galerie. Er holte die Elster unter dem Pulli hervor. »Da hoch«, flüsterte er und ließ sie fliegen. Ohne einen Laut von sich zu geben, flatterte Elsa zum Geländer und verschwand hinter dem Vorhang. Kluger Vogel. Nun musste Caspar nur noch sehen, wie er selbst nach oben kam. Kurz starrte er die drei Metallbügel an, die in die Wand unterhalb des Geländers eingelassen waren. Das waren keine Stufen, das war ein Witz.

Er begriff nicht, wie Emma hier so spielerisch rauf- und runterkletterte. Als er nach dem zweiten Bügel griff und sich hochzog, hatte er fast das Gefühl, sich den Arm auszurenken.

Schließlich fand sein Fuß an der rauen Wand Halt, und er schaffte es, sich mit letzter Kraft über den dritten Bügel bis zum Geländer hochzuhieven und auf die Galerie zu schwingen.

Als er sich mit Elsa hinter dem Vorhang auf den Holzboden setzte, fühlte er sich wie ein Einbrecher. Er wusste, dass Emma es niemals erlaubt hätte, dass er hier hochkam. Befangen schaute er von der Matratze, über die Emma sorgfältig ein halb zerrissenes Bettlaken gebreitet hatte, zu der bunten Sammlung von Gläsern und Flaschen, die auf ihrem Fensterbrett stand. Einige von ihnen waren mit Wasser gefüllt. Er würde nichts von ihren Sachen anrühren.

»Komm, Elsa, komm zu mir«, lockte er die Elster zu sich, hockte sich auf den Boden und löste die kleine Papierrolle von ihrem Bein. Er erkannte Gretas saubere Handschrift sofort. Ihre winzig kleinen Buchstaben füllten den ganzen langen Papierstreifen.

»Mein lieber Caspar!«, begann die Nachricht. »Ich hoffe so sehr, dass Elsa dich findet! Hast du Till gefunden? Anatol und ich haben schon fast jede Hoffnung verloren. Seit ich dich in der Stadt verloren habe, ist nun schon ein Monat vergangen.«

Caspar schluckte. Wie war das möglich? So lange war er doch noch gar nicht in Memoria.

»Die ersten Tage sind Mama und Papa fast gestorben vor Sorge. Die Polizei war die ganze Zeit bei uns im Haus, und ich musste immer wieder erzählen, wann und wo ich dich zum letzten Mal gesehen habe.«

Caspar konnte sich gut vorstellen, wie schrecklich es für seine Eltern sein musste, dass er so spurlos verschwunden war.

»Die Polizisten sind mit uns zum Schloss Amalienborg gefahren. Ich habe ihnen alles gezeigt und auch von der kleinen Meerjungfrau erzählt, von der aus du mich ja noch angerufen hast. Leider haben sie weder von dir noch von den Kindern, denen du gefolgt bist, eine Spur gefunden!«

Natürlich nicht, dachte Caspar grimmig.

»Von Till habe ich ihnen kein Wort gesagt. Es klingt alles zu verrückt, und ich möchte Mama und Papa nicht noch mehr Sorgen machen. Du giltst jetzt offiziell als vermisst. Seit dem Tag, an dem du verschwunden bist, sind Anatol und ich jeden Tag in die Stadt gefahren, um die drei Zeichen zu suchen: *ein Schwert, eine Krone und ein Herz.* Wir sind sicher tausendmal an dem Runden Turm vorbeigefahren. Und dann irgendwann – ich hatte meine Uhr vergessen und musste zur Turmuhr hochschauen –, da hab ich sie gesehen! Schwert, Krone und Herz! Oh, Caspar, bist du dort irgendwo? Warum hast du mir nur keine Nachricht mehr geschickt? Wir würden alles tun, um dir helfen zu können! Aber weißt du, was das Schrecklichste ist? Seit ein paar Tagen reden Mama und Papa kaum noch von dir. Und gestern hab ich bemerkt, dass du auf einigen der Fotos im Flur schon ein wenig verblasst bist! Fast wie bei Till! Caspar, ich hab solche Angst, dass ich dich und Till irgendwann auch vergesse. Deswegen trage ich den Anhänger aus deinem Haar Tag und Nacht um meinen Hals, und Anatol glaubt, solange ich den habe, werde ich dich nicht vergessen. Trägst du meinen Ring auch?«

Caspar blickte kurz von dem Brief auf. Er konnte Greta förmlich vor sich sehen, wie sie allein am Küchentisch saß, ihren langen Zopf drehte und schrieb. Er las weiter.

»Anatol und ich haben bestimmt schon zehn Mal die Führung im Runden Turm mitgemacht, ohne auf etwas zu stoßen. Die oberen Stockwerke sind allerdings fürs Publikum gesperrt. Das haben uns die Leute an der Kasse gesagt. Deswegen bringen wir Elsa jeden Tag zum Platz vor dem Runden Turm und lassen sie dort fliegen. Wir hoffen so, dass sie dich findet. Wenn du kannst, schick uns eine Antwort. Ich denke immer an euch, damit ich euch ja nicht vergesse! Deine Greta

PS: Gib Till, wenn er denn bei dir ist, einen Kuss von mir.

PPS: Anatol gräbt die alten Theaterpapiere im Fundus um. Er hofft, dass wir dort noch weitere Hinweise finden.«

»Was hast du hier oben verloren?«, zischte plötzlich eine wütende Stimme. Emma war lautlos über das Geländer geklettert und baute sich vor ihm auf.

»Ich … ich …«, stammelte Caspar.

Er war so in Gretas Brief vertieft gewesen, dass er nicht richtig aufgepasst hatte, was um ihn herum geschah. Mit zusammengekniffenen Augen starrte Emma von dem Papier in seiner Hand zu der Elster, die neben ihm saß und den Kopf schräg legte. Das Mädchen schnappte sichtbar nach Luft. Wenn sie ihn jetzt verriet, war alles verloren. Bittend streckte er die Hand aus und gab ihr ein Zeichen, sich zu ihm zu setzen.

»Was machst du hier, Caspar?«, fragte sie kaum hörbar. »Und wo kommt dieser Vogel her?«

»Das ist Elsa. Ich hab sie vorhin im Turm durch eines der Fenster reingeholt. Sie hat mir eine Nachricht von zu Hause gebracht.«

Emmas dunkle Augen funkelten. Er sah, wie sie über seine Worte nachdachte. »Willst du etwa behaupten, dass du … dass du dich immer noch an ein Zuhause erinnerst?«

Caspar nickte. »Und auch an Till, meinen Bruder. Ich bin hier, um ihn zu holen.«

Sie begann den Kopf zu schütteln. »Aber das ist nicht möglich«, flüsterte sie mit Nachdruck. »Der Faden löscht alle Erinnerungen an früher. Das war bei Salamander so und bei Puck. Bei mir und bei Till!«

Wortlos hörte Caspar ihr zu. Bisher hatte er ja nur gewusst, dass Tills Erinnerungen gelöscht worden waren, und nicht, wie es den anderen ergangen war.

»Keine Ahnung, warum der Faden bei mir nicht so wirkt wie bei euch«, erwiderte er. »Vielleicht weil ich nicht im Buch des Meisters stand.« Er zuckte mit den Schultern. »Warum, ist mir eigentlich auch schnuppe. Ich erinnere mich noch, wer ich bin. Und ich weiß, dass ich zusammen mit meinem kleinen Bruder fliehen werde.«

Sie schnaubte auf. »Wie willst du das denn machen? Dein Faden ist ja nicht mal so lang, dass du überhaupt aus dem Turm rauskommst.«

»Der wird schon noch länger«, entfuhr es Caspar trotzig.

»Begreif doch endlich, dass du aus Memoria nicht fliehen kannst! Du bringst dich und Till damit nur in Gefahr«, sagte sie mit besorgter Miene. »Hast du es noch nicht gemerkt?

Der Meister führt uns an unseren Fäden, wie es ihm beliebt.«
Caspars Mut schwand. Er hatte ja selbst die Fäden an den Händen des Meisters gesehen und gespürt, wie es an seinem Kopf ruckte, aber als Emma es jetzt aussprach, klang es so endgültig. Dennoch – er durfte sich die Hoffnung nicht nehmen lassen.
»Till ist hier in Gefahr«, sagte er trotzig. »Ich mag mir gar nicht vorstellen, was der Meister mit ihm vorhat! Bitte, Emma, wenn du mir hilfst, kann ich es vielleicht schaffen. Ich muss nur eine Antwort schreiben, und Elsa …« Er verstummte.
»Emma?«, rief jemand von unten.
Es war Salamander. Vollkommen ruhig stand Emma auf und ging nach vorn an das Geländer.
»Wo brennt's denn?«, fragte sie mit ihrem typisch schnippischen Emma-Tonfall.
»Norden will, dass wir eine Fuhre schmutziger Glasbecken nach unten bringen, und ich kann unseren neuen Kurzfaden nicht finden.«
Caspar konnte kaum atmen. Was würde Emma jetzt sagen?
»Na, dann frag eben Puck, ob er dir hilft. Ich weiß auch nicht, wo Caspar gerade steckt.«
Murrend verließ Salamander den Saal.
Mit geschlossenen Augen atmete Caspar leise wieder aus. Sie hatte ihn nicht verraten!
»Also, ich pass auf, dass niemand in den Schlafsaal kommt«, Emma hüpfte auf das Geländer, »und wenn ich wiederkomme, bist du mit deinem komischen Vogel aus meinem Nest verschwunden!«

»Danke«, sagte er. »Vielen, vielen Dank, und … ähm, Emma?«
Sie drehte sich noch einmal zu ihm um. »Kannst du mir vielleicht was zu schreiben leihen? Ich hab meinen Rucksack mit den Schreibsachen unten …«

»Ich fass es nicht«, murmelte sie und verdrehte die Augen. »In der Mauernische am Kopfende der Matratze steht meine Stiftdose«, flüsterte sie ihm zu und glitt dann in einer fließenden Bewegung vom Geländer.

Caspar verlor keine Sekunde.

»Liebe Greta!«, begann er zu schreiben. »Ich habe Till gefunden! Aber es ist schrecklich, denn er erinnert sich an *nichts*! Er erkennt mich nicht und weiß überhaupt nichts von früher. Wir sind hier zusammen mit drei anderen Kindern in einem Nebengebäude des Runden Turms. Ich hab versucht, mit Till zu fliehen, doch es ist unmöglich. Vielleicht könnt ihr uns helfen? Ihr findet uns folgendermaßen.« Sein Stift flog nur so übers Papier, als er den Weg von der Luke bis zum Schlafsaal beschrieb. »Es gibt zwei Wächter«, fuhr er dann fort. »Aber am schlimmsten ist der Meister. Ich glaube, er benutzt uns als seine Marionetten. Er hat uns einen Faden verliehen, der sich nicht mehr lösen lässt und der von Tag zu Tag wächst.« Oh verflixt, das klang alles ziemlich verrückt. Und es war so kompliziert auszudrücken. »Tills und mein Faden sind noch so kurz, dass wir nicht aus dem Turm herauskönnen. Aber die anderen Kinder können es! Sobald mein Faden lang genug ist, versuchen wir noch einmal die Flucht, ich schwöre es!«

Unten wurden wieder Stimmen laut. Oh nein! Er kritzelte hastig weiter.

»Vor ein paar Tagen hab ich aufgeschnappt, dass der Meister sich transformieren will. Bitte frag Anatol, ob davon etwas in der Chronik steht. Und von einem silbernen Falter war die Rede, der wiederkehrt. Schickt Elsa mit einer Nachricht. Muss Schluss machen. Vergiss uns nicht, Caspar.«

PS – fügte er hinzu –: »Vielleicht ist das doch keine gute Idee, dass ihr versucht, uns hier rauszuholen! Was, wenn der Meister euch auch noch gefangen nimmt? Bitte seid vorsichtig!«

Schnell rollte er die Nachricht zusammen, befestigte sie an Elsas Bein und schlich sich vorn ans Geländer. Der Schlafsaal war immer noch leer, aber die Tür stand offen. Emma war verschwunden.

»Da müssen wir jetzt rüber«, flüsterte er Elsa zu und zeigte zu den hohen Fenstern auf der anderen Seite des Raums. Mit einem »Gräh« flog Elsa von der Galerie und segelte über die Etagenbetten zu den Fenstern. Nun blickte Caspar nach unten. Puh, das war verdammt hoch! Seine Hände begannen zu schwitzen, und sein Atem ging schneller. Es kostete ihn alle Überwindungskraft, sich rittlings auf das Geländer zu setzen. Unsicher tastete sein Fuß nach dem ersten Metallbügel. Da war er. Er fühlte die Leere unter sich. Panisch klammerte er sich an die Streben des Geländers. Ich muss weiterklettern, sagte er sich. Die anderen können jeden Augenblick kommen. Er zwang sich, sein Bein auszustrecken und den nächsten Bügel zu suchen. Gut, jetzt fühlte er ihn unter dem Fuß. Er griff mit den Händen um, ließ sich die Wand ein Stückchen runtergleiten. Gleich würde er den letzten Bügel erreichen. Da rutschte er mit dem anderen Fuß ab und fiel! Mit einem

Wumms landete er auf der Seite. Stöhnend kam er hoch und humpelte zu Elsa, die bereits vor einem der Fenster hockte. Sein rechtes Bein tat weh, aber es schien zum Glück nichts Ernstes zu sein. Als er das Fenster öffnete, wehte kalte Abendluft herein. Plötzlich zog sich sein Herz schmerzhaft zusammen. Elsa flog nun zu Greta, Mama und Papa. Zu Anatol. Nach Hause … Er streichelte über Elsas glänzenden Rücken.
»Ich warte auf dich«, flüsterte er.
»Ciao, bello. Ciao, bello«, stieß die Elster hervor, als sie sich von der Fensterbank abstieß und in die Luft schwang.

22. KAPITEL

Den ganzen Abend über dachte Caspar an Elsa. War sie schon im Theater angekommen? Hatten Greta und Anatol seine Nachricht bereits gelesen? Zum ersten Mal, seit er in Memoria eingetroffen war, fühlte er neue Hoffnung. Dass es ihm gelungen war, einen Brief rauszuschmuggeln, war ein erster Schritt. Er blickte zu Emmas Galerie hoch. Hinter den halb offenen Vorhängen erklangen wieder diese eigenwilligen Töne. Ein Lächeln stahl sich auf Caspars Gesicht. Jetzt wusste er, dass sie von den mit Wasser gefüllten Gläsern und Flaschen stammten, die oben auf ihrer Fensterbank standen und die Emma zum Klingen brachte. Er überlegte, ob sie früher einmal ein Instrument gespielt hatte.

»Oh, Puck, sieh nur, was auf deinem Buch sitzt«, hörte er da Till rufen. Sein kleiner Bruder hüpfte zu Pucks Etagenbett.

»W-wo k-k-kommst du denn her?«, fragte Puck.

Caspar stand auf und ging zu ihnen rüber. Verwundert hielt Puck sein Buch ein Stück von sich weg. Auf den aufgeschlage-

nen Seiten saß ein weißer Falter. Seine fedrigen Fühler bewegten sich neugierig, und seine großen Flügel bebten.
»Sieht er nicht toll aus?«, sagte Till und ging noch näher mit seiner kleinen Nase ran. »Seine Flügel sind von winzigen silbernen Fäden durchzogen.«
»Der gehört mir.« Plötzlich beugte sich Salamander von der anderen Seite des Bettes zu ihnen und stülpte ein Glas über den Falter. »Den hab ich mir extra im Rauparium besorgt.«
Till, Puck und Caspar blickten ihn verdattert an.
»Wir schauen ihn uns ja nur mal kurz an«, sagte Caspar.
Der Falter flatterte im Glas auf und ab. Salamander hielt von unten die Öffnung zu und ging zurück zu seinem Bett.
Till lief ihm hinterher. »Willst du ihn nicht rauslassen? Er hat bestimmt Angst in dem Glas.«
Caspar und Puck wechselten einen besorgten Blick.
Salamander wandte sich zu Till. In seinen Augen lag ein gemeiner Glanz. Was hatte er nur vor?
Mit der linken Hand fischte er aus der Hosentasche nach dem kleinen Schmuckkästchen, das der Meister ihm gegeben hatte, klappte es auf und zog ein hauchfeines, beinahe unsichtbares Tuch hervor.
»Schau ruhig zu«, forderte er Till auf. »Bald wirst du den Kollektor auch benutzen. Dann ist es gut, wenn du weißt, wie er funktioniert!«
Caspar sah, wie Salamander das zarte Tuch locker über die Öffnung des Glases stülpte. Im Inneren des Glases flatterte der Falter auf. Seine Flügel berührten das schimmernde Gewebe.
Die Kinder starrten auf das Schauspiel. Erst unmerklich, dann

immer deutlicher bildeten sich auf der Oberseite des Tuchs, wo der Falter gegenstieß, zwei zarte Tropfen. Mit einem geübten Handgriff schlug Salamander das Tuch so ein, dass die Tropfen in ihm hängen blieben. Der Falter kam aus dem Glas geflogen. Caspar wollte schon aufatmen, doch da schien der Falter in der Luft zu erstarren und fiel wie tödlich getroffen zu Boden.

»Was hast du mit ihm gemacht?«, rief Till. Er bückte sich, um den hellen Falter aufzuheben. Caspar legte ihm tröstend den Arm um die Schulter.

Puck starrte Salamander mit offenem Mund an. »D-d-du hast ihn g-getötet!«

»Nicht wirklich«, erwiderte Salamander ungerührt und ließ die zwei Tröpfchen in ein Minireagenzglas laufen, das er der Schatulle entnommen hatte. »Ich hab ihm nur die Erinnerung an sein Leben genommen. Ich darf schließlich nicht aus der Übung kommen.« Er machte einen Schritt auf Puck zu. »Na, musst du heulen, P-Puck?«

Aus dem Augenwinkel bemerkte Caspar, wie Emma oben an das Geländer getreten war und zu ihnen herunterschaute.

»N-nein. M-muss ich nicht …« Puck wich einen Schritt zurück.

Langsam hob Salamander den Kollektor und wedelte damit vor Pucks Gesicht herum.

»Wie wäre es, wenn ich dir die Erinnerung an dein Stottern nehme?«, fragte er »Dann müssen wir uns nicht mehr dein peinliches Gestammel anhören.«

Mit blitzenden Augen stellte Caspar sich vor Puck.

»Bist du vollkommen blöd?«, schnauzte er Salamander an. Von der anderen Seite kam Emma angelaufen. »Nimm sofort den Kollektor runter, Salamander!«
»Ihr Weicheier«, erwiderte der nur mit einem verächtlichen Grinsen. Aber er drehte sich um und verstaute sorgfältig das Tuch und das Reagenzglas in dem Kästchen. Ohne sich noch einmal nach ihnen umzublicken, verließ er den Raum.
»Kommt«, sagte Emma und brachte Puck zu seinem Bett. Caspar nahm Till an der Hand und folgte ihr.
»Was machen wir denn mit dem Falter?«, fragte Till ganz leise, nachdem sie eine Weile wortlos zusammen auf Pucks Bett gesessen hatten.
»Ich habe oben bei mir eine kleine Schachtel«, sagte Emma. »Wollen wir ihn da reinlegen?«
Till nickte.
Puck räusperte sich. »U-und w-w-wenn wir heute Nacht d-draußen sind, b-b-begraben wir ihn.«
Caspar schluckte den Kloß hinunter, der in seinem Hals saß. Sie mussten hier weg.

In dieser Nacht wurde Caspar von bösen Träumen heimgesucht. Er träumte von toten Faltern, vom Meister, der seine Hand nach Till ausstreckte, und davon, wie er vergeblich versuchte, Till, Emma und Puck durch das Fenster in die Freiheit zu folgen. Er strampelte und kämpfte so wild im Schlaf, dass er frühmorgens aus dem Bett fiel. Für ein paar Atemzüge blieb er auf dem Boden liegen. Da kam ihm plötzlich eine Idee, die ihn hochschnellen ließ. Greta hatte geschrieben, dass sie ihn nicht vergessen würde. Und dass sie ihren Anhänger mit seinem Haar immer bei sich trug. Genauso wie er ihren Haarring Tag und Nacht an seinem Fuß trug. Durch ihren Ring waren sie miteinander verbunden. Aber war es nicht denkbar, dass der Ring auch Caspars Erinnerungen schützte? Nur was – und diese Überlegung war noch viel wichtiger – was, wenn der Ring gleichzeitig verhinderte, dass sein Faden weiterwuchs? Sein Faden, mit dem er nach draußen gelangen konnte …

Eine kleine Hand berührte ihn. Neben dem Bett stand sein Bruder. Er wirkte noch ganz niedergeschlagen, und Caspar wusste, wie sehr Till die Geschichte mit dem Falter zugesetzt hatte.

»Gehen wir zusammen zum Frühstück?«, fragte ihn der Kurze.

»Klar.« Caspar sprang aus dem Bett und schlüpfte schnell in seine Sachen. Dann nahm er seinen Rucksack und ging gemeinsam mit Till zur Tür, bei der Emma und Puck schon auf sie warteten.

»Guten Morgen«, begrüßte ihn Emma.

»Hast d-du schlecht geträumt, Caspar?«, erkundigte sich Puck, während sie zusammen zur Küche gingen.

»Wieso?«, fragte Caspar erschrocken. »Hab ich im Schlaf geredet?«

»N-nein, du hast d-dich nur die ganze Zeit herumg-gewälzt.«

»Und gegrunzt«, fügte Emma hinzu.

»Was?!«, fragte Caspar.

Till kicherte. »Gegru-hunzt. So laut!« Er machte ein lautes Grunzen nach.
Als sie in die Küche kamen, wurden sie wieder still. Caspar fiel sofort auf, dass weder Norden noch der alte Larsen an ihren Plätzen waren. Das war die Gelegenheit, um mit Emma und Puck zu sprechen. Sie holten sich ihre Schale Frühstücksbrei und setzten sich an den langen Tisch. »Seid ihr gestern Nacht noch mit Salamander draußen gewesen?«, wandte Caspar sich an Emma und Puck. Er musste mehr darüber erfahren, wie sie sich draußen frei bewegen konnten.
Emma nahm einen Schluck aus ihrem Glas. »So lautet das Gesetz. Kein Kind Memorias darf allein nach draußen. Nicht mal so ein Blödmann wie Salamander.«
»E-er hat e-es getan«, sagte Puck.
Till verschluckte sich und hustete. »Was?!«
Caspar klopfte ihm auf den Rücken. »Du meinst, er hat seinen Auftrag erfüllt, den der Meister ihm gegeben hat?« Er blickte von Puck zu Emma. »Aber er hat doch niemanden mit diesem Kollektor … umgebracht, oder?«
Emma schüttelte den Kopf. »Nein«, antwortete sie einsilbig.
»Wie kann man Erinnerungen nur stehlen?«, entfuhr es Caspar.
Emma zuckte mit den Schultern. »Ganz einfach. Man spioniert die Menschen aus. Und gleitet im richtigen Moment mit dem Kollektor über sie.« Sie starrte ins Leere. »Es ist, als frören sie für ein paar Sekunden ein. Der Kollektor nimmt ihre Erinnerung auf, und wenn sie wieder zu sich kommen, ma-

chen sie weiter, als wäre nichts geschehen. Aber ihr Blick …«, sie brach ab. »… danach – ist leer.«

Caspar schüttelte sich. Das klang furchtbar. Für einen Moment schwiegen sie alle.

»Und wo ist Salamander jetzt?«, wollte Caspar wissen.

»B-bei Norden. Er bringt die Essenz der E-E-Erinnerung ins …«

Puck verstummte abrupt, als er ein lautes Geräusch hörte. Der alte Larsen kam mit einer Sackkarre in die Küche geschoben. Augenblicklich waren sie still. Über das schrumpelige Gesicht huschte ein verschmitztes Grinsen.

»Gut, gut!«, krächzte er. »Gut, dass sich hier alle an die Regeln halten und während der Mahlzeiten nicht sprechen.«

Caspar und Emma wechselten einen Blick.

»Ihr, Jungchen«, der Alte zeigte auf Caspar und Till, »verwöhnt heute unsere großen Raupen, und ihr …«, er sah zu Puck und Emma, »ihr bleibt bei mir und sortiert die alten Seidenkokons. Wir brauchen Faden! Auch das kleinste Zentimeterchen.«

Caspar schloss kurz die Augen. Das war ihm alles zu viel. Der Kollektor. Die gestohlenen Erinnerungen. Der Faden.

Immer wieder dieser verfluchte Faden.

Nachdem das Frühstück beendet war, liefen Caspar und Till hoch zum Rauparium. Als sie das Fenster erreichten, das Caspar am Vorabend eingeschlagen hatte, sammelte er rasch die Scherben zusammen und schob sie vorsichtig in die Außentasche seines Rucksacks. Auf diese Weise, so hoffte er, würde der Schaden vielleicht weniger auffallen.

Im Rauparium war es genau wie am Vortag. In der Luft schwebten silbrige Seidenflocken, und weit oben an den Mauern leuchteten die hellen Flügel der Falter auf. Dieses Mal blendete Caspar sein Licht sofort sorgfältig ab und befestigte den kleinen Eimer an seinem Gürtel. Wenn sie zu den Raupen sollten, hieß das, sie mussten heute bis zum dritten und vierten Ring klettern. Caspar sah nach oben und unterdrückte ein Stöhnen.
»Es ist gar nicht so viel höher als gestern«, sagte Till und lächelte ihm aufmunternd zu.
Caspar nickte tapfer. »Geh du schon einmal vor. Ich bin sofort da«, sagte er und setzte sich so auf den Boden, dass er seinem kleinen Bruder den Rücken zuwandte. Es war besser, wenn Till nicht sah, was er machte. Dann zog er seinen linken Schuh aus und streifte die Socke ab.
Da war der Ring. Ihr Geschwisterring, der ihn davor bewahrt hatte, all seine Erinnerungen zu verlieren. Rasch holte er seinen Notizblock aus dem Rucksack, riss ein Blatt heraus und kritzelte sich eine kleine Notiz. »Setz den Ring wieder auf!!!«, stand darauf. Denn wenn er wirklich seine Erinnerung verlor, wie er vermutete, würde er ja auch die Bedeutung des Rings vergessen. Er blickte nach oben. Der Kurze war bereits ganz oben angekommen.
»Caspar?«, rief sein kleiner Bruder herunter. »Ist alles gut bei dir?«
»Alles klar«, antwortete er und zog den Ring von seinem Zeh.

Ihm war, als rastete an seinem Kopf, seinen Armen und Beinen etwas ein und zog sich straff. Ein Ruck ging durch seinen ganzen Körper. Er schüttelte sich und stand langsam auf. Was hocke ich noch hier unten herum?, fragte er sich. Ohne zu zögern, trat er zur Leiter und kletterte los. Es fühlte sich an, als würde jede seiner Bewegungen von einer unsichtbaren Hand geführt. Schlagartig ging alles viel leichter. Schon war er bis zum ersten Ring gestiegen. Mit jeder Sprosse gewann er an Sicherheit. Von oben sah ein rothaariger Junge mit leuchtenden Augen zu ihm herunter. »Super, Caspar! Gleich hast du's!«

Irritiert hielt er inne. Kannten sie sich? Und warum nannte der andere ihn Caspar? In seinen Ohren begann es zu klingeln. Caspar? Der Name kam ihm bekannt vor. Ein Gedanke war kurz davor, Gestalt anzunehmen – Caspar? Jetzt hatte er es fast. Schemenhaft zeichnete sich am anderen Ufer seines Gedankenflusses eine Erinnerung ab. »Caspar?«, wiederholte er den Namen. Da stieg ein dichter Nebel über dem Fluss auf, und als er nach der nächsten Sprosse griff, hatte der Gedanke sich darin bereits aufgelöst.

Nun war er mit dem anderen Jungen auf derselben Höhe. Wahrscheinlich war es das Beste, sich seine Verwirrung nicht anmerken zu lassen, dachte er bei sich. Er schaute zu den Glasbehältern rüber, die in den Nischen zwischen den Leitern lagerten.

»Wenn du eine Raupe siehst, die sich nicht eingesponnen hat, machst du einfach ein Kreuz auf dem Kasten«, erklärte ihm der kleine Rothaarige.

»Dann mache ich ein Kreuz«, wiederholte Caspar mechanisch.
Wieder hatte er den Eindruck, dass der andere ihn seltsam musterte. Aber das spielte jetzt keine Rolle. Ohne weiter darauf zu achten, zog er den ersten Behälter hervor und begann mit seiner Aufgabe. Bis zum Mittag hatten sie ein Drittel aller Glasbecken kontrolliert. Sechs Raupen hatten noch nicht mit ihrem Kokon begonnen. Sechs Kreuze hatte er gemacht. Er hätte stundenlang so weiterarbeiten können, aber der Kleine bestand darauf, dass sie eine Pause einlegten.
Ein paarmal sprach er ihn während des Essens an, wollte Dinge wissen, die nichts mit dem Rauparium zu hatten. Darauf konnte er allerdings keine Antwort geben, und nach einer Weile gab der andere es auf und schwieg.
Als es Abend wurde, wusste er, dass sie mit der Arbeit aufhören konnten. Nun würde es Abendessen geben, dachte er, und dieser eine Gedanke füllte seinen Kopf ganz aus. Sie liefen die Treppe hinunter, an einem Fenster vorbei, in dem ein Loch war und vor dem ein schwarz-weißer Vogel saß.
Er lief zügig weiter.
»Aus dem Weg!«, rief da plötzlich jemand von hinten. Im nächsten Moment kam ein riesiger Mann mit einer vollbeladenen Karre um die Ecke geschossen und fuhr sie beinahe um. Die Jungen konnten gerade noch zur Seite springen.
Er sah dem riesigen Mann mit der Augenklappe hinterher. Hatte er den nicht schon einmal getroffen? Nur wo? Es wollte ihm einfach nicht einfallen. Innerlich fluchte er, dass er keinen seiner Gedanken richtig fassen konnte und sie ihm stän-

dig entglitten. Was war nur mit seinem Kopf los? Wütend vergrub er beide Hände in den Hosentaschen und ballte sie zu Fäusten.

Der kleine Junge neben ihm zupfte an seinem Ärmel. »Komm weiter, Caspar. Die anderen warten schon auf uns.«

Welche anderen?, fragte er sich, aber er nickte. »Okay«, sagte er und nahm die Hände aus den Hosentaschen. Ups! Was war denn das? Ein zusammengefaltetes Papier.

»Setz den Ring wieder auf!!!«, las er lautlos. Mit drei Ausrufungszeichen.

Der kleine Junge beugte sich neugierig zu ihm. »Was hast du da?«

»Gar nichts«, erwiderte er und zerknüllte das Papier. Sein Herz klopfte plötzlich schneller. Welchen Ring sollte er aufsetzen? Während sie den Gang weiter hinunterliefen, tastete er suchend in seiner Hosentasche. Da! Er fühlte etwas Glattes. An seiner Hand begann es zu kribbeln. Sie kamen zu einer geöffneten Tür. Es roch nach gekochtem Fisch. Ein Mädchen mit wuscheligen schwarzen Locken und ein kräftiger Junge winkten ihnen zu.

»Bin gleich wieder da«, murmelte er dem rothaarigen Knirps zu und verschwand um die nächste Ecke. Dort stellte er sich in den Schatten einer Säule und zog das glatte Ding hervor. War das ein Ring aus Haaren? Seine Kopfhaut begann zu brennen. Vor seinen Augen verschwamm alles. »Setz den Ring auf«, hörte er sich selbst flüstern. Mechanisch steckte er sich den Ring auf den linken Zeigefinger.

Hinter seinen Augen explodierten weiße Blitze, ein heißer

Schmerz jagte durch seinen Finger, in die Hand und den Arm hinauf bis zu seinem Kopf.
Caspar krümmte sich zusammen. Sein Atem ging so schnell, als hätte er gerade einen Hundertmetersprint hinter sich. Dabei war er nur mit Till im Rauparium gewesen, dachte er. Till! Er musste sich an der Wand abstützen, als die Erinnerungen über ihn hereinbrachen: Till! Sein Bruder! Langsam beruhigte sich sein Atem. Oh Mann, war das krass! Ohne den Ring hatte er wirklich alles vergessen. Sogar seinen eigenen Namen. Nun begriff er, wofür die Kinder des Meisters ein Namensschild brauchten. Ob sich mit seinem Faden wohl etwas getan hatte?, dachte er aufgeregt. Zögerlich fasste er unter seine Mütze und tastete nach dem Faden. Wow! Er hatte recht gehabt. Der Faden war wirklich ein ganzes Stück länger. Wenn ich den Ring jeden Tag für ein paar Stunden abnehme, überlegte Caspar, ist der Faden bestimmt bald genauso lang wie Tills.
Erschöpft trabte er zurück in Richtung Küche, als es ihm unvermittelt heiß den Rücken runterlief. Wie angewurzelt blieb er stehen. War da nicht ein Vogel gewesen, als er mit Till die Treppe vom Rauparium heruntergekommen war? Elsa! Sie war zurückgekommen und hatte sicher eine Antwort von Greta dabeigehabt. Himmel, er musste sofort zurück ins Treppenhaus.
»Räudiger Rattenschiss! Wo treibt sich dieser Junge wieder rum? Wer zu den Mahlzeiten nicht erscheint, der bekommt auch nichts zu beißen!«, hörte er Norden in der Küche brüllen.
Zähneknirschend lief Caspar zur Küche. Emma und Puck

blickten ihn neugierig an. Till kam ihm vom Herd mit einem Teller Kartoffelbrei, grünen Erbsen und Kochfisch entgegen.
»Hej, Till«, flüsterte Caspar ihm zu.
Till antwortete nicht. Caspar nahm sich einen Teller und ging weiter zum Herd.
Der alte Larsen warf einen schiefen Blick auf seine Hand.
»Nee, nee, nee, Jungchen! Was sind denn das für Dreckpfoten in meiner Küche?« Unwirsch schob er ihn vom Herd weg. »Geh dir erst mal die Hände waschen, bevor du dich wieder hier blicken lässt.«
Caspar wollte protestieren, da bemerkte er den forschenden Blick des Alten auf seiner linken Hand. Blitzschnell versteckte Caspar sie in seiner Hosentasche. Ob Larsen den Ring entdeckt hatte? Doch der Alte zog nur pfeifend die Luft ein und streute eine Prise Salz über den Fisch.

23. KAPITEL

Es war tief in der Nacht, als Caspar leise aus seinem Bett kletterte, um sich auf den Weg zu dem Turmfenster zu machen, vor dem er Elsa gesehen hatte. Nachdem er den Ring wieder an seinem Fuß versteckt hatte, war ihm aufgefallen, wie still Till war. Richtig bedrückt kam er ihm vor. Kein Wunder. Wie sollte der Kurze auch verstehen, weshalb Caspar sich auf einmal so merkwürdig verhielt, kaum sprach und leblos wie eine Marionette wirkte. Denn auch wenn Till sich nicht mehr erinnerte, dass sie Brüder waren, so hatte er sich in den vergangenen Tagen bestimmt ein Bild von ihm gemacht. Und diese abrupte Verwandlung musste ihm Angst eingejagt haben. Caspar schlich sich aus dem Schlafsaal und lief durch die Gänge zur Treppe, die zum Rauparium führte. Während er die Stufen hochrannte, ging Caspar noch mal das Gespräch durch den Kopf, das sie nach dem Abendessen geführt hatten.

Er hatte sich zu Till aufs Bett gesetzt und ihm erzählt, dass er sich den ganzen Tag total seltsam gefühlt hatte.

»Du bist auch wirklich seltsam gewesen«, hatte Till mit ernstem Blick geantwortet.
»Der Faden ist heute so stark gewachsen«, versuchte Caspar zu erklären. »Der hat alles in mir weggedrückt.«
»Du hast dich benommen, als würden wir uns gar nicht kennen«, sagte der Kurze leise.
»Ich konnte mich auch an fast gar nichts mehr erinnern«, gab Caspar zu.
Till rückte ein Stück näher zu ihm. »So war es bei mir auch ganz am Anfang.«
»Und jetzt?«
Sein Bruder stützte den Kopf nachdenklich in beide Hände. »Jetzt geht es besser. Nur ab und zu wach ich nachts noch auf und weiß nicht, wo ich bin.« Er kaute an seiner Lippe. »Und wer ich bin«, fügte er noch leiser hinzu. Er blickte Caspar direkt in die Augen. »Aber morgens seh ich mein Namensschild und euch alle, und dann erinnere ich mich, dass ich in Memoria bin.«
»Denkst du manchmal daran, wie es vorher war?«, fragte Caspar.
»Vorher?« Till verzog das Gesicht. »Emma sagt, in Memoria gibt es kein Vorher. Nur ein Jetzt.«

Caspar lief immer noch ein kalter Schauer über den Rücken, wenn er an Tills Worte dachte. Als ob es für den Kurzen ganz selbstverständlich wäre, dass es keine Vergangenheit gab. Von einer Zukunft ganz zu schweigen.
Absatz für Absatz stieg er die Stufen zum Rauparium hinauf.

Allmählich beschlich ihn ein ungutes Gefühl. Hätte er das kaputte Fenster nicht schon längst erreichen müssen? Oder hatten die Wächter es bereits entdeckt und repariert? Vor ihm tauchte das nächste Fenster auf. Das Glas war unbeschädigt, aber so schmutzig, dass es ganz sicher nicht heute ausgewechselt worden war. Caspar lief weiter. War er schon vorbei? Da fühlte er einen kühlen Luftzug im Gesicht, und als er um die nächste Ecke kam, sah er es: das Fenster mit der zerschlagenen Scheibe.

»Elsa«, flüsterte er. »Elsa.«

Er blickte hinaus in die Nacht. Unter ihm glänzten die Lichter der schlafenden Stadt. Ob Mama und Papa wach waren – so wie er? Er sehnte sich so sehr nach ihnen und nach Greta und Anatol. Obwohl sein Zuhause so nah war, blieb es für ihn und Till trotzdem unerreichbar. Mit einem tiefen Seufzer lehnte er sich gegen die Brüstung und schaute hinaus. Selbst wenn Greta und Anatol es zu ihnen in den Turm schafften, was würde es ihnen bringen? Der Faden kettete sie unauflöslich an Memoria.

Mutlos ließ er den Kopf hängen, als er sah, wie sich auf dem gegenüberliegenden Dach etwas Kleines bewegte. Caspar kniff die Augen zusammen. War da etwa … Elsa!

»Da bist du ja«, flüsterte er der Elster zu.

»Gräh. Gräh«, antwortete sie und kam durch das Loch geflogen.

»Du bist wirklich der klügste Vogel der Welt!«, stieß er hervor.

Huldvoll spreizte sie das Bein ab, an dem das Papier befestigt war, und ließ es sich abnehmen. Im Licht seiner Taschenlampe begann Caspar zu lesen.

»Lieber Caspar, ich bin so unendlich froh, dass du Till gefunden hast! Ich kann es gar nicht in Worte fassen. Ihr lebt, auch wenn es ganz schrecklich klingt, was dort mit euch passiert. Anatol und ich haben immer wieder deine Nachricht gelesen und sind sofort los zum Turm. Doch so gründlich wir auch gesucht haben, wir haben die Luke, die du beschrieben hast, nicht entdeckt.«

Caspar unterdrückte ein Stöhnen. Das hatte er schon befürchtet. Sein Blick suchte die nächste Zeile.

»Anatol sagt, wir müssen einen Weg finden, den Vertrag zu lösen. Während ich das hier schreibe, wälzt er alle möglichen Uraltschinken und Atlanten, ob er etwas über einen Ort namens Memoria herausbekommt. Bei dem silbernen Falter sind wir schon weiter – immerhin ist unsere älteste Puppe ja ein silberner Falter. Anatol will nachforschen, woher sie stammt und was sie für eine Bedeutung hat.«

Caspar riss die Augen auf. Richtig, er kannte die alte Marionette natürlich, hatte aber keine Sekunde an sie gedacht. Nur an den Falter an seinen eisernen Fäden vor dem Eingang zum Theater. Aber sowohl die Marionette als auch das Wahrzeichen konnten durchaus aus den Zeiten des Vertrags mit dem Meister stammen. Das könnte eine Spur sein.

Er las weiter. »Caspar, bitte sei vorsichtig, bei allem, was du tust. Und unternimm nichts, bevor wir nicht wissen, welche Absichten der Meister verfolgt. Keine Alleingänge mehr! Ich denke immerzu an euch, Greta.«

Caspar schnaufte. Wie stellte seine Schwester sich das bitte vor? Sollte er etwa tatenlos zusehen, wie der Meister seinen Geheimplan verfolgte? Er blickte zu der Elster, die oben auf der Brüstung saß und zu ihm runterplinkerte. »Das ist mal wieder typisch Greta«, raunte er ihr zu. Aber ein bisschen konnte er sie auch verstehen. Es musste schrecklich sein, vollkommen hilflos zu Hause zu sitzen. Er nahm sein Notizheft aus dem Rucksack. Bestimmt half es, wenn er ihr ein paar beruhigende Worte schrieb.

»Liebe Greta, mach dir bitte keine Sorgen. Ich passe gut auf Till und mich auf. Außerdem haben wir hier auch schon neue Freunde gefunden. Ich weiß zwar nicht, wie es in den nächsten Tagen weitergeht, aber ich verspreche dir, dass ich dir Bescheid gebe, wenn was passiert. Bis dahin lass ich meinen Faden wachsen. Ich hab nämlich herausgefunden, wie das geht.« Caspar setzte den Stift kurz ab. Davon, wie gefährlich es war, den Ring abzusetzen, und dass er einen totalen Gedächtnisverlust gehabt hatte, schrieb er lieber nichts. »Du kannst dich hundertpro auf mich verlassen. Ich hoffe, dass Anatol etwas findet, und warte auf eure nächste Botschaft. Dein Bruder Caspar.«

Und genau wie er es Greta angekündigt hatte, machte Caspar sich in den nächsten Tagen daran, seinen Faden wachsen zu lassen.

Jeden Morgen, wenn Till und er das Rauparium betraten, streifte er den Ring ab.

Jeden Morgen versank seine Erinnerung in einem dichten Nebel.
Jeden Morgen verspürte er den Willen des Meisters, mit dem er durch den Faden verbunden war, stärker.

24. KAPITEL

Der Riese mit der Augenklappe hatte ihn beauftragt, mehrere der schmutzigen Glasbecken nach unten zu tragen. Caspar war gerade auf dem Weg vom Rauparium zur Küche und dem Spülloch, als es geschah.

»Caspar!«, rief jemand eindringlich seinen Namen.

Caspar blieb stehen und stellte die Becken ab.

»Caspar, komm zu mir!«, rief die Stimme jetzt. »Her zu mir – zum MEISTER!«

Caspar blickte sich nach allen Seiten um. Er konnte niemanden entdecken, aber die Stimme des Meisters hatte ganz sicher zu ihm gesprochen. Er nahm die drei Glasbecken wieder auf und eilte weiter. Der alte Larsen hatte ihn beauftragt, die Becken mit dem Lastenaufzug ins Spülloch zu transportieren. Was sollte er denn jetzt tun? Als er den Flur vor der Küche erreichte, kamen ihm Puck und Emma entgegen.

»Wo ist Till?«, fragten sie ihn.

Caspar runzelte die Stirn. Wo hatte er den kleinen Jungen zuletzt gesehen? »Im Rauparium … glaube ich.«

»Hier bin ich«, meldete sich da eine helle Stimme von der Treppe, und der Junge mit den roten Haaren hüpfte die letzten Stufen runter. »Habt ihr den Meister auch gehört?«, fragte er aufgeregt.
Caspar horchte auf. Die anderen hatten die Stimme ebenfalls gehört? Genau wie er?
»D-den R-Ruf?«, brachte Puck stockend hervor.
»Ja«, flüsterte Till.
Emma legte ihm die Hand auf die Schulter. »Dann bist du jetzt vielleicht so weit.«
Der Kleine wandte sich lachend an Caspar. »Und du? Hast du ihn auch gehört?«
»Schon möglich«, erwiderte Caspar mit einem lässigen Ton. Er wollte sich seine Verwirrung auf keinen Fall anmerken lassen.
Till sah ihn forschend an.
Hatschi! Till musste niesen und zog geräuschvoll die Nase hoch. »Hast du ein Taschentuch?«, fragte er Caspar.
Caspar griff in seine Hosentasche. »Nee, hab keins!«
Verwirrt betrachtete er den abgegriffenen Zettel, den er aus der Hosentasche gezogen hatte. »Setz den Ring wieder auf!!!«, stand darauf. Die Blicke der Jungen trafen sich für den Bruchteil einer Sekunde.
»In der anderen Hosentasche«, wisperte Till ihm zu.
Wovon redete er nur?
Da kamen Salamander und Norden auf sie zu.
»Was trödelt ihr hier herum?«, herrschte Norden sie an. »Der Meister wartet nicht gern.«

Salamander trat zu ihnen. Caspar wich seinem Blick aus. Welchen Ring sollte er aufsetzen? Er begriff einfach nicht, was gemeint war.
Salamander lief allein vor. Wie ein Welpe sprang Till zwischen Emma, Puck und ihm hin und her. »Er gehört an den Fuß.« Der Kleine zwinkerte ihm zu und hüpfte dann wieder auf die andere Seite.
Caspar blieb keine Zeit, sich zu wundern, woher Till wusste, was auf dem Zettel stand. Er ließ sich ein Stück hinter die anderen zurückfallen und fand einen Ring in seiner Tasche, genau wie der Junge gesagt hatte. Eilends zog er Schuh und Strumpf aus und rollte den Ring über einen seiner Zehen.
Von einer Sekunde zur nächsten schärfte sich sein Blick, er atmete tief ein, und der Nebel, der den Zugang zu seinem Gedächtnis vollkommen eingehüllt hatte, lichtete sich. Hatte Till in den letzten Tagen etwa gesehen, wie er den Ring von seinem Zeh genommen hatte? Caspar wollte ihn gleich nach der Zusammenkunft fragen. Ruckzuck rannte er den anderen hinterher und erreichte die Tür zum Spiegelsaal gerade noch, bevor die Wächter sie von innen schlossen.

Der Meister saß bereits auf seinem Stuhl und trommelte mit seinen langen, knochigen Fingern auf die Armlehne seines Stuhls. »Aah, können wir also beginnen«, sagte er mit einem prüfenden Blick auf Caspar, der hastig auf seinen Platz huschte.
Anders als bei der letzten Zusammenkunft hatte der Meister nun fast keine Haare mehr auf dem Kopf, seine Wangen

waren noch tiefer eingefallen, und der Mantel war kaum mehr als ein Lumpen.

»Einem von euch ist es gelungen, mir eine wichtige Erinnerungsessenz zu bringen.« Die machtvolle Stimme des Meisters, die seine Erscheinung Lügen strafte, füllte den Saal. »Ich weiß wohl, der Umgang mit dem Kollektor ist nicht einfach – und dass es besonderen Einsatz erfordert, exakt die Erinnerung zu stehlen, um die es mir geht.« Er legte seine Hände ineinander. »Und genau das ist dir gelungen, Salamander.« Er nickte dem Jungen beifällig zu und begann, nahezu lautlos zu applaudieren. »Bravo.«

Caspar sah, wie Salamander sich bemühte, ein würdevolles Gesicht zu machen, als er in eine tiefe Verbeugung versank. »Danke, Meister.«

Trotzdem war seine Selbstzufriedenheit so offensichtlich, dass Caspar am liebsten mit den Augen gerollt hätte.

»Gibt es noch jemanden, der mir heute etwas bringen möchte?«

Der Meister blickte von einem zum anderen. Alle schwiegen.

»Wie ist es mir dir, Puck? Habe ich dich gestern nicht damit beauftragt, mir die Schlüssel für den botanischen Garten zu bringen?«

»Der Feigling hat sich nicht getraut«, murmelte Salamander so laut, dass alle es hören konnten. Puck ließ den Kopf hängen.

Caspar runzelte die Stirn. Von diesem Auftrag hörte er heute zum ersten Mal.

Der Meister hob die Hand. »Still«, sagte er und erhob sich. Puck sah ihn aus vor Schreck geweiteten Augen an.
»I-i-ich w-w-wollte s-s-sie h-h-holen.«
»Tatsächlich?«, fragte der Meister interessiert. Nun stand er dicht vor Puck und blickte von oben auf den Jungen herab. »Wolltest du es auch stark genug?«, hakte er unerbittlich nach.
»J-j-ja, M-Meister! Ganz stark«, beteuerte Puck.
»Aber es ist dir nicht gelungen?« Bedauernd schüttelte der Meister den Kopf. »Wie du weißt, brauche ich dringend Zugang zum Troparium im botanischen Garten. Zugang zu den Maulbeerbäumen dort.« Seine Stimme schwoll weiter an. »Der silberne Falter ist hungrig und braucht neue Blätter!«
Der Meister zog einen kleinen Gegenstand aus seiner Manteltasche.
Caspar begriff. Die Maulbeerblätter gingen also wirklich zur Neige, und der Meister war gezwungen, anderweitig Nachschub zu besorgen. Aber was meinte er mit dem silbernen Falter? Hatte das mit dieser Transformation zu tun, die ihm bevorstand?
Er wurde aus seinen Gedanken gerissen, als die Hand des Meisters in die Luft schnellte. Caspar erkannte, dass es ein Holzgriff war, den der Meister in der Hand hielt. Ein Griff, wie sein Vater ihn für seine Marionetten benutzte.
Puck stöhnte auf.
»Das soll euch allen eine Lehre sein, mich nicht warten zu lassen«, sprach der Meister und schnippte mit den Fingern. »Deinen Faden.«

Mit todbleichem Gesicht zog Puck sein Fadenknäuel aus seiner Kapuze und entrollte es. Mit unbarmherzigem Gesicht knotete der Meister das Ende des Fadens an den Griff und begann zu spielen. Zunächst ließ er Puck wie einen Hampelmann springen. »Die Kinder des Meisters sind flink und gewandt, verstehst du?«, rief der Meister.

Dann drückte er den Griff nach unten, sodass Puck auf allen vieren durch den ganzen Raum kriechen musste. »Nur Hasenfüße verstecken sich oder nehmen Reißaus, verstehst du?«, rief er. Schließlich vollführte der Meister eine rasante Drehung. Puck wurde durch die Luft geschleudert, stolperte und taumelte benommen zu seinem Platz zurück.

»Morgen bringst du mir die Schlüssel, oder ich gebe dir einen wahren Grund, dich zu fürchten!«

Schon hatte der Meister den Faden von dem Griff gelöst, und Puck sackte kraftlos in sich zusammen. War er etwa ohnmächtig geworden?, fragte Caspar sich besorgt. Nach dem schaurigen Schauspiel war ihm selbst ganz komisch zumute.

Als der Meister sich zu ihm umdrehte, hielt er vor Schreck die Luft an. Doch der Blick des Meisters wanderte weiter.

»Emma«, sagte er sanft. »Ebenso wie Salamander hast du deine Aufgaben in den vergangenen Wochen zu meiner vollen Zufriedenheit erfüllt.«

Wortlos starrte sie auf ihre Füße.

»Deshalb sollst auch du dich wie Salamander an der nächsten Stufe probieren.«

Das will sie bestimmt nicht, dachte Caspar bei sich, und tatsächlich – Emmas Gesicht wurde ganz blass.

Aus dem Innern seines grauen Mantels zog der Meister das Holzkästchen mit dem Kollektor und reichte es ihr. Dann ließ er das Vitaskop holen. Auf dem schillernden Tuch tauchte dieses Mal eine wunderschöne Frau auf, die ganz allein auf einer Bühne stand und tanzte.
»Ihre Ballettschule liegt in Christianshavn«, sagte der Meister. »Bring mir ihre anmutigste Erinnerung.«
Emma verneigte sich tief. »Ihr sollt ihre anmutigste Erinnerung bekommen«, wiederholte sie seine Worte.
»Und nun«, der Meister strich über die Stoppeln seines weißen Bartes, »wenden wir uns unseren beiden Neuen zu.« Mit wenigen Schritten stand der Meister vor Till.
»Zeig mir deinen Faden.«
Der Kleine nahm die Mütze ab und schüttelte den Kopf. Der schimmernde Faden entrollte sich und fiel bis auf den Boden.
»Aah!« Der Meister nickte. »Prächtig, prächtig. Schnell, leg ihn dir um.«
Till tat, wie ihm geheißen, und wickelte den Faden zu mehreren großen Schlaufen. Dann schlüpfte er mit dem Kopf und einem Arm hindurch und legte sie sich auf die linke Schulter, so wie Caspar es auch bei Emma, Puck und Salamander gesehen hatte.
»Drei Ringe«, stellte der Meister fest. Caspar fand, dass seine Stimme zufrieden klang. »Das sollte reichen, um den Turm sicher zu verlassen.«
»Juchhu!«, entfuhr es Till. Dann senkte er schnell den Kopf und flüsterte: »Ich meine: Danke, Meister.«

Nun fixierte der Meister Caspar. »Und? Wie sieht es bei dir aus?«
Caspar nahm seine Strickmütze ab. Der Meister beugte sich interessiert vor. Wie eine dünne Schlange schob sich das Ende des Fadens vor, glitt über Caspars Wange, über das Schlüsselbein und dann über die Brust weiter nach unten. Mit einem Mal spürte er, dass der Faden sich nicht mehr bewegte. Er blickte in die fahlen Augen des Meisters und traute sich nicht, nachzuschauen, ob der Faden bis zum Boden reichte. Voller Furcht suchte er Tills Blick. Als er Tills Augen aufleuchten sah, wusste er, dass auch sein Faden lang genug war. »Heute Nacht werdet ihr den Turm zum ersten Mal als Kinder Memorias verlassen«, sprach der Meister. »Geht mit Puck und seht zu, wie er seinen Auftrag erfüllt.«
Caspar und Till verneigten sich, Caspar besonders tief, damit man sein Gesicht nicht sah. Er spürte, wie Jubel in ihm aufstieg. Zum Teufel mit dem Meister und dieser komischen Transformation. Mit dem langen Faden war nun alles möglich, denn damit konnten er und Till Memoria verlassen. Die anderen mochten immer wieder in den Turm zurückkehren, weil sie vergessen hatten, dass sie überhaupt ein Zuhause hatten. Aber er erinnerte sich, dass dort draußen Menschen auf ihn warteten. Seine Familie, die ihn und Till liebte.
Heute Nacht, dachte Caspar, werden wir fliehen!

25. KAPITEL

»Till, wach auf!«, sagte Caspar und strich seinem Bruder über die Haare. Seine Stimme bebte vor Aufregung. Endlich war es so weit. Sie würden diesen verfluchten Turm verlassen. Nach ihrer Zusammenkunft hatten sie sich auf Geheiß des alten Larsen alle noch einmal hingelegt. »Ihr müsst Kraft tanken«, hatte er gesagt und Puck einen großen, flachen Keks zugesteckt. »Du kommst diesmal mit den Schlüsseln zurück, Jungchen, ja? Du musst dich nur in die Pförtnerloge schleichen und sie dort rausholen.«
Während die anderen in null Komma nichts eingeschlafen waren, ging Caspar seinen Fluchtplan durch. Bei der ersten Gelegenheit, die sich draußen bot, würde er sich Till schnappen und abhauen. In Memoria mochte der Meister sie durch den Faden beherrschen, aber Caspars entscheidender Vorteil war, dass er genau wusste, wo er hinwollte. Und davon ahnte der Meister nichts. Wenn er und Till erst wieder in ihrem Theater waren und er gemeinsam mit Greta und Anatol die Erinnerung seiner Eltern und auch Tills Erinnerungen neu mit

Leben füllte – dann, so hoffte er, konnten sie auch einen Weg finden, sich von den Fäden zu befreien.
Als Emma von der Galerie heruntergeklettert kam, war er bereit. Neben ihm schlug Till die Augen auf.
»Was … was'n los?« Er gähnte wie ein Löwe.
»Wir machen einen Ausflug«, sagte Caspar und stellte Till die Schuhe bereit. »Diesmal aber keine Entenfüße.«
Emma hockte sich neben Pucks Bett. »Wie geht es dir?«, fragte sie mitfühlend. »Meinst du, du schaffst es heute Nacht, den Schlüssel zu holen?«
Puck nickte. »I-i-ich m-muss es einfach sch-schaffen.«
Sie legte ihm kurz die Hand auf die Schulter. »Kopf hoch! Du bist ja nicht allein.« Bei diesen Worten sah sie zu Caspar rüber, und ihre Blicke trafen sich. Caspar wandte sich ab. Irgendwie fühlte er sich wie ein Verräter. Emma hatte ihm geholfen! Aber er konnte nicht riskieren, die beiden in seine Pläne einzuweihen. Ganz gleich, wie schwer es ihm fiel, er musste Till hier rausbringen – das war das oberste Ziel.
Sein kleiner Bruder war inzwischen in seine Schuhe geschlüpft und zum offenen Fenster gelaufen, wo Salamander stand und sein Fadenknäuel aus seiner Kapuze holte.
»Na, Larve?«, hörte Caspar ihn angeberisch sagen. »Soll ich dir mal zeigen, wie es geht?«
Caspar beeilte sich, ans Fenster zu kommen. Salamander war der Letzte, mit dem er Till allein lassen wollte. Der ältere Junge stieg auf das Fensterbrett und ließ seinen Faden nach oben zur Regenrinne schießen. Flugs schwang er sich nach draußen und hangelte sich die Wand hoch.

Till riss die Augen auf. »Boah!«, stieß er hervor und holte seinen eigenen Faden hervor. »Machen wir das auch?«, fragte er.
»Hej, nicht so schnell«, sagte Caspar und fasste nach Tills Arm. »Wir warten auf Emma und Puck, damit sie uns genau erklären, wie es geht.«
»Aber ich hab's schon gesehen«, gab der Kurze ziemlich schnippisch zurück.
Caspar drehte sich zu Emma und Puck. Was brauchten die zwei noch so lange?
»Larve, wo bleibst du? Traust du dich nicht?«, rief Salamander da vom Dach herunter.
Caspar fühlte, wie Till sich flink wegduckte und aus seinem Griff befreite. Schon stand er im offenen Fenster.
»Nicht!«, schrie Caspar.
Kichernd warf der Kleine seinen Faden in die Luft. Caspar versuchte noch, ihn zu packen, aber da war Till bereits gesprungen – nicht ohne einen begeisterten Schrei auszustoßen.
Entsetzt schaute Caspar zu seinem kleinen Bruder, der unterhalb des Fensters an seinem Faden hin- und herschaukelte.
»Halt dich fest!«, rief er Till zu. Er wollte schon nach dem Faden fassen, um Till nach oben zu ziehen, da hielt ihn Emma zurück.
»Er kann nicht fallen.«
»D-der Faden sichert ihn«, sagte Puck.
»Seid ihr vollkommen irre?«, schrie Caspar. »Till, komm sofort wieder rein!«

»Ey, keine Panik!«, rief Salamander von oben. »Los, Larve! Beweg dich nach oben«, kommandierte er Till.
Der Kleine stemmte die Füße gegen die Wand und zog sich an seinem Faden Stück für Stück hoch.
»Sieh mal, was ich ka-hann!«, rief Till in Richtung des Fensters und winkte.
»Halt dich fest, verdammt!«, stieß Caspar hervor.
Leichtfüßig kletterte Till weiter. Jetzt stieg Emma auf das Fensterbrett, nahm ihren Faden in die Hand und warf ihn nach oben. »Wir sehen uns gleich auf dem Dach«, sagte sie zu Caspar und sprang. Mit einem eleganten Schwung brachte sie sich an der Hauswand in Position und lief dann mühelos an ihr hoch, als spazierte sie auf einem Gehweg.
Nun waren nur noch Puck und er im Schlafsaal. »W-willst d-du zu-zuerst?«, fragte Puck schüchtern.
Caspar riss seinen Blick von den Steinplatten los, die tief unter ihrem Fenster lagen. Um aus diesem Turm rauszukommen, hatte er keine andere Wahl, er musste springen. Gleichzeitig hatte er furchtbare Angst. Was, wenn sein Faden riss?
»Ich, ich pack das nicht«, sagte er.
Puck trat an ihn heran.
»Du w-wirfst den F-Faden wie ein Lasso hoch und st-stellst dir vor, wie er sich f-festzurrt. D-das ist w-wichtig!«
Caspar hatte Mühe, sich überhaupt irgendetwas vorzustellen. Nicht runtersehen, sagte er sich selbst. Zitternd kletterte er auf das Fensterbrett. Mit der einen Hand umklammerte er den Rahmen, mit der anderen hielt er den Faden. Er hätte viel für die Kaltblütigkeit gegeben, die ihn immer dann durchströmte,

wenn er Gretas Ring abnahm. Aber ohne den Ring hätte er nicht mehr gewusst, dass er mit Till fliehen wollte. Nein, er musste es so schaffen.

Er schloss die Augen und versuchte, sich vorzustellen, wie sein Faden sich oben in der Dachrinne verhakte.

»Hey, wird's da unten bald mal was?«, nervte Salamander.

»Caspar, das musst du von oben sehen«, krähte Tills Stimme.

Emmas Gesicht tauchte über der Dachkante auf. »Soll ich runterkommen?«

»Nein!«, rief Caspar. Das ist der Weg in die Freiheit, sagte er zu sich, und dann warf er seinen Faden nach oben.

»V-vergiss n-nicht, es dir vorzustellen«, erinnerte ihn Puck.

Caspar hielt die Luft an und sprang. Ich falle, dachte er. Ich falle!

Oben ruckte es, und der Faden rutschte ein Stück in die Tiefe. In seiner Panik geriet Caspar ins Trudeln. Vergeblich versuchte er, mit den Füßen Halt zu finden. Der Faden glitt durch seine Hände. Gleich würde er sich nicht mehr festhalten können.

Und plötzlich – aus dem Nichts – spürte er eine Hand, die seinen Arm fasste.

»Emma«, keuchte er. »Ich schaff es einfach nicht!«

Sie hielt ihn fest, sodass er nicht weiter abrutschte. »Keine Panik, Cowboy«, sagte sie. »Du tust jetzt einfach genau das, was ich sage, okay?«

Er hatte nicht die Kraft zu antworten. Aber er stemmte erst den linken und dann den rechten Fuß gegen die Wand.

»Schön locker«, sagte sie.

Locker? Wie sollte er, bitte schön, locker eine Wand hochgehen? Er war doch nicht Superman!
»Versuch es«, sprach sie ruhig auf ihn ein.
Und nach den ersten unsicheren Schritten merkte er, dass seine Füße ihn tatsächlich trugen. Die Schwerkraft schien aufgehoben. Und dank Emmas Hilfe erreichten sie gemeinsam das Dach. Puck kam dicht hinter ihnen.
Zittrig krabbelte Caspar auf allen vieren weiter bis zum First. Nur weg von der Dachkante!
Till hockte sich neben ihn. »Du brauchst keine Angst zu haben.«
»Ich geb mir Mühe«, sagte Caspar mit einem schiefen Grinsen.
Emma zeigte auf die umliegenden Dächern und Schornsteine. Caspar atmete tief durch. Er war tatsächlich draußen. Er und Till hatten den Turm verlassen! Die Kuppel des Nachthimmels wölbte sich hoch und weit über ihnen, und er spürte, wie ihn frischer Mut durchströmte.
»E-es i-ist nicht s-so ü-übel«, fügte Puck hinzu.
Wenn Puck das schon sagte. Emma reichte Caspar die Hand und zog ihn hoch. »Lauf einfach hinter uns her, und mach, was wir tun.«
Ich werde mir den Hals brechen, dachte er noch, aber dann stolperte er schon hinter den anderen her über den schmalen Dachfirst.
Wie ein zerklüftetes Gebirge türmten sich die Dächer über den beleuchteten Straßenschluchten der Stadt. Hier und da glänzte dunkel das Wasser der Kanäle. Sie rutschten Dach-

schrägen hinunter, hangelten sich an Regenrinnen entlang, sprangen von Schornstein zu Schornstein und schwangen sich an ihren Fäden von Dach zu Dach. Immer wieder hörte Caspar seinen kleinen Bruder laut aufjuchzen. Schnell jagten sie über die Dächer. Caspar versuchte, die anderen nicht zu verlieren, als das Dach vor ihnen mit einem Mal jäh endete. Tief unter ihnen wartete der Boden. Schon sausten Salamander und Puck, Emma und Till an ihren Fäden in die Tiefe. Hilfe! Zum Abbremsen war es zu spät. Der Faden!, schoss es Caspar in letzter Sekunde durch den Kopf, und er schleuderte ihn hoch. Schon spürte er, wie der Faden griff. Caspar federte sich mit den Füßen an der Wand ab und kletterte die letzten Meter hinab.
Er hatte es geschafft!

26. KAPITEL

Endlich hatte er wieder festen Boden unter den Füßen. Nervös rollte Caspar seinen Faden wie die anderen ein und legte ihn in einer Schlaufe über die rechte Schulter. Okay, das war geschafft. Nun musste er den Moment abpassen, wo er Till von den anderen trennen würde.

»H-hier l-lang.« Puck gab ihnen ein Zeichen, und die Kinder folgten ihm um die nächste Hausecke. Als Caspar auf der anderen Seite der Straße den Eingang zum Park sah, wusste er mit einem Mal, wo sie waren: am botanischen Garten!

Seite an Seite überquerten sie die Straße. Über den kahlen Baumkronen ragte das lang gestreckte, große Palmenhaus hervor. Gleich hinter dem Parkeingang verließ Puck den Weg und lief im Schutz der Büsche und Hecken weiter. Jetzt, dachte Caspar, jetzt ist der beste Moment. Wenn er sich seinen kleinen Bruder schnappte, konnten sie gemeinsam in das dichte Gestrüpp abtauchen.

»Till«, wisperte er.

»Ja?«

Wie konnte er es nur einrichten, dass sie ans Ende der Gruppe zurückfielen? Caspar blieb stehen und tat so, als müsste er einen Schnürsenkel neu binden. Wortlos lief Salamander an ihm vorüber. Der Kurze schaute immer noch. Caspars Mund fühlte sich trocken an. »Komm mal!« Er winkte ihn heran. Emma drehte sich nach ihnen um.

»Caspar?«, flüsterte sie in die Dunkelheit.

Nun war Till fast bei ihm. Caspar biss sich auf die Lippen. Los, beschwor er im Stillen seinen kleinen Bruder, beeil dich!

»Achtung! D-duckt euch«, hörte er da Pucks Stimme. Hastig huschten sie tiefer in die Schatten der Bäume und verharrten regungslos.

Erst hörten sie die dumpfen Schritte, dann sahen sie den hellen Lichtkegel, der über den Weg glitt. Der Sicherheitsmann trug eine Uniform und schwenkte die Taschenlampe aufmerksam hin und her. Als der Wachmann sich entfernt hatte, kamen Puck und Emma zu ihnen geschlichen. »G-Glück gehabt«, sagte Puck.

»Los, weiter«, wisperte Emma und blieb an Tills Seite.

Verflixt und zugenäht!, fluchte Caspar innerlich. Warum musste denn ausgerechnet jetzt dieser blöde Wachmann auftauchen?

Nur wenige Minuten später standen sie vor dem alten Gewächshaus mit den riesigen Fensterfronten und versteckten sich hinter einer mannshohen Buchsbaumkugel. Unauffällig checkte Caspar die Umgebung. Pucks Ziel, die Pförtnerloge, in der die Schlüssel verwahrt wurden, lag rechts, während die große Steinterrasse sich links von ihnen befand. Weiter hinten konnte er einen Fliesenweg ausmachen, der hinter dem Palmenhaus abbog. Das wäre eine Möglichkeit für ihre Flucht.

Neben ihm pirschte Puck sich aus ihrem Versteck und lief auf die Pförtnerloge zu.

Emma schüttelte den Kopf. »So viel Aufwand für einen blöden Schlüssel«, flüsterte sie. »Der alte Larsen meinte, dass der Meister die nächste Blätterlieferung abwarten könnte.«

Caspar hörte nicht richtig hin. Er war nur auf Puck konzentriert. Sobald der in die Pförtnerloge eingestiegen war, würde er sich Till schnappen und mit seinem Bruder abhauen. Caspar konnte Pucks Gestalt nur schemenhaft erkennen. Es sah so aus, als schlüpfte er gerade durch ein kleines Fenster.

»Der alte Larsen hat doch keine Ahnung!«, kommentierte Salamander abfällig Emmas Bemerkung. »Ohne neue Maulbeerblätter sind die Raupen in drei Tagen verhungert – und dann gibt es keine neue Seide. Was das für den Meister bedeutet …« Salamander brach ab.

Rund um die Pförtnerloge sprangen mehrere starke Strahler an. Und dann sahen sie Puck, der wie angewurzelt in der Mitte des Raums stand.

»Versager«, stöhnte Salamander auf. Er blickte zu Emma. »Komm, wir hauen ab.«

Emma starrte erschrocken in Pucks Richtung. »Was? Niemals! Wir können Puck nicht allein lassen.«

»Du vielleicht nicht«, stieß Salamander hervor und schlich sich rückwärts von der Buchsbaumkugel fort.

»Salamander«, rief Emma leise.

Caspar zögerte kurz. Verdammt, warum musste Salamander so ein mieser Feigling sein? Aber er hatte einfach keine Wahl. Eine solche Chance kam so schnell nicht wieder.
Er fasste nach Tills Arm, und während Emma die Pförtnerloge nicht aus den Augen ließ, zog er seinen kleinen Bruder mit.
Verdutzt ließ Till es geschehen. Caspar hielt seine Hand fest umklammert. »Da lang«, raunte er.
Dieses Mal, das wusste er, waren ihre Fäden lang genug.
Dieses Mal würde ihn nichts aufhalten.
Jetzt hatte Emma bemerkt, was sich hinter ihrem Rücken abspielte. »Caspar! Till!«, hörte er sie rufen.
Caspar rannte los. Noch zehn Meter, dann hatten sie das Ende der Terrasse erreicht und konnten hinter dem Gewächshaus entwischen.
Till zerrte an seiner Hand. »Halt an!«, rief er. »Was ist mit Puck?«
Daran durfte Caspar jetzt nicht denken. Er musste seinen kleinen Bruder in Sicherheit bringen! Er hatte Till schon fast um die Ecke gezogen, als er noch einen Blick zurückwarf. Da entdeckte er einen Lichtkegel, der sich schnell auf die Pförtnerloge zubewegte. Der Sicherheitsmann! Vermutlich war er durch die Strahler alarmiert worden. Ob Puck bereits durch das Fenster geflüchtet war? Oder saß er noch in der Falle?
»Caspar?« Till sah ihn flehentlich an. »Puck braucht uns.«
»Verdammt!«, brach es aus ihm heraus. Der Kurze hatte recht. Es ging einfach nicht. Sie konnten Puck und Emma nicht im Stich lassen.

Er hielt Tills Hand fest, ganz fest, als sie über die Terrasse zurückhuschten.
Der Sicherheitsmann hatte gerade die Pförtnerloge erreicht. Durch die Scheiben konnte Caspar erkennen, dass Puck versuchte, seinen Faden zu dem kleinen Fenster hochzuwerfen, durch das er gekommen war, aber in seiner Panik gelang es ihm nicht.
Der Mann zückte sein Handy. »Einbruch im Palmenhaus … Ein Junge … Gut! Ich warte.«
Nun hatten Caspar und Till Emmas Versteck fast erreicht. Doch bevor sie sich hinter den hohen Buchsbaum kauern konnten, gab sie ihnen ein kurzes Handzeichen, verließ ihr Versteck und trat direkt hinter den Sicherheitsmann.
»Entschuldigung«, sagte sie höflich, »können Sie mir sagen, wo die nächste U-Bahn-Station ist?«
Erschrocken fuhr der Sicherheitsmann herum, sodass er Caspar und Till den Rücken zuwandte. Ohne lange zu überlegen, huschte Caspar mit dem Kurzen hinten an ihm vorbei. »Halt deinen Faden bereit«, raunte er Till zu und schob ihn in eine Nische.
»Ich … ich möchte zur nächsten U-Bahn«, setzte Emma ihr Ablenkungsmanöver fort. Die Miene des Mannes verfinsterte sich. »Wie alt bist du eigentlich, Kleine?«, fragte er und machte einen Schritt auf Emma zu.
Caspar hatte die Pförtnerloge inzwischen umrundet. Lautlos zog er sich zu dem Fenster hoch.
»Caspar!«, rief Puck leise, als er ihn sah.
»Wirf mir deinen Faden zu.«

Gleich darauf sirrte tatsächlich Pucks Faden durch die Luft. Haarscharf zischte er an Caspars Hand vorbei.
»Noch mal!«
Beim zweiten Anlauf gelang es Caspar, den Faden zu greifen. Er legte ihn um den Fensterrahmen und zog sich fest. Im Nu zog Puck sich nach oben und schlüpfte mit Caspars Hilfe nach draußen.
»Beeilung«, wisperte Caspar. Dann rief er laut: »Emma! Till!«
Von der Seite kam der Kurze zu ihnen aus der Nische herausgeschossen. Sie konnten sehen, wie der Sicherheitsmann sich überrascht umdrehte. Blitzschnell stob Emma an ihm vorbei und kam zu den Jungs gerannt.
»Über das Dach«, japste sie.
Es war eine einzige fließende Bewegung: Die silbrigen Fäden sausten zum Dach des Palmenhauses hoch, zurrten sich an einem der gusseisernen Träger fest, und ehe der Mann eingreifen konnte, waren sie über das Dach entwischt.

27. KAPITEL

Als Caspar früh am nächsten Morgen erwachte, hörte er den Atem der anderen Kinder. Er schlug die Augen auf und starrte gegen die blaue Unterseite der Matratze über ihm. Er unterdrückte ein Stöhnen. Er war wieder in Memoria! Er hätte sich ohrfeigen mögen. Was war er nur für ein Idiot gewesen? Warum war er mit Till nicht einfach weitergelaufen? Weiter in die Freiheit.

Er drehte sich auf die Seite und sah zu seinem kleinen Bruder hinüber, dessen nackte Füße unter der Decke hervorschauten. Tut mir leid, Kurzer, dachte er bei sich. Aber Till hatte ja recht gehabt. Als sie in der Nacht Emmas Hilferuf gehört hatten, hatten sie einfach umdrehen müssen.

Oben auf der Galerie bewegte sich etwas, und Caspar sah, wie eine Hand den Vorhangstoff ein Stück auseinanderzog. Emma war auch schon wach.

Caspars Herz sank, als er sie leise die Wand herunterklettern hörte. Emma war nicht dumm. Sie hatte gestern mitbekommen, dass Caspar trotz all ihrer Warnungen versucht hatte, gemeinsam mit Till aus Memoria zu fliehen. Und tatsächlich, schon kam sie lautlos zwischen den Betten auf ihn zu. Sie verschränkte ihre Arme vor der Brust und neigte den Kopf zur Seite. Um ihren Mund lag ein sehr entschiedener Zug.

»Hej«, begrüßte er sie und versuchte so zu tun, als wäre nichts geschehen. »Ist doch gestern noch super gelaufen. Puck hat die Schlüssel geholt, und wir …«

Unter ihrem funkelnden Blick brach er ab. »Sag mal, bist du jetzt vollkommen bescheuert?«, fuhr sie ihn mit gesenkter Stimme an. »Du hattest wirklich vor zu fliehen, oder? Hast du nicht gesehen, wie der Meister Puck bestraft hat? Willst du, dass er das auch mit Till macht? Oder vielleicht sogar Schlimmeres?«

Caspar schob das Kinn vor. Okay, es hatte keinen Sinn, ihr etwas vorzuspielen. »Genau aus diesem Grund muss ich ihn von hier wegbringen!«, sagte er. »Und wenn Puck nicht in Schwierigkeiten geraten wäre, hätten wir jetzt zu Hause sein können.«

Emma schüttelte entschieden den Kopf. »Wann begreifst du endlich, dass du am Faden des Meisters hängst? Er lässt keinen gehen.«

»Aber ich konnte weglaufen. Und Till auch. Du hast es selbst gesehen!«, widersprach Caspar hitzig.

Statt einer Antwort verschränkte Emma die Arme vor der Brust. »Glaub mir, der Meister fühlt genau, wo und wie wir uns bewegen. Und wenn sich einer zu weit von der Gruppe entfernt«, sie hob die Hand, als wollte sie etwas zu sich ziehen, »holt er ihn ganz schnell wieder zurück.«

Caspar schluckte. Ob sie vielleicht recht hatte? »Aber der

Meister beherrscht mich nicht so wie …«, er zögerte kurz, »… wie euch.« Er senkte die Stimme. »Durch meine Erinnerungen kann ich mich ihm entziehen.«
Ihre Augen sprühten vor Wut. »Ich habe keine Ahnung, wie du deine Erinnerungen schützen konntest, und es interessiert mich auch nicht. Aber das ändert nichts. Gar nichts!«
Auf dem Nachbarbett drehte Puck sich schnaubend um. Emma kam ein Stückchen näher und setzte sich auf Caspars Bettkante. »Du bringst euch in höchste Gefahr!«, sagte sie jetzt leiser, aber umso eindringlicher.
Er blickte ihr geradewegs in die Augen. »Ich schwöre dir bei allem, was mir lieb ist, dass Till nichts geschehen wird, aber bitte verrat mich nicht. Ich muss ihn nach Hause bringen. Er darf einfach nicht an diesem Ort bleiben.«
Emma öffnete den Mund, als wollte sie etwas erwidern, dann schüttelte sie nur den Kopf. Caspar konnte nicht sagen, ob sie nur aufgegeben oder er sie vielleicht doch überzeugt hatte. Schließlich legte sie ihm kurz die Hand auf die Schulter, bevor sie aufstand. Sie seufzte tief. »Nimm dich vor Salamander in Acht. Ich glaube, Norden hat ihn auf dich angesetzt.«

Später am Morgen saßen sie mit Puck, Till und Salamander in der Küche. Neben Pucks Teller lagen die Schlüssel für das Palmenhaus. Der alte Larsen füllte ihm eine Portion Frühstücksbrei nach. »Sieh mal einer an. Das Jungchen kann es doch. Schön, schön!«, brummelte er freundlich und gab Puck einen Extralöffel Marmelade auf seinen Brei.
Puck strahlte. »Danke, Larsen.«

Caspar merkte, wie Salamander das Gesicht verzog. Es passte ihm offensichtlich nicht, dass Puck seinen Auftrag erfüllt hatte. Dabei war er gestern, als der Sicherheitsmann auftauchte, einfach abgehauen. Wer war hier eigentlich der Feigling?
Neben Caspar saß Till und wippte ungeduldig mit den Füßen unter dem Tisch. »Wisst ihr, was wir heute machen?«, fragte er in die Runde. »Dürfen wir wieder raus auf die Dächer?«
Caspar musste lächeln. Ihr nächtlicher Ausflug hatte dem Kurzen offensichtlich gefallen.
»Keine Ahnung, wie der Plan heute aussieht«, sagte er.
Salamander blickte zu Till. »Ich kann Norden fragen, ob er dich mit mir rausschickt. Willst du?«
Caspar musste sich schwer zusammennehmen, um nicht laut »Nein!« zu rufen. »Das entscheidet wohl immer noch der alte Larsen«, sagte er so ruhig wie möglich.
Am Herd begann Larsen mit den Topfdeckeln zu scheppern. Die Kinder verstummten. Im nächsten Moment kam Norden in die Küche. Er trug einen großen Korb, der mit einem sauberen Tuch zugedeckt war, und Caspar fiel auf, dass sein dunkles Hemd über und über mit kleinen Seidenfäden bedeckt war.
»Hier kommt Nachschub«, sagte der Riese und stellte den Korb am anderen Ende des Tisches ab. Larsen kam vom Herd und lüpfte das Tuch ein Stückchen. »Ein drei viertel Korb!«, rief er verwundert und steckte seine Nase tiefer in den Korb. »Wie hast du das fertiggebracht?«
Norden ließ seine Finger knacken. »Hab auch noch den kleinsten Kokon aufgerollt, den ich finden konnte, und heute …«, er

zeigte auf Salamander, »... brauche ich jemanden, der mich ablöst. Wir benötigen noch mehr Faden.«
»Das sollen doch die Neuen machen«, versetzte Salamander wenig begeistert. »Oder Emma.«
Norden fasste das Mädchen scharf ins Auge. »Emma hat heute anderes zu tun«, sagte er. »Was ist mit der letzten Erinnerung, die der Meister gefordert hat. Hast du sie schon besorgt?«
Wann denn?, wollte Caspar einwerfen, aber Emma setzte sich kerzengerade auf. »Ich werde sie heute holen«, sagte sie eilfertig.
»Streng dich an, Mädchen.« Er drehte sich zu Caspar und Till. »Ihr werdet Emma begleiten.«
»Verstanden«, nickte Caspar und senkte schnell den Blick. Am besten war es, nicht weiter aufzufallen.
Sie beendeten ihr Frühstück und gingen zurück, um ihre Sachen zu packen. Caspars Hände zitterten vor Aufregung, als er seinen Rucksack unter dem Bett hervorzog.
So schnell schon bekam er die nächste Chance. Und was für eine! Sie durften den Turm am helllichten Tag verlassen. Beinahe hätte er begonnen, vor Freude zu singen. Er wollte eben zu Till, Emma und Puck laufen, als Larsen durch die Tür gehumpelt kam.
»Jungchen«, rief er. »Jungchen, warte.«
Caspar blieb stehen.
Der Alte hielt ihm eine Flasche entgegen. »Mein Salzwasservorrat geht zur Neige. Füllst du ihn für mich auf?«
»Salzwasser?«, fragte Caspar verdutzt nach. »Wofür soll ich denn Salzwasser holen?«

Larsen seufzte. »Hab ich dir nicht schon mal gesagt, du sollst nicht so viele Fragen stellen? Hehe, das sieht der Meister nicht gern. Die Ballettschule, zu der Emma euch führen wird, ist in Christianshavn. Dort am Kanal füllst du die Flasche auf, verstanden?«

»Mach ich«, sagte Caspar, verstaute den Kanister und hastete den anderen hinterher.

Sie liefen durch den Schlafsaal zu dem steilen Treppenhaus, das in einem unterirdischen Gang um den Turm führte. Hier hatte er versucht, Till aus Memoria zu befreien, und war gescheitert.

»Wir gehen durch die Luke raus und nehmen dann den Bus«, sagte Emma. »Der Weg über die Dächer ist zwar kürzer, aber es ist heller Tag, und wenn uns jemand sieht …«

So verließen sie den Turm. Emma hielt sich die ganze Zeit dicht neben Till. Fehlte nur noch, dass sie seine Hand nahm, dachte Caspar. Aber er würde schon eine Möglichkeit finden.

Caspar atmete tief durch, als sie die Bushaltestelle erreichten. Gestern Nacht in der Dunkelheit hatte er gar nicht richtig wahrgenommen, was es hieß, den Turm zu verlassen, aber jetzt begriff er, dass sie wirklich draußen waren. Neben ihm verrenkte sich der Kurze die ganze Zeit den Kopf. Aufgeregt tippte er Caspar an, als sie an der Dreifaltigkeitskirche vorbeikamen. Sie hörten die Worte und das Lachen der Menschen. Kichernd beobachtete Till die Tauben, die über den Bürgersteig trippelten, und staunte über eine Gruppe Schulkinder, die klingelnd mit den Rädern vorbeifuhren.

Als Caspar in den Turm gekommen war, hatte draußen Schnee gelegen. Jetzt zeigten sich an den Bäumen die ersten grünen Spitzen, und die Sonne wärmte Caspars Haut.
»Der Bus kommt!«, rief Till in diesem Moment aus. Emma und Puck blickten zur Straße. Rasch nutzte Caspar die Gelegenheit. Er trat vor, ließ aber extra seinen Rucksack neben der Bushaltestelle stehen.
Zischend öffneten sich die Türen vor ihnen. Puck stieg als Erster ein, Emma zögerte und drehte sich zu Caspar und Till um.
»Ich bezahle für uns alle«, sagte sie und zog Till am Arm mit.
Caspar passte genau den Augenblick ab, in dem sie dem Busfahrer das Geld für die Tickets gab.
»Hast du meinen Rucksack gesehen?«, fragte er Till und zog ihn wieder aus dem Bus.
»Was? Deinen Rucksack?« Der Kurze blickte sich suchend um.
Die Türen des Busses schlossen sich.
Puck sah alarmiert zu ihnen nach draußen. Emma fuhr herum. Caspar zog Till ein Stück von der Bustür weg, geradeso, als wollten sie nicht mehr einsteigen. Und wirklich, der Busfahrer drehte den Kopf zur Straße.
Caspar bemerkte, wie Emma von innen gegen die Tür klopfte, aber der Fahrer schien sie zurechtzuweisen. Fast gleichzeitig setzte sich der Bus in Bewegung.
»Oh nein! Jetzt haben wir ihn verpasst«, sagte Till bekümmert.
Caspar atmete aus, griff nach seinem Rucksack und legte Till die Hand auf die Schulter. »Los, wir müssen hier weg.«

Der Kleine sah ihn fragend an. »Nehmen wir denn nicht den nächsten Bus? Emma und Puck warten bestimmt auf uns!«
Am besten ließ er Till in dem Glauben, dass sie die anderen noch trafen. »Na klar, warten sie auf uns«, sagte er leichthin. »Ich kenn sogar eine Abkürzung. Wenn wir uns beeilen, sind wir vielleicht sogar noch vor ihnen da.«
Der Gedanke, dass sie nun endlich auf dem Weg nach Hause waren, beflügelte Caspar. Vorsichtshalber machte er einen großen Bogen um den Runden Turm. Als die Christiansborg vor ihnen auftauchte, fand Caspar, dass der Abstand nun groß genug war, um den direkten Weg zu wählen. Doch als er rechts in die nächste Straße einbiegen wollte, merkte er einen unangenehmen Zug an seinem Kopf, und auch Till fasste sich unwillkürlich an seine Mütze. Caspar ignorierte es und ging mit festen Schritten weiter. Er brauchte nichts weiter zu tun, als sich immer geradeaus zu halten. Dann würden sie automatisch an den Kanal gelangen, auf dem sie Schlittschuh gelaufen waren, und kurz dahinter konnten sie in Richtung Theater einbiegen. Mit dem Bus eine Sache von ein paar Minuten, aber zu Fuß auch nicht viel mehr als eine halbe Stunde.
»Sind wir bald da?«, fragte Till.
»Hm, bald«, nickte Caspar.
Warum kamen ihm die Straßen so fremd vor? Vielleicht sah er besser einmal auf dem Plan nach.
»Das ist aber eine komische Abkürzung«, stellte Till fest.
»Wir haben es gleich«, sagte Caspar und faltete den Plan auseinander. Er blickte zum nächsten Straßenschild »Niels Brocks

Gade«, las er und suchte die Straße. Er stutzte. Sie waren ja in der vollkommen entgegengesetzten Ecke gelandet! Als ihnen an der nächsten Straßenecke eine Joggerin entgegenkam, winkte er ihr.

»Entschuldigung, können Sie mir sagen, wie wir zur Dronning-Louises-Brücke kommen?«

Er sah, wie die Frau die Schultern zuckte.

»Sorry, guys, I don't speak Danish«, antwortete sie und joggte weiter.

»Was sagt die Frau?«, fragte Till.

»Sie kann kein Dänisch«, erklärte Caspar und nahm Till an der Hand. So gingen sie weiter. An jeder Ecke hielt Caspar an und schaute auf dem Plan nach, ob sie in die richtige Richtung liefen. Als er auf der linken Seite ein Hinweisschild auf den Vergnügungspark Tivoli entdeckte, hätte er jubeln mögen. Bis zur Brücke war es zwar noch ganz schön weit, aber immerhin wusste er jetzt wieder, wo sie sich befanden.

»Können wir eine Pause machen?«, fragte Till und zeigte auf einen kleinen Brunnen auf der anderen Straßenseite. Caspar wäre lieber weitergegangen, aber sie waren schon lange unterwegs, und er sah, dass Till sich ausruhen musste. Sie setzten sich auf die Stufen des Brunnens. Caspar hörte, wie Tills Magen knurrte. Er hatte auch Hunger, aber sie hatten nichts zu essen dabei, und Geld, um ein Brötchen zu kaufen, besaß er auch nicht. Aber halt, ihm fiel etwas ein, und er nahm den Rucksack ab. Wenn er sich nicht täuschte, sollte immer noch das Päckchen Kaugummi in seinem Rucksack stecken, das er zu Hause eingepackt hatte. Wie lange lag das schon zurück?

Er öffnete das große Fach, und wirklich, unter dem Notizheft und dem Stift lag ein volles Päckchen Kaugummi.
»Magst du eins?« Er hielt Till das aufgerissene Päckchen hin.
»Gehen auch zwei?«, fragte der Kurze.
»Nimm, so viel du willst«, sagte Caspar und gab ihm das ganze Päckchen.
»Danke!« Till strahlte glücklich. Er nahm sich zwei Streifen und legte das Paket zurück in den Rucksack. Caspar wollte den Reißverschluss wieder zuziehen, doch Till fischte die Flasche hervor, die der alte Larsen ihm mitgegeben hatte. »Sollst du für Larsen nicht Wasser holen?«
»Meerwasser«, nickte Capar und wollte seinem Bruder die Flasche abnehmen. »Aber das machen wir am besten auf dem Rückweg.«
»Und wenn wir nicht mehr am Meer vorbeikommen?«, fragte Till mit unbestechlicher Logik. Er warf einen Blick zu dem Brunnen. »Dann ist es besser, du hast überhaupt Wasser dabei«, erklärte er ernst.
Caspar schmunzelte. »Dann füll die Flasche auf«, gab er nach. Sie würden den alten Larsen nicht wiedersehen, aber je länger Till glaubte, alles sei normal, desto besser.

Caspar bemerkte es, kurz nachdem sie das Rathaus passiert hatten. Plötzlich kam ihm der Weg direkt an der großen, offenen Straße gefährlich vor. Was, wenn der Meister inzwischen Norden und Larsen nach ihnen ausgesandt hatte? Sie waren schon ziemlich lange unterwegs. War es nicht sicherer für sie, durch die kleinen Gassen zu laufen? An der nächsten Ecke bogen seine Füße wie ferngesteuert nach rechts. Halt!, dachte er. Diese Straße kenne ich nicht. Er wollte umdrehen, aber eine unsichtbare Kraft zog an ihm, und er und Till wurden tiefer und tiefer in das Gewirr der kleinen Gässchen hineingezogen.

Emmas Worte schwirrten ihm durch den Kopf. *Wann begreifst du endlich, dass du am Faden des Meisters hängst? Er lässt keinen gehen.*

Mit all seiner Kraft kämpfte Caspar gegen den Zug an seinem Kopf an. Je länger sie durch die kleinen Gassen irrten, desto unsicherer wurde er. Wo waren sie hier? Er schaute nach der Sonne, die bereits tief stand. Konnte das denn sein? Waren sie tatsächlich schon den ganzen Tag unterwegs?

Die Straßenlaternen sprangen an. Die Geschäfte schlossen.

»Ich kann nicht mehr«, jammerte Till.

»Ich auch nicht«, sagte Caspar und blieb erschöpft stehen.

Trotz des Plans hatten sie sich wieder verlaufen, und er fand den richtigen Weg einfach nicht wieder. »Komm, wir fragen dahinten an dem Kiosk«, schlug er vor.

Der Verkäufer war gerade dabei, außen die Zeitungen einzusammeln, und drehte ihnen den Rücken zu, als sie auf ihn zutraten.

»Entschuldigung«, setzte Caspar an.

Der Mann reagierte nicht.

Caspar sprach lauter. »Entschuldigung, können Sie uns sagen, wie wir zur Dronning-Louises-Brücke kommen?«

Der Mann fuhr herum »Himmel, Jungs! Habt ihr mir einen Schrecken eingejagt.«

»Das wollten wir nicht«, sagte Caspar höflich. »Wissen Sie denn den Weg zur Brücke? Mein Bruder und ich haben uns verlaufen.«
Der Mann sah erst nach links und dann nach rechts. »Da gibt es mehrere Möglichkeiten.«
Oh, bitte nicht, dachte Caspar. »Den einfachsten Weg, bitte.«
Der Mann nickte, dann zeigte er in die Richtung, aus der sie gekommen waren. »Geht geradeaus, bis ihr zu einer Apotheke kommt, und dann biegt ihr links ein.«
»Bis zur Apotheke und dann links«, wiederholte Caspar und atmete aus. Das musste zu schaffen sein. »Danke.«
»Ihr könnt sie nicht verfehlen«, rief der Mann ihnen noch nach.
Caspar achtete genau auf jedes Haus, aber es kam keine Apotheke. Die Straße machte eine Biegung, und als sie umdrehen wollten, befanden sie sich in einer Sackgasse.
»Gleich sind wir bei der Brücke«, versprach er Till ein ums andere Mal, aber er spürte, wie der Zug an seinem Kopf sich verstärkte, je müder er wurde. Endlich wurden die Straßen wieder breiter. Zwischen den Häuserzeilen konnte Caspar einen Platz erkennen. Und dann ragte der Runde Turm dunkel und mächtig vor ihnen auf. Der Meister hatte sie zurückgeholt.

28. KAPITEL

In dem Moment, als Caspar hinter Till durch die Luke unten in der Turmmauer kletterte, leuchtete ihm eine grelle Taschenlampe mitten ins Gesicht.

»Hab ich nicht gesagt, dass sie sich von Emma und Puck abgeseilt haben?«, hörte er Salamanders Stimme aus der Dunkelheit.

Der Lichtstrahl schwenkte zu Till, und nun konnte Caspar die massige Gestalt des einäugigen Turmwärters und daneben Salamanders stachligen Haarschopf erkennen.

»Wo kommt ihr her?«, herrschte Norden sie an. »Wo habt ihr euch so lange herumgetrieben?«

Till drängte sich Schutz suchend an Caspar, und er legte seinem kleinen Bruder den Arm um die Schulter.

»Wir haben uns verlaufen«, murmelte er erschöpft.

»Na klar«, höhnte Salamander, und Caspar sah, wie sich auch Nordens Gesicht zu einem Grinsen verzog. »Verlaufen? Oho! Die Kinder Memorias verlaufen sich nicht! Sie haben einen Faden, der sie immer wieder sicher zurückbringt.«

Caspar schwieg. Den ganzen Tag hatte er gekämpft, um den Weg nach Hause zu finden. Jetzt konnte er nicht mehr kämpfen. Sie waren wieder im Turm. Er hatte versagt.
Norden packte die Jungen an den Schultern. »Los, los, bewegt euch! Ich bringe euch zum Meister.«
Er schubste die beiden vor sich her. Caspar stützte Till, der so erschöpft war, dass er über seine eigenen Füße stolperte. Ganz ohne Entenfüße, dachte Caspar bei sich. Er fühlte, wie sich sein Hals zuschnürte. Was würde jetzt mit ihnen geschehen?
Er half Till die Stufen hoch, als er über sich ein Schlurfen hörte.
Er blickte auf und sah den alten Larsen. »Jungchen, Jungchen! Wo bleibt ihr nur?«, rief er aufgebracht. »Ist etwas passiert?«
»Blödsinn«, grunzte Norden. »Die Streuner haben sich sonst wo herumgetrieben. Wenn ich es nicht besser wüsste, würde ich glauben, sie wollten Reißaus nehmen! Aber der Meister wird die Wahrheit schon aus ihnen herauskitzeln.«
Der Alte kicherte los. Caspar fragte sich, was er so amüsant fand. »Hoho, Reißaus nehmen, sagst du?« Nun schüttelte sich der alte Wärter vor Lachen. »Abhauen? 'ne Biege machen? Du weißt doch wie ich, dass das unmöglich ist.«
Caspar sah, wie auf Nordens Gesicht erste Zweifel aufblitzten.
»Das soll der Meister beurteilen«, brummte er und schob die Jungen weiter.
Da wandte der Alte sich direkt an Caspar. »Und, Jungchen, hast du Norden denn nichts von meinem Auftrag gesagt?«

In Caspars Hirn ratterte es. Von welchem Auftrag sprach der Wächter?
»Die beiden sollten mir eine Flasche Meerwasser bringen«, redete der Alte weiter. »Ich brauche es für …«, er machte eine gewichtige Pause, »… die Fertigstellung der Hü…«
Norden fiel ihm ins Wort. »Für die …?«
»Die Hülle des Meisters?«, entfuhr es Salamander.
Norden warf ihm einen strafenden Blick zu.
Der alte Larsen blickte zu Caspar und Till. »Der Weg zum Meer ist weiter, als man denkt, nicht wahr?«
»Viel weiter«, stammelte Caspar.
Der alte Larsen streckte die Hand aus. »Na, dann mal her mit meinem Wässerchen.«
Im Bruchteil der nächsten Sekunde begriff Caspar endlich, was der Alte von ihm wollte. Die Flasche! Die Flasche, die er Till mit Brunnenwasser hatte füllen lassen.
»Sie ist im Rucksack«, sagte er.
Knurrend ließ Norden seine Schulter los, und Caspar konnte den Rucksack abnehmen, um die Flasche herauszunehmen.
»Vielen Dank«, sagte der Alte und schwenkte die Flasche zufrieden hin und her. »Komm, Norden. Lass mich die drei in den Schlafsaal bringen. Du hast Wichtigeres zu tun, als dich um diese Lausejungen zu kümmern.«
Norden zögerte. Caspar konnte sehen, wie er überlegte, was er tun sollte. Schließlich ließ er Caspar und Till los. »Meinetwegen«, sagte er. »Bring du sie nach oben. Aber Salamander kommt mit mir. Und nächstes Mal, wenn dir etwas fehlt, be-

auftrage *ihn* damit. Auf Salamander kannst du dich verlassen. Der braucht nicht den ganzen Tag.«

»Jaha, auf den kann man sich gewaltig verlassen«, nickte der alte Larsen eifrig und schob Caspar und Till zur Seite, um Norden und Salamander durchzulassen.

Als die zwei verschwunden waren, gab der Alte ihnen einen Wink, ihm zu folgen. »Los, los, Jungchen, hurtig, bevor er es sich anders überlegt.«

Caspar sah in Larsens besorgtes Gesicht. Er war sich bewusst, dass der alte Wärter sie vor Schlimmerem bewahrt hatte, und das nicht zum ersten Mal. »Danke, Larsen«, flüsterte er. »Ich weiß nicht, warum du uns hilfst, aber danke!«

»So ein Unsinn!«, rief der Alte aus. »Der alte Larsen kocht nur seinen eigenen Brei – und dient dem Meister, verstanden?«

Dann fuhr er sich mit Daumen und Zeigefinger über den Mund, als verschließe er einen Reißverschluss. Caspar verstand. Larsen war ihr Verbündeter, aber er konnte oder wollte jetzt nicht darüber reden. Caspar blickte zu Till, der auf den Steinstufen zusammengesunken war. »Komm, ich nehm dich huckepack«, sagte er und half dem Kurzen auf seinen Rücken.

Larsen begleitete sie bis in den Flur, von dem der Schlafsaal abging, und öffnete Caspar die Tür. »Rührt euch heute Nacht nicht aus dem Schlafsaal«, sagte er eindringlich. »Ich will keines von euch Bürschchen irgendwo durch den Turm geistern sehen. Verstanden? Nicht heute Nacht!«

Caspar nickte gehorsam. Er hatte ohnehin keine Kraft mehr.

29. KAPITEL

Hinter ihnen schloss sich die Tür. Der Schlafsaal lag im Dunkeln. Oder doch nicht? Während er Till zu seinem Bett hinübertrug, blickte er zu den Vorhängen, die Emmas Schlafplatz verbargen. Schimmerte dort nicht ein schwaches Licht? Vorsichtig ließ er den Kurzen von seinem Rücken auf das Bett gleiten. Er war schon halb eingeschlafen. Caspar zog ihm Jacke und Schuhe aus, dann deckte er ihn zu. Für einen Augenblick lehnte Caspar sich gegen Tills Bett. Larsens' Worte gingen ihm nicht aus dem Kopf. Warum war es dem Alten so wichtig, dass sie ausgerechnet in dieser Nacht in ihren Betten blieben?

Leise, um Puck nicht zu wecken, der bereits in seinem Etagenbett lag, schlich er sich zu seiner Koje und sank auf seine Matratze. Er war so unendlich müde, dass er nur noch schlafen wollte. Da hörte er ein Geräusch. Der Ton schwebte von der Galerie hinunter zu seinem Bett. Emma ließ wieder ihre Gläser singen. Die Töne reihten sich zu einer traurigen Melodie. Er drehte sich auf die Seite. Ob sie und Puck Ärger bekommen hatten, weil sie ohne ihn und Till in den Turm zurückgekehrt waren? Und war es ihr gelungen, die Erinnerung der Tänzerin zu stehlen?

Caspar schlug die Augen wieder auf. Mit einem Seufzer kam er hoch und glitt geräuschlos von seinem Bett. Er würde erst schlafen können, wenn er wusste, was mit Emma los war.

Obwohl Caspars Beine vom stundenlangen Laufen schwer waren, gelang es ihm inzwischen mühelos, die Wand zu ihrer Galerie hochzuklettern. Der Faden verlieh ihm die Kraft dazu.

»Emma«, flüsterte er, als er oben über das Geländer stieg und die Vorhänge auseinanderschob.

Emma sah nicht auf. Sie kauerte auf ihrer Matratze und strich mit leerem Blick über die Kante eines der mit Wasser gefüllten Gläser und entlockte ihm einen klagenden Ton.

Er ging auf sie zu und setzte sich neben sie. »Ist … ist alles in Ordnung?«, fragte er und fühlte sich sofort wie ein Vollidiot. Natürlich war nicht alles in Ordnung.

Sie hob den Kopf, und er merkte, dass sie geweint hatte.

»Caspar«, flüsterte sie. »Du bist noch da?«

So leer hatte er ihre Augen noch nie gesehen.

»Du hattest recht«, erwiderte er müde. »Es ist unmöglich, aus Memoria zu fliehen.«

Sie zuckte beinahe teilnahmslos mit den Schultern.

»Habt ihr Ärger mit Norden bekommen?«, fragte er weiter. Warum verhielt sie sich so eigenartig?

»Nein. Alles bestens«, sagte sie mit demselben leblosen Ausdruck und strich über eines der größeren Gläser. Ein tiefer, klagender Ton breitete sich aus. Caspar konnte die Schwingung in seinem Bauch fühlen. »Emma, was ist los? Hat es mit Salamander zu tun?«

Wieder schüttelte sie den Kopf.

»Ich … ich habe meinen Auftrag erfüllt«, sagte sie, und er sah, wie ihre Augen sich mit Tränen füllten.

»Du … du hast die Erinnerung gestohlen?« Er konnte sich nicht einmal ansatzweise vorstellen, wie ihr zumute sein musste.

Eine Träne lief über ihre Wange. »Ja, ich …«, sie schluckte, »… ich habe versucht, nicht ihre schönste Erinnerung zu stehlen. Verstehst du? Aber ich weiß nicht, ob es mir gelungen ist. Danach … sie sah so …«

Emma schluchzte auf.

Anmut. Die Erinnerung, die Emma der Tänzerin hatte stehlen sollen. Caspar nahm ihre Hand, und so saßen sie nebeneinander und schwiegen. Und das erste Mal, seit er im Turm war, fragte Caspar sich, ob es noch einen anderen Grund für den Meister geben konnte, Erinnerungen zu stehlen. Aber wenn er es nicht aus Boshaftigkeit oder Neid tat – was trieb ihn dann?

Es war weit nach Mitternacht, als Caspar Salamanders schnelle Schritte auf dem steinernen Boden des Schlafsaals hörte. Es hatte ihm viel abverlangt, zu warten, bis Salamander zurückkehrte, aber er konnte nicht riskieren, von Nordens rechter Hand erwischt zu werden.

Erst als er auch von Salamanders Bett regelmäßige Atemzüge hörte, schlüpfte er aus seinem Bett und nahm seinen Rucksack. Lautlos schlich er noch einmal zu Till hinüber. Er beugte sich über ihn, bis er den Umriss seines Gesichts erkennen konnte. »Was auch geschieht«, wisperte er ihm zu, »wir bleiben für immer Brüder.«

Nachdem er Till zugedeckt hatte, huschte er weiter zu dem letzten Fenster des Saals.

Nach ihrer Rückkehr war Caspar noch todmüde gewesen, aber Emmas Verzweiflung hatte seine letzten Reserven geweckt. Er durfte nicht einfach hinnehmen, was geschehen war. Die Flucht aus dem Turm blieb ihnen verwehrt. Genau wie Emma es vorhergesehen hatte. Aber möglicherweise gab es dennoch einen Ausweg: Wenn er verstand, was es mit der Schwäche des Meisters und der Transformation auf sich hatte, konnte er ihn vielleicht besiegen. Es gab so viele lose Enden, die Caspar immer wieder entglitten. Die Seidenraupen, deren Fütterung dem Meister so große Sorgen machte. Der Faden, von dem, laut Larsen, noch viel mehr nötig war. Und die Erinnerungen, die die Kinder für den Meister stehlen mussten.

Wie viel Zeit blieb ihm noch, um all diese Enden hier in Memoria zusammenzuführen?

Caspar kletterte über das Podest auf die Fensterbank und öffnete das Fenster. Die Nachtluft war kühl, und der Wind trug den Geruch von Algen und Salz mit sich. Entschlossen entrollte Caspar seinen Faden und schleuderte ihn nach oben. Caspar war zu dem Schluss gekommen, dass er nach den Räumen des Meisters irgendwo in den oberen Etagen des Turms suchen musste. Dort lag auch der Spiegelsaal, wo ihre Zusammenkünfte stattfanden. In den Gängen des Nebengebäudes, wo sich Schlafsaal und Küche befanden, hatte Caspar den Meister kein einziges Mal getroffen. Und hatte Greta nicht geschrieben, dass die obersten Stockwerke des Turms für die Öffentlichkeit gesperrt waren? Das würde passen!

Caspars Plan war es, vom Dach des Nebengebäudes zum Turm hinüberzuspringen und durch eines der Fenster zu klettern. Auf diese Weise konnte er sicher sein, dass Norden ihn nicht erwischte.

Dieses Mal gelang es ihm schon viel besser, die Außenmauer hochzulaufen, und wenige Momente später stand er an der äußersten Dachkante. Vor ihm erhob sich der Turm. Unter ihm gähnte ein tiefer, finsterer Abgrund. Für einen Augenblick spürte er, wie ihm schwindelig wurde, und er zwang sich, nach oben zu sehen. Nicht weit über ihm befand sich eines der Turmfenster, die rundum in die Mauer eingelassen waren. Wenn es ihm gelang, mit seinem Faden den schmalen Dachüberstand zu treffen, konnte er versuchen, sich auf die andere Seite zu schwingen.

Der Faden wird mich halten, sprach er sich Mut zu, während er sich wie ein Seiltänzer ein paar Schritte rückwärts über den Dachfirst tastete.

Er hielt den Faden in seiner Hand.

Er spürte die schmale Kante unter seinen Schuhsohlen und stieß sich ab. Ein scharfer Luftzug blies ihm ins Gesicht. Der Turm kam näher, näher … jetzt, dachte er und warf den Faden nach oben. In dem Moment, als er seine Füße in Richtung der Mauer ausstreckte, zurrte sich der Faden oben fest. Mit zitternden Knien hangelte er sich zum Fenster hoch und drehte sich nach innen, sodass seine Füße auf dem schmalen Sims Halt fanden.

Gut, das hatte er also geschafft. Er wartete, bis sich sein Atem etwas beruhigt hatte. Irgendwie musste es ihm gelingen, das Fenster zu öffnen, ohne dass die Wärter oder der Meister ihn hörten. Vielleicht konnte er einen Fensterflügel mit seinem Messer aufhebeln? Die Verriegelung schien schon sehr alt zu sein. Mit einer Hand ließ er den Faden los, um das Messer aus seinem Rucksack zu holen. Seit er mit dessen Griff das Fenster unterhalb des Raupariums eingeschlagen hatte, hatte er es nicht mehr in der Hand gehalten.

»Du hast uns das alles eingebrockt«, murmelte er, während er die Klinge zwischen das Holz schob. »Jetzt hilf uns, hier wieder rauszukommen!«

Tastend schob er die Klinge in den Spalt, bis er den Widerstand der Verriegelung spürte. Stück für Stück drückte er das Messer nach oben. Er biss sich auf die Lippen. Geh auf, dachte er. Geh endlich auf.

Da sah er durch das Glas, wie der Riegel sich innen bewegte und der Fensterflügel aufschwang. Der Weg in den Turm war frei!

Kaum hörbar ließ Caspar sich durch das Fenster nach innen gleiten. Die Angst umklammerte seine Brust so fest, dass er kaum atmen konnte. Ein falscher Schritt, ein falsches Geräusch konnten ihn verraten. Allmählich gewöhnten sich seine Augen an die Dunkelheit, und er erkannte, dass er sich nicht im Spiegelsaal befand, wie er eigentlich vermutet hatte. Links von ihm konnte er den Umriss eines Tisches erahnen, und wenn er sich nicht täuschte, ragten rundherum hohe Regale an den Wänden auf. Caspar blinzelte und versuchte, mehr zu erkennen. Was, wenn er durch dieses Fenster direkt in einem Raum des Meisters gelandet war? Sollte er wirklich einmal Glück gehabt haben? Wenn er nur etwas mehr erkennen könnte!

Auch auf die Gefahr hin, sich zu verraten, musste er die Taschenlampe benutzen, er hatte keine Wahl. Er holte sie aus dem Rucksack und schaltete sie ein. Vorsichtig ließ er den Lichtstrahl über das Regal neben sich gleiten, das von oben bis unten mit alten ledergebundenen Büchern gefüllt war. Langsam tastete Caspar sich voran. An den Seitenteilen der Regale bemerkte er geschnitzte Buchstaben, die in alphabetischer Reihenfolge von oben nach unten liefen. Ganz oben befanden sich die Bücher mit A. Caspar entdeckte eine alte Ausgabe von Hans-Christian Andersens Werken.

Sein Herz begann vor Aufregung zu klopfen. Bücher hatte er in Memoria noch nie gesehen, bis auf das eine, in dem Puck immer las. Ganz bestimmt konnte er hier Informationen finden, die ihm weiterhalfen. Zum Beispiel ein Buch über Transformationen.

Er huschte zum nächsten Regal und betrachtete die eingeschnitzten Buchstaben. Hier standen die Bücher von B bis F. Er schlich gerade zum nächsten Regal, als er meinte, aus dem Augenwinkel ein schwaches grünliches Flackern zu sehen. Ganz behutsam wendete er den Kopf. Spielten ihm seine Augen in der Finsternis einen Streich, oder hatte dort am Tisch etwas geleuchtet? Caspar traute sich nicht, den Lichtstrahl direkt in die Mitte des Raums zu richten, und so konnte er nur sehen, dass etwas auf dem Tisch lag, eine große, lange Rolle, die er vorhin in der Dunkelheit gar nicht bemerkt hatte. Vielleicht ein aufgerollter Teppich oder so.

Beruhigt schlich er sich weiter an den Regalen vorbei, bis er den Buchstaben T erreicht hatte. Langsam leuchtete er die Buchreihen entlang und las mit geneigtem Kopf die Titel. Er wollte sich gerade hinhocken, um die Bücher auf den unteren Regalen durchzusehen, als sein Blick an einem dunkelgrauen Buchrücken hängen blieb. Statt eines Titels war ein kleiner silberner Falter in das Leder geprägt.

Ohne zu zögern, nahm Caspar das Buch aus dem Regal und schlug es auf. *Anno domini 1789*, las Caspar. Die Anfangsbuchstaben waren prächtig verziert. *Licet urgeant regnum Danicum fata varia …*

Er hielt die Luft an. Diese Worte kannte er. Mit ihnen begann der Unglücksvertrag, den sein Vorfahre mit dem Meister geschlossen hatte. Im Nu überflog er die Zeilen, bis er zu den Namen kam … *domum Vitus Hansenis et Anna, uxoris eius …* Aber nein, doch nicht. Die Namen waren anders – hier hätten doch Broder und seine Frau Christina stehen müssen. Oder war er vielleicht auf einen anderen Vertrag gestoßen? Einen Vertrag, den der Meister mit einem Vitus und einer Anna geschlossen hatte? Caspar blätterte eine Seite weiter. Handschriftlich war eine Liste von verschiedenen Namen und Daten unter dem Vertrag notiert. Sie reichten über zweihundert Jahre zurück. Sein Blick glitt über die Namen, und beinahe hätte er das Buch fallen gelassen, als er den letzten Namen der Liste entdeckte: »Salamander. Salamander Hansen«, flüsterte er. Natürlich! Seine Familie war nicht die einzige, die einen Vertrag mit dem Meister geschlossen hatte. Dies musste der Vertrag sein, den Salamanders Familie eingegangen war. Während Caspar den Band zwischen die anderen Bücher zurückschob, fühlte er, wie seine Hände zitterten. Möglicherweise bewahrte der Meister auch den Originalvertrag mit seiner eigenen Familie auf. Und vielleicht entdeckte er dort einen weiteren Hinweis.

Der Gedanke versetzte ihn in noch größere Aufregung. Vier Regale weiter entdeckte er endlich das eingeschnitzte *W* im Holz. *W* wie Winter. Er war so auf die Suche nach dem silbernen Falter im Buchrücken konzentriert, dass er das Flackern hinter sich erst wahrnahm, als er einen bläulichen Lichtschimmer auf seiner Hand bemerkte. Verwirrt drehte er sich um. Aber da war immer noch nichts, was leuchtete. Meine Augen sind einfach müde, dachte Caspar und drehte sich wieder zu dem Regal. Vorsichtig stieg er auf die Leiter, die an dem Regal lehnte, und leuchtete die Bücher entlang. Ganz rechts außen, versteckt zwischen zwei größeren Büchern, klemmte ein schmaler Band. Auf seinem Rücken war der Name seiner Familie und genau wie bei Salamanders Familie der silberne Falter eingeprägt.

Mit bebenden Händen blätterte Caspar die erste Seite auf. Er überflog die Vertragsurkunde, die genau wie die von den Hansens aussah. Auch hier begann jeder Absatz mit einem großen, kunstvoll gestalteten Buchstaben. Unter dem Text hatte der Meister sein Siegel mit dem Falter gesetzt, und daneben sah er die zittrige Unterschrift seines Ururvorfahren, Broder Winter. Fahrig schlug er die nächste Seite auf. Wie in Salamanders Buch folgte die Liste mit den Namen der Kinder, die an den Meister gegangen waren: Emilie, Albert, Marianne, Martin, Inga, Lars und Till. Sein Herz setzte aus, als er seinen eigenen Namen unter dem seines Bruders entdeckte: Caspar Winter. Er blätterte weiter, doch die folgenden Seiten waren leer. Mutlos hielt er inne. Was hatte er erwartet? Das brachte ihn nicht viel weiter. All das, was er hier gefunden hatte, wusste er bereits. Trotzdem zwang er sich, die Seiten noch einmal genau abzusuchen. Schließlich war das hier der Originalvertrag des Meisters! Vielleicht gab es doch einen Unterschied zu dem Vertrag zu Hause? Irgendeinen Hinweis, der ihn weiterbrachte?

Angespannt blätterte er zur ersten Seite zurück. Was waren die Unterschiede zu dem Vertrag im Theater? Eigentlich gab es nur zwei: Dieser Vertrag war mit Tinte geschrieben, während das Exemplar in ihrem Theater geschnitzt war. Und der Vertrag im Buch war mit wunderschönen Buchstaben verziert. Die geschnitzten Buchstaben auf dem Schrank dagegen waren in Caspars Erinnerung alle gleich groß und viel schlichter gewesen.

Er beugte sich näher über die Seite, um zu erkennen, womit das Innere der Buchstaben ausgeschmückt war. Und da entdeckte er es. Das waren winzige Worte! Er hielt die Taschenlampe direkt auf die Buchseite und begann, die Worte zu entziffern.

»Doch kommt einer, der weigert sich,
den verabredeten Preis zu entrichten.
Der nicht vergisst und Entlassung will
aus des Vertrages Pflichten.
Von Aug zu Aug
soll um Freiheit er bitten
und erfüllen des Meisters Begehr.
Wer die Prüfung besteht,
soll in Freiheit gehen.
Doch wer versagt,
wird Mensch und Gestirn nie wiedersehen.«

Caspars Herz pochte wild vor Aufregung. Das war es! Es gab also einen Weg, den Vertrag zu lösen. Er konnte Till vom Meister freibitten. Und je eher es tat, desto besser. Mit einer Handbewegung schob er das Buch in den Rucksack. Was für einen Schatz er gefunden hatte!

Er wollte sich eben umdrehen, als er in seinem Rücken ein Prickeln verspürte und ein rötliches Schimmern wahrnahm, das sich in dem polierten Holz des Regals spiegelte.

Er verharrte in der Bewegung.

Das Leuchten kam vom Tisch, und das, was er zuvor im Dunkeln des Raums für eine Teppichrolle gehalten hatte, sah in seinem Schein jetzt wie ein riesiger, von innen glühender Kokon aus.

Und in diesem Moment begriff Caspar, dass er einen gewaltigen Fehler gemacht hatte. Panisch blickte er zum Fenster hinüber. Ich muss hier sofort raus, dachte er noch, doch schon

im nächsten Augenblick hörte er das Geräusch von zerreißendem Stoff. Etwas stieß von innen gegen die Hülle und drängte hinaus.
Zu spät!
Zu spät, um zum Fenster zu fliehen. Verzweifelt kroch Caspar in die Nische zwischen zwei Regalen und presste sich, so gut es ging, in den Schatten. Die Hülle auf dem Tisch bebte.
Die Wiederkehr des silbernen Falters, schoss es Caspar durch den Kopf.
Und plötzlich stießen zwei große Hände aus dem Kokon hervor und brachen das Gewebe auf. Caspar unterdrückte einen Schrei. Das war kein Falter, der sich aus dem Kokon erhob, sondern ein Mensch! Caspar konnte den Blick nicht abwenden. In einer fließenden Bewegung setzte der Mann sich aufrecht hin, befreite seine Beine und stieg mit so viel Grazie aus der Hülle, dass Caspar unwillkürlich an einen Tänzer denken musste. »Bring mir ihre schönste Erinnerung«, hörte er die Stimme des Meisters sagen. »Bring mir Anmut.«
Und wirklich, da war kein Humpeln und hölzerner Gang mehr, sondern nur noch unheimliche Eleganz.
Die aufgebrochene Hülle strahlte noch immer so viel Licht ab, dass Caspar die große Gestalt gut erkennen konnte. Um die breiten Schultern lag ein prächtiger silbergrauer Mantel, das Gesicht war glatt und ebenmäßig, und die Hände schienen unversehrt. Dennoch erkannte Caspar ihn auf den ersten Blick. Der Meister hatte sich transformiert. Er hatte seinen alten, abgezehrten Körper in einen neuen, kraftvollen verwandelt.

Der silberne Falter war wiedergekehrt. Und es war der Meister selbst.

»Komm aus deinem Versteck, Caspar. Komm heraus, denn ich weiß, dass du hier bist.«

Und Caspar gehorchte dem Meister.

30. KAPITEL

Die bernsteinfarbenen Augen des Meisters leuchteten hell, und Caspar fand, dass nichts Menschliches in ihnen war.
»Du bist überrascht, mich so verwandelt zu sehen«, sagte er. Er hob die Arme, sodass die weiten Falten seines Mantels aufschlugen. »Du fragst dich, wie ich mich transformieren konnte, wo die Seidenvorräte angeblich nicht dafür ausreichten.«
Caspar zwang sich, dem Blick des Meisters standzuhalten.
»Nun, Caspar, ich muss gestehen, ich hatte mit deiner Ankunft in Memoria nicht gerechnet. Und sie kam zum denkbar schlechtesten Zeitpunkt. Mein Körper war kurz vor seinem endgültigen Zerfall, meine Kräfte erschöpft.« Er hob seine Hände und betrachtete sie lächelnd. Seine Finger waren länger und kraftvoller, trotzdem bemerkte Caspar, dass die letzten Glieder von Daumen und Mittelfinger immer noch fehlten. Dafür waren die Fäden umso deutlicher zu erkennen.
»Weißt du, schon einige haben versucht, was du getan hast. Sie wollten mich besiegen.« Sinnierend schaute er Caspar an.

»Was haben sie sich überschätzt! Allen voran mein eigener Bruder Alberto Collodi.«

Caspar traute seinen Ohren nicht. »Collodi?«, entfuhr es ihm.

Der Meister lachte. »Ja, Caspar, du kennst diesen Namen. Collodi.«

Caspar kam nicht mehr mit. Anatol war ein Collodi. Und Alberto war einer seiner Vorfahren. Hieß das etwa …?

Der Meister neigte den Kopf, und ein nachsichtiges Lächeln umspielte seine Lippen. »So ist es. Anatol ist mein Großneffe.«

Caspar taumelte. Nein, nein, das konnte nicht sein!

»Hör mir zu«, fuhr der Meister fort und glitt geschmeidig an ihm vorbei. »Die Winters und die Collodis verbindet eine lange gemeinsame Geschichte. Einst waren wir echte Freunde.«

»Freunde?«, wiederholte Caspar. Er musste sich verhört haben.

Der Meister nickte. Im glimmenden Lichtschein der aufgebrochenen Hülle funkelte sein Mantel silbrig auf. Genießerisch strich er über den samtigen Stoff, um sich dann in einer schnellen Bewegung zu Caspar hinunterzubeugen.

»Soll ich dir eine Geschichte erzählen, Caspar Winter?«, fragte er, und seine Stimme klang so betörend, als stammte sie aus einer besonders schönen Erinnerung. »Soll ich?«

Caspar schaffte es nicht zu widersprechen.

Der Meister erhob sich wieder. »Es waren einmal zwei Brüder. Einer hieß Alberto, der andere war ich. Wir hatten einen guten Freund namens Broder Winter. Als Broder in Schwierigkeiten geriet, bat er mich um Hilfe. Und ich gewährte ihm Hilfe. Wir vereinbarten einen Vertrag. Und er wurde nicht, wie du vielleicht denkst, aus Boshaftigkeit geschlossen«, setzte er nach. »In Wirklichkeit gab ich Broder nur das, was er sich sehnlichst wünschte: ein langes Leben, Ruhm und Ehre für immer. Kinder hatten er und Christina mehr als genug. Da kam es auf eines mehr oder weniger nicht an. Abgesehen davon, dass ich Broder und seiner Frau ja nur die Erinnerung an einen ihrer Sprösslinge nehmen wollte.«

Caspar fühlte, wie seine Beine zu zittern begannen. Nie hätte er es für möglich gehalten, dass seine Familie so eng mit dem Meister verbunden war.

»Es war ein fairer Tausch«, sprach der Meister weiter. Seine bernsteinfarbenen Augen verengten sich. »Aber dann mischte sich mein Bruder, Alberto Collodi, ein. Alberto war Pate von Broders jüngster Tochter Emilie und beschloss, sich gegen mich zu wenden. Gegen den eigenen Bruder!«

Das zarte Gesicht der Prinzessinnen-Marionette tauchte vor Caspars innerem Auge auf. Emilies Puppe. Die Marionette des ersten Kindes, das verschwunden war.

»Dieser Dummkopf wollte seine Emilie unbedingt retten.« Der Blick des Meisters richtete sich nach innen. »Er kam nachts mit einem Messer und versuchte, die Fäden von meinen Händen zu schneiden, mit denen das Mädchen an mich gebunden war.«

Plötzlich riss er die Hände hoch und hielt sie Caspar hin. »Sieh her, sieh her, was dieser Verräter meinen Händen angetan hat!« Er spuckte die nächsten Worte aus. »Für diese Tat musste Alberto büßen. Nicht mit seinem eigenen Leben, das natürlich nicht. Ich habe mir im wahrsten Sinne etwas Unvergessliches für ihn ausgedacht. Er und alle seine Nachfahren sollten spüren, was es heißt, sich zu erinnern. Ich habe sie dazu verflucht, sich für immer an den Vertrag und die verschwundenen Kinder zu erinnern, ohne auch nur das Geringste dagegen ausrichten zu können.« Der Meister suchte Caspars Blick. »Und Anatol trägt schwer an der Last der Erinnerungen, nicht wahr?«

Caspar bekam kaum noch Luft. Was war das nur für ein Mensch? Nein, korrigierte er sich, der Meister war schon lange kein Mensch mehr. Er war ein Ungeheuer.

»Jedenfalls verstehst du nun, dass Vorsicht geboten war, als du kamst«, fuhr der Meister fort, »vor allem bei einem so starken und eigensinnigen Geist wie dir. Also ließ ich dich glauben, meine Verwandlung könne erst später stattfinden, weil die Raupen nicht genug Seide gesponnen hatten und es an Maulbeerbaumblättern mangelte.« Seine Augen leuchteten kurz auf. »Als wenn ich das jemals zulassen würde.«

Langsam begann Caspar zu verstehen. Während er versucht hatte, mit Till zu fliehen, hatte der Meister die ganze Zeit an seinem Mega-Kokon gesponnen. Und er war brav in die Falle getappt. Er hätte viel früher versuchen müssen, hier hochzukommen!

Er sah, wie der Meister nickte. »Ganz richtig. Wenn du den Kokon zerstört hättest, hätte mir das Schwierigkeiten bereiten können. Aber an dieser Stelle …«, er hob bedauernd die Hände, »… ist unser Spiel ausgespielt.«

Mit federnden Schritten durchquerte der Meister die Bibliothek und öffnete die Tür.
»Wächter Memorias«, rief er mit mächtiger Stimme. »Der neue Meister ist da!«
Halb betäubt hörte Caspar, wie der Ruf durch den alten Turm hallte.
Wenige Augenblicke später näherten sich eilige Schritte. Respektvoll blieben Norden und Larsen vor der Tür stehen.
»Ihr habt gerufen, Meister«, hörte Caspar den Einäugigen sagen.
Der Meister wies auf Caspar.
»Bringt ihn ins Verlies. Sobald es tagt, soll er seine Strafe bekommen.«

Norden und Larsen kehrten schneller ins Verlies zurück, als Caspar gedacht hatte. Die letzten Stunden hatte er blicklos zu der kleinen Öffnung hinaufgestarrt und leise die geheime Formel aus dem Buch vor sich hingemurmelt.
Er wusste, dass er am Ende war. Sein Plan, die Verwandlung des Meisters aufzuhalten, war gescheitert, und er würde seine Strafe erhalten. Noch nie im Leben hatte er sich so verlassen und einsam gefühlt. Niemand war gekommen, um ihm zu helfen. Nicht Anatol, nicht Greta, nicht einmal Elsa.
Für sich konnte er nichts mehr erhoffen.
Aber wenn er noch etwas in diesem Leben tun konnte, dann war es, Till hier herauszubringen. Für Till gab es noch den Funken einer Chance. Das war alles, woran er jetzt denken musste.

Der einäugige Riese brachte ihn in den Spiegelsaal. Widerstandslos ließ er sich die Stufen hochziehen. Ihm kam es vor, als beobachtete er alles von außen.
Er sah sich selbst in der Mitte des Kreises stehen. Er sah seine Spiegelbilder, die ihn von allen Seiten zu umzingeln schienen. Und er sah die anderen, die auf der Kreislinie auf ihn gewartet hatten. Emmas Lippen formten tonlos seinen Namen. Pucks rundes Gesicht war aschfahl. Salamander warf ihm einen überheblichen Blick zu, doch das Zucken seiner Augen verriet, dass er nicht halb so cool war, wie er tat.
Dann endlich blickte Caspar zu Till. Mit geröteten Augen stand sein kleiner Bruder da und knabberte ängstlich an seinen Fingernägeln. Caspar sah direkt in Tills Augen und versuchte, in Gedanken mit ihm zu sprechen. *Wenn es mir gelingt, dich freizubitten, Till, dann musst du fortlaufen, so schnell du kannst. Du musst weglaufen!*
Für einen Moment wusste er nicht, ob er es nur gedacht oder laut ausgesprochen hatte. Über Tills Gesicht schien ein Schatten zu gleiten. Hatte er ihn verstanden?
»Der Meister«, unterbrach da Nordens laute Stimme seine Gedanken. »Entbietet dem Meister euren Respekt!«
Die Spiegeltür schwang auf, und der Meister erschien. Hoch aufgerichtet, mit offenem Blick schritt er auf die Kinder zu. Mit der Bewegung seines kleinen Fingers brachte er die Kinder dazu, sich tief zu verbeugen. »Kinder Memorias, seht, was ihr mit mir geschaffen habt.« Mit festen Schritten näherte er sich dem Kreis. »Die Transformation ist vollbracht. Aus den Fäden der Erinnerung hat sich der silberne Falter

erhoben. Nur ein paar Tropfen der Erinnerungsessenz waren notwendig, um aus dem Seidengarn den magischen Faden zu gewinnen. Doch ehe wir einen neuen Zyklus beginnen, muss einer von euch bestraft werden.« Sein Blick fiel auf Caspar. »Einer, der versucht hat, mich zu hintergehen.«

Caspar fühlte die Unruhe um sich herum, nahm wahr, wie Emma Puck ein winziges Zeichen gab. »Zur Strafe für deinen Verrat, Caspar, soll dein Faden gekappt werden, sodass du den Turm nie mehr verlassen kannst.«

Das war also das Schicksal, das der Meister sich für ihn ausgedacht hatte. Er sollte auf ewig an den Turm gefesselt sein!

»Norden«, befahl der Meister, »hol das Messer aus seinem Rucksack.«

»Wartet«, flüsterte Caspar mit heiserer Stimme. »Wartet, ich will ...«, er blickte zu Till, »... ich will meinen Bruder freibitten.«

Der Meister wich einen Schritt zurück, Zorn verzerrte sein ebenmäßiges Gesicht. »Was sagst du?«

»Ich bitte meinen Bruder frei!« Caspar atmete tief ein, dann hob er die Stimme. »Doch kommt einer, der weigert sich, den verabredeten Preis zu entrichten. Der nicht vergisst und Entlassung will aus des Vertrages Pflichten. Von Aug zu Aug soll um Freiheit er bitten und erfüllen des Meisters Begehr. Wer die Prüfung besteht, soll in Freiheit gehen.« Und etwas leiser fügte er die letzte Zeile hinzu:

»Doch wer versagt, wird Mensch und Gestirn nie wiedersehen.«

Noch während Caspar die letzten Worte sprach, glättete sich

das Gesicht des Meisters. Abwartend lehnte er an seinem Stuhl und musterte ihn forschend. »Nun denn, Caspar. Du bittest deinen Bruder frei?«
»Ja, ich bitte ihn frei nach den Regeln des Vertrags, den Ihr mit meiner Familie geschlossen habt.«
»Dann höre meine Aufgabe.« Mit einem leisen Seufzer ließ der Meister sich auf seinen Stuhl sinken. »Ich gebe dir einen Tag.« Er deutete mit seiner Hand auf Till. »Wecke seine Erinnerungen, und er soll frei sein. Gelingt es dir jedoch nicht, musst du sterben.«
»Das ist nicht fair!«, brach es aus Caspar heraus. »Solange Till den Faden hat, kann er sich an gar nichts erinnern, und das wisst Ihr!«
»Wie bedauerlich«, sagte der Meister und lehnte sich zurück. »Dachtest du, ich gebe dir eine Aufgabe, die du erfüllen kannst?« Ein spöttisches Lächeln zuckte um seinen Mund, und er sah so selbstgewiss aus, dass Caspar sich am liebsten auf ihn gestürzt hätte.
Und fast hätte er es getan, wenn in diesem Moment der alte Larsen sich nicht vor ihn gestellt, ihn gepackt und aus dem Raum geführt hätte.
Hinter ihm räusperte sich Norden. »Soll ich ihm nicht besser seinen Rucksack abnehmen?«, fragte er.
»Nein«, hörte Caspar den Meister antworten. »Er besitzt nichts, was ihm helfen könnte.

31. KAPITEL

An diese Worte musste Caspar denken, als er wieder im Verlies saß und seinen Rucksack auspackte. Vor ihm lagen zwei zerdrückte Kaugummistreifen, sein Notizheft und der Stift, der Stadtplan, die Taschenlampe und das Messer.
Ja, der Meister hatte recht, nichts davon konnte Tills Erinnerungen zurückbringen. Caspar zog die Beine an und ließ erschöpft den Kopf in seine Hände sinken. Seit er in Memoria war, hatte er versucht, Tills Erinnerungen wachzukitzeln. Er hatte ihm von Noah, dem verrückten Bademeister aus dem Puppentheater ihrer Eltern, erzählt. Er hatte seine Lieblingsworte benutzt und ihn Elsa streicheln lassen. Tag und Nacht waren sie zusammen gewesen, und dennoch war es ihm nicht gelungen, auch nur die kleinste Verbindung zu Tills altem Ich herzustellen.
Niedergeschmettert sah er auf seinen linken Fuß. Was war, wenn er Till einfach Gretas Ring schenkte? Würde Till sich dann wieder an seine Schwester erinnern? Oder war der Kleine schon zu lange unter dem Einfluss des Fadens? Doch

ganz gleich, was mit Till geschehen würde, er würde es ohnehin nicht mehr mitbekommen. Denn Caspar wusste, in dem Augenblick, in dem er Gretas Ring absetzte, vergaß er selbst, wer er war.

Trotzdem, wenn er morgen die Aufgabe des Meisters nicht lösen konnte, wollte er Till den Ring geben. Er fühlte, wie sein Atem bei diesem Gedanken zu flattern begann. Wenn er die Aufgabe nicht löste und sterben würde.

Er stieß den Rucksack von sich, sodass er quer über den Fußboden schlitterte. Er war bereit gewesen, sein Leben für das seines Bruders zu geben. Nur hatte der Meister sich auf diesen Handel nicht eingelassen. Und wie es aussah, musste er jetzt sterben, und Till blieb trotzdem ein Gefangener des Meisters!

Nie wieder würden sie mit Mama und Papa ins Schwimmbad gehen oder sonntags im Pyjama frühstücken. Nie wieder mit Anatol im Theaterfundus herumstöbern. Nie wieder würden er und Till sich gemeinsam auf Greta stürzen, um sie durchzukitzeln.

Caspars Augen brannten, und er ließ seine Tränen fließen. »Yeti-Alarm«, flüsterte er erstickt. »Yeti-Alarm!«

Genau wie er und Till es damals gerufen hatten, als sie schneebedeckt mit Greta herumgetobt hatten. Wenn er die Augen schloss, konnte er es genau vor sich sehen. Er hörte Gretas und Tills Stimmen und fühlte wieder den eiskalten Schnee an seinen Händen. Es waren die Erinnerungen, die ihn hierhergebracht hatten.

Er war ein Teil von ihnen. Bis zum letzten Augenblick würden sie ihn mit den Menschen verbinden, die er liebte. Und wenn er seinen kleinen Bruder nicht befreien konnte, dann wollte er ihm wenigstens seine schönsten Erinnerungen schenken. Er nahm das Messer vom Boden auf und wischte sich seine Tränen ab. Er war der Sohn eines Puppenspielers und Schnitzers. Alles, was er brauchte, waren ein paar Holzstückchen.

»Holz?«, krächzte der alte Larsen, als er Caspar eine Weile später ein Tablett mit einem Teller Eintopf und etwas zu trinken brachte. »Jungchen, woher soll ich hier im Turm Holz nehmen?«

Caspar hielt ihm den hölzernen Löffel entgegen, der neben dem Teller lag. »Kannst du mir nicht drei solcher Löffel bringen?«, bat er.

Der Alte nickte bekümmert. »Drei Löffel? Ein seltsamer Wunsch.«

Caspar merkte, wie Larsen sich ein Lächeln abrang, aber seine Augen waren stumpf vor Traurigkeit. »Der alte Larsen kann nicht viel tun, aber die Löffel werde ich dir bringen.«

Caspar nahm den Löffel in die eine und das Messer in die andere Hand. Nach einem Augenblick begann er zu schnitzen.

Das Schnitzen half ihm durch die dunkelsten Stunden der Nacht, und als die Wärter am neuen Morgen die Tür zum Verlies aufschlossen, steckten vier Puppen in seinem Rucksack.

Während er zwischen Norden und Larsen zum Spiegelsaal marschierte, stellte er sich vor, er wäre auf dem Weg zu ei-

ner Aufführung. Er malte sich aus, wie er zu Hause unten das Foyer durchquerte, die rote Tür zum Theaterraum öffnete und auf die erhöhte Bühne zuging.
Hinter ihm schlossen sich die hohen Türen des Spiegelsaals. Hoch aufgerichtet, saß der Meister auf seinem Stuhl und blickte ihm erwartungsvoll entgegen. Von den Seiten spürte Caspar, wie Emmas, Pucks und Salamanders Blicke ihn streiften. Aber er hatte nur Augen für Till. Sein kleiner Bruder hatte beide Hände in der Bauchtasche seines Kapuzenpullis versteckt und nagte an seiner Unterlippe. Langsam ging Caspar die letzten Schritte, bis er in der Mitte des Kreises vor dem Meister stand.
»Bist du bereit, die Aufgabe zu erfüllen?«, tönte die Stimme des Meisters, die bis in den letzten Winkel des Saals drang.
»Das bin ich.« Ganz bewusst wich er dem Blick des Meisters aus. Was gleich geschah, sollte nur ihm und Till gehören.
»Dann soll die Prüfung beginnen«, verkündete der Meister, und Caspar hörte, wie sehr er diese Worte genoss.
Trotzig nahm er den Rucksack ab, zog seinen Kapuzenpulli aus und legte ihn so zusammen, dass er auf dem Fußboden vor Till ein Rechteck ergab.
»Das ist unsere Bühne«, sagte er leise.
Er hörte, wie neben ihm der Stuhl des Meisters knirschte, und als er kurz hochblinzelte, bemerkte er, wie der Meister sich vorbeugte.
Auch Emma und Puck, Salamander und die beiden Turmwärter verfolgten jede seiner Bewegungen.
Ein wahrer Puppenspieler, ging es Caspar durch den Kopf,

spielt so, dass er selbst unsichtbar wird. So wollte er heute spielen.

Für die Erinnerung, die er Till schenken wollte, brauchte er vier Puppen: Greta, Till, den roten Löwen und sich selbst.

Mit einem abfälligen Schnauben lehnte der Meister sich wieder zurück.

Caspar nahm die Greta-Puppe und die Till-Puppe in die Hand. »Das Stück, das ich spiele, heißt *Der rote Löwe*«, begann er. »Alle Figuren sind echt, und die Geschichte basiert auf einer wahren Begebenheit.«

Noch einmal ließ er die Erinnerung vor seinem inneren Auge aufleuchten, dann begann er zu spielen.

»Es war einmal ein sehr, sehr großer roter Löwe.« Caspar ließ seine Stimme hell und sanft klingen, so wie er Gretas Stimme im Ohr hatte.

»Wie groß? Tyrannosaurusrexgroß?« Nun ahmte er Tills unbekümmerten Tonfall nach.

»Oh ja, er war der allergrößte Löwe auf der ganzen Welt.«

Caspar ließ beide Puppengesichter zu Till schauen. »Und er hatte fürchterlichen Hunger!«

Während er Greta zur Seite legte und nach dem Löwen griff, den er aus einem Löffel geschnitzt hatte, entging ihm nicht, wie gebannt Till dem Puppenspiel zusah.

»Oh, mein armer, armer, armer Löwe«, rief die Till-Puppe verzweifelt und beugte sich über den Löwen. »Ich muss schnell etwas zu fressen für ihn finden.«

Caspar nahm Greta wieder auf. »An diesem Abend wollte der Löwe auf die Jagd gehen, aber jedes Mal, wenn er sich dem

Wasserloch näherte, an dem die Gazellen tranken, begann sein Magen so laut zu knurren, dass die Gazellen es hörten und in Riesensprüngen davonjagten.«

»Gazellen?«, fragte Till.

Aber Caspar hörte es kaum, denn er versank immer tiefer in sein Spiel. Schon hob er die Löwenpuppe hoch und ließ den Löwen aus tiefster Seele brüllen.

Gebannt kam Till von der Kreislinie auf Caspar zu und hockte sich direkt vor ihn. Caspar spielte weiter.

»Der große Löwe duckte sich hinter das hohe Gras, das die Wasserstelle umgab. Dort kniete ein Menschenkind. Das schlürfte das Wasser wie die Gazellen direkt mit dem Mund.« Caspar hob die Puppe und ließ das Kind aus tiefster Seele schlürfen.

»Denn das Mädchen war sehr, sehr durstig«, fuhr er fort.

Till schüttelte energisch den Kopf. »Aber es war doch ein Junge!«, protestierte er.

Der Meister sprang von seinem Stuhl. »Still«, herrschte er Till an, der einen Schritt auf die Bühne gemacht hatte. »Zurück auf deinen Platz!«

Till schien den Meister gar nicht zu hören. Immer noch kopfschüttelnd kniete er bei Caspar und nahm wie selbstverständlich die Löwenpuppe.

»Du musst es richtig spielen«, sagte er bestimmt.

Caspar hielt den Atem an. Richtig spielen? Was meinte Till damit? Till blickte zu den anderen. »Es waren Antilopen. Und der Junge hatte Segelohren und Haare wie du.« Er hob die Löwenpuppe. »Was für ein köstlicher, saftiger Leckerbissen«, sagte er laut. Dann blinzelte er zu Caspar.

»Gleich setzt der Löwe zum Sprung an«, wisperte er.
Was geschah hier? Bei jedem Wort und jeder Bewegung fürchtete Caspar, in Tills Augen wieder diesen fragenden Ausdruck zu entdecken. Die Angst schnürte ihm die Kehle zu, aber er spielte weiter. »Genau in diesem Moment begann der Magen des Löwen wieder fürchterlich zu knurren.«
Till knurrte.
Der Junge sprang vom Wasser weg.
Till vollführte mit der Löwenpuppe einen Riesensprung. »Los, ich hab dich umgeworfen«, rief er im Kommandoton.
Aus dem Augenwinkel bemerkte Caspar, wie der Meister sich die Hände gegen die Schläfen presste. »Aufhören!«, befahl er. »Aufhören.« Er war von seinem Stuhl gesprungen und versuchte, in den Kreis zu den Jungen zu gelangen. Jedes Mal jedoch, wenn er seinen Fuß über die Kreislinie setzte, zog er ihn wieder zurück, als hätte er sich verbrannt.
»Ich dulde kein Spiel in meinem Reich!«, brüllte er. Seine Augen traten aus den Höhlen, aus seinem Mund troff Schaum, während er um den Kreis herumlief. Emma, Puck und Salamander schienen wie versteinert und rührten sich nicht.
Caspar nahm die Greta-Puppe wieder auf. »Der Junge schlotterte vor Angst, und er …«, begann er den Satz.
Die Blicke der Brüder trafen sich. Würde Till sich auch an den Rest erinnern?
»… und er zog ein Eibrötchen aus einer Hosentasche!«, gluckste Till.
»Ein Eibrötchen in Afrika?«, flüsterte Caspar.
»Ein Straußeneibrötchen!«, posaunte Till heraus, und in der

nächsten Sekunde fiel ihm die Puppe aus der Hand, und er sackte bewusstlos in sich zusammen.

»Till!«, rief Caspar.

Sein Bruder zitterte am ganzen Leib, und hinter geschlossenen Lidern bewegten sich seine Augen. Caspar wollte ihn an sich ziehen, da bemerkte er, wie der Meister beide Hände erhoben hatte, um Till an seinem Faden aus dem Kreis zu sich zu ziehen.

Caspar sprang auf. »Nein«, rief er. »Sie bekommen ihn nicht! Er hat sich erinnert. Er ist frei!«

Die Stimme des Meisters erfüllte den ganzen Saal. »Das waren keine Erinnerungen. Das waren nur Spielchen. Er gehört mir, nur mir!«

Da schlug Till die Augen auf. »Caspar«, flüsterte er, »ich will nach Hause.«

32. KAPITEL

Etwas rieselte auf Capars Hand. War es Asche? Verwirrt blickte er auf seine Finger, die von Tills Haaren bedeckt waren. Zwischen den roten Strähnen sah er, wie der silbrige Faden zu Staub zerfiel.

»Der Faden hat sich gelöst!«, stieß er hervor und half Till auf die Beine.

Sein kleiner Bruder musste raus aus dem Turm. Sofort. »Weißt du noch, wie du durch die Luke eingestiegen bist?«, fragte er eindringlich.

»Ja.« Till nickte.

»Da musst du hinlaufen. Zum Schlafraum und von dort durch die Tür zur Treppe. Los, beeil dich, bevor der Meister …«

Ein furchtbares Stöhnen hinter ihm ließ Caspar herumfahren.

»Der Vertrag ist gelöst«, ächzte der Meister. Zusammengekrümmt stolperte er rückwärts in Richtung der Spiegeltür. Sein Gesicht, das noch vor wenigen Minuten glatt gewesen war, alterte innerhalb von Sekunden um Jahrhunderte.

»Ihr kommt mit mir«, stieß er hervor, und wieder hob er seine Hände. Durch Emma und Puck, Salamander und Norden ging ein Ruck, und sie wurden in Richtung des Meisters gezogen. Erst jetzt merkte Caspar, dass nichts an ihm zog. Unwillkürlich griff er an seinen Kopf. Er spürte keinen schmerzhaften Stromschlag.

Auch sein Faden hatte sich gelöst! Till und er waren frei!

»L-lauf, C-Caspar!«, rief Puck ihm zu.

»Bring Till hier raus«, flüsterte Emma.

Ja, dachte Caspar, ich muss mit Till fliehen. Aber was war mit Emma und Puck? Mit seinen Freunden?

Ohne nachzudenken, was er tat, griff er nach den geschnitzten Holzpuppen und gab sie Emma. »Ich werde euch nicht vergessen!«, rief er. »Ich hole euch hier raus. Das verspreche ich euch.«

Caspar sah, wie Emma und Puck von dem Meister mitgezogen wurden.

Eine kleine Hand schob sich in seine.

Caspar riss sich los und rannte mit Till auf die Tür des Spiegelsaals zu. »Jungchen, komm, ehe der Meister die Ausgänge verschließt.«

Was redete Larsen da? Wieso hatte der Meister den Alten nicht mit sich gezogen, sondern zugelassen, dass er mit ihnen die Treppe in Richtung des Ausgangs lief?

Caspar verstand es nicht, aber es war ihm auch egal. Jetzt wollte er nur eines: raus aus dem Turm. Raus aus Memoria. Er zog Till durch den Schlafsaal und die Stufen hinunter, bis sie den Gang erreichten, der zu der Außenluke führte.

Hinter sich hörte er das Schnaufen und Keuchen des alten Larsen.
»Lös den Riegel«, befahl er Till. Er verschränkte seine Hände, bedeutete dem Kleinen, hinaufzusteigen, und hielt ihn, bis Till die Luke geöffnet hatte. Milde Morgenluft wehte ihnen entgegen. Till kletterte hinaus.
»Jetzt du, Jungchen«, forderte der Alte ihn auf.
Caspar setzte seinen Fuß in die zusammengeschobenen Hände des Alten. Ein Gedanke blitzte auf. Larsen? Lars?
Er zog sich durch die Luke und ins Freie. »Jetzt Larsen«, sagte er zu Till. Die beiden legten sich draußen flach auf den Boden und streckten Larsen die Hände entgegen.
»Hab keine Angst«, rief Till ihm zu. »Wir helfen dir.«
Gemeinsam zogen und hievten sie den alten Larsen ins Freie.
Caspar verschloss schnell die Luke und wandte sich zu Larsen, der schwer atmend auf dem Boden kauerte. Ungläubig fuhr der Alte sich mit den Händen durch die Haare. »Der Faden«, murmelte er verwirrt. »Der Faden ist weg.«
Till hockte sich neben ihn. »Du hattest keinen Faden«, stellte er fest.
Der alte Larsen blinzelte die Jungen an. »Da täuschst du dich aber, Jungchen! Ich hatte einen Faden. Er war nur unsichtbar, genau wie der von Norden.«
Und nun, ging es Caspar durch den Kopf, war dieser Faden zu Asche zerfallen wie Tills und sein eigener. Er verstand immer noch nicht, was im Spiegelsaal geschehen war. Wieso Larsen hier draußen bei ihnen war.

Er griff nach Tills Hand. »Komm, wir wollen nach Hause gehen.«
»Zu Mama und Papa.« Till machte einen Hüpfer. »Und zu Greta und Anatol.«
Caspar half Larsen auf die Füße. »Willst du uns begleiten?«

EPILOG

Die Turmuhr zeigte kurz nach acht. Die ersten Geschäfte öffneten, und die Kopenhagener strömten zu ihrer Arbeit.
Niemand beachtete die zwei Jungen und den zerzausten Mann mit der Kittelschürze, die hintereinander über den Vorplatz des Runden Turms liefen.
Erst vorsichtig, fast zögernd, dann immer schneller.
Caspar führte Till und Larsen. Sie passierten die Apotheke, die Caspar bei ihrem Fluchtversuch nicht hatte finden können, bogen zweimal ab, und schon bald liefen sie die Frederiksborggade in Richtung Dronning-Louises-Brücke hinunter. War die Brücke denn wirklich die ganze Zeit so nah gewesen? Caspar konnte es kaum glauben. So einfach war der Weg also, wenn man nicht am Faden hing.
Vor ihnen öffneten sich die prächtigen Stadthäuser, und Caspar erkannte die hohen Fahnenmasten, die links und rechts am Kopf der Brücke standen. Das Wasser des Kanals kräuselte sich, und der helle Sandstein schimmerte in der Frühlingssonne.
Nichts zog mehr an ihnen. Nichts hinderte sie, nach Hause zu

gehen. Caspar schluckte. Er versuchte, den einen Gedanken beiseitezuschieben. Aber es gelang ihm nicht.
Ob ihre Eltern sich überhaupt noch an sie erinnerten? Unbewusst verlangsamte Caspar seinen Schritt.
Sie hatten beinahe die vier gusseisernen Laternen erreicht, die sich genau in der Mitte der Brücke befanden, als Caspar vor sich die Bewegung wahrnahm. Aus der Gruppe, die ihnen entgegenkam, lösten sich mehrere Gestalten.
Sie liefen auf sie zu.
Eine Frau mit dunklen offenen Haaren und blauem Strickmantel.
Ein Mann, der keine Schuhe trug und dessen Brille ganz schief auf der Nase saß.
Ein Zittern lief durch Caspar.
»Mama!«, rief er, »Papa!«
Till zerrte an seiner Hand, und dann rannten sie ihnen gemeinsam entgegen.
»Caspar! Till! Ich hab euch wieder«, stammelte seine Mutter, als sie vor ihnen niedersank und sie so fest in die Arme schloss, dass Caspar kaum noch Luft bekam. »Ich hab euch wieder!«
In der nächsten Sekunde war sein Vater bei ihnen und presste sie an seine Brust. »Mein Großer und mein Kleiner«, schluchzte er. »Meine Söhne.«
»Papa, du weinst ja«, staunte Till und streichelte seinem Vater durch das ungekämmte Haar.
Von der Seite kam Greta dazu und fiel ihren Brüdern um den Hals.

»Oh, Caspar! Till! Ihr seid wieder da!«
Sein Vater suchte Caspars Blick. »Ich dachte, wir hätten euch verloren«, flüsterte er und zog ihn an sich heran. Caspars Stirn berührte die seines Vaters. Einen langen Moment standen sie so da, bis ein lautes »Tschätschätschäk« Caspar aufblicken ließ.
Der schwarze-weiße Vogel saß auf der Schulter des Gesellen.
»Anatol!«, riefen Caspar und Till wie aus einem Munde.
»Hallo, Jungs«, sagte der Geselle mit zitternder Stimme und breitete seine mächtigen Arme weit aus.
Till stürmte los.
Mit einer Hand zog Caspar seine Schwester mit, dann hatten die drei Kinder Anatol in ihre Mitte genommen.
Nur Larsen stand etwas abseits. Doch nicht lange, denn Caspar ging auf ihn zu und nahm ihn an die Hand.
»Das ist Larsen«, sagte er. »Er ist mit uns gekommen.«
Der staunende Blick von Caspars Vater ruhte kurz auf dem alten Mann. »Sie … Sie …« Er schüttelte den Kopf. »Aber das kann ja gar nicht sein.«
»Was kann nicht sein, Papa?«, fragte Caspar.
Da trat Anatol zu ihnen. »Kommt«, sagte er. »Es gibt so viele Fragen. So viel zu erzählen. Lasst uns nach Hause gehen, ja?«

Hand in Hand machten sie sich auf den Heimweg, denn keiner wollte den anderen auch nur für den kleinsten Moment loslassen. Caspar hielt Anatols schwielige Hand in seiner, gleich darauf folgten Greta, ihre Mutter, Till mit Larsen und ihr Vater.

Als sie eine Viertelstunde später das Theater erreichten, stand die Tür zum Foyer weit offen.

Sein Vater nahm Till auf den Arm und trug ihn rein. »Als wir uns heute Morgen an euch …«, er holte tief Luft und sprach heiser weiter, … uns wieder an euch erinnert haben, sind wir einfach losgelaufen.«

Seine Mutter legte ihren Arm um Caspar und Greta. »Es war, als wären wir aus einem furchtbaren, kalten Albtraum erwacht.«

Caspar konnte sich genau vorstellen, wie seine Eltern sich gefühlt haben mussten, als die Macht des Meisters über sie erloschen war und all ihre Erinnerungen an Till und ihn zurückgekehrt waren. Er hatte es selbst erlebt, wenn er Gretas Ring wieder aufgesetzt hatte. Er drückte seine Mutter fest.

Auf dem Weg nach oben in die Küche berichteten seine Eltern, wie sie sich mit Greta und Anatol auf den Weg zum Runden Turm gemacht hatten.

»Als eure Eltern zu mir kamen«, erzählte der Geselle, »wusste ich sofort, dass etwas Entscheidendes passiert sein musste. Etwas, das mit diesem Vertrag zu tun hat.«

Till nickte energisch. »Caspar hat mich vom Meister freigebeten. Und dann hat der Meister ihm eine total schwere Aufgabe gegeben, aber Caspar hat es geschafft. Er hat Puppen geschnitzt und für mich ein Puppentheater aufgeführt. Gretas Stück vom roten Löwen.«

Anatol rieb sich über die Stirn und schaute zu Caspar. »Wie hast du nur herausgefunden, was du tun musst? Ich habe unsere Chronik immer und immer wieder nach einem Hinweis durchsucht.« Bei dieser Erinnerung lief ein Schatten über sein Gesicht. »Aber ich habe nichts gefunden.«

»Anatol hat sogar die alte Falter-Marionette auseinandergebaut«, erzählte Greta. »Wir dachten, weil sie aus derselben Zeit wie der Vertrag stammte, könnte sie ein Geheimfach mit einem verborgenen Hinweis enthalten.«

»Und gab es ein solches Geheimfach?«, fragte ihr Vater.

Anatol schüttelte den Kopf. »Nein, der Falter ist einfach nur eine wunderschöne alte Marionette. Ich konnte nicht helfen.«

»Hehe, die alte Falter-Marionette.« Larsens trüber Blick lichtete sich etwas.

»Das stimmt doch nicht!«, widersprach Caspar und blickte Anatol in die Augen. »Ohne dich, ohne die Collodis, wären die Erinnerungen an Till und die anderen Kinder für immer verloren gewesen. Du hast mir erst den Vertrag erklärt und das Siegel gegossen! Ohne dich hätte ich Till nicht gefunden.«

Caspars Bericht darüber, was sich im Runden Turm zugetragen hatte, dauerte den ganzen Vormittag. Immer wieder fragten seine Eltern nach und wollten alles über die Zeit erfahren, die ihre Söhne in Memoria verbracht hatten.

Schließlich war Caspar am Schluss angekommen. Er endete damit, wie Till sich während der kleinen Aufführung erinnert und die Fäden sich aufgelöst hatten.

Caspars Blick glitt zu Larsen, der neben Anatol still auf einem der Küchenstühle saß und sich an seinem Kaffeebecher festzuhalten schien.

»Als der Vertrag gelöst war«, fuhr Caspar fort, »sind unsere Fäden zerfallen.« Unwillkürlich berührte er die Stelle an seinem Kopf, wo der Meister den Faden befestigt hatte. »Also, nicht nur Tills. Sondern auch meiner … und der von Larsen.« Fragend schaute er zu Anatol. »Verstehst du, wie das passieren konnte?«

Der Geselle nickte langsam. »Du hast den Vertrag gelöst, den Broder Winter mit dem Meister geschlossen hat, und damit«, er machte eine kleine Pause, »hast du nicht nur Till, sondern alle Familienmitglieder befreit.«

Caspar, Greta und Till wechselten einen Blick.

»Ich kann mich an das Theater erinnern«, hob Larsen stockend an. Er blickte sich in der Küche um. »Und an diese Küche.«

Anatol legte ihm die Hand auf die Schulter. »Du bist hier aufgewachsen«, sagte er sanft. »Du bist Lars Winter. 1966 hat dich der Meister nach Memoria geholt.«

Larsen war Lars. Aus dem vagen Gedanken wurde Gewissheit.

»Oh Gott, das ist ja über fünfzig Jahre her!«, stieß Caspars Mutter aus.

»Sie sind …«, setzte Caspars Vater ungläubig an, »… dann bist du der Bruder meines Vaters?«

Ein zögerliches Nicken. »Ja«, sagte Lars, und langsam breitete sich ein glückliches Lächeln auf seinem kartoffeligen Gesicht aus. »Ich kann mich zwar nicht an viel erinnern, aber, hehe, der bin ich wohl.«

Nach fünfzig Jahren am Faden des Meisters, das war Caspar klar, würde es Tage, ja vielleicht Wochen und Monate dauern, bis Lars' Erinnerungen ganz zurückkommen würden. An manches würde er sich vielleicht nie mehr erinnern, und die Jahre, die er in Memoria gefangen gewesen war, konnte ihm niemand zurückgeben.

Ein zarter, schwebender Ton unterbrach seine Gedanken, als riefe jemand nach ihm.

»Caspar«, hörte er seine Schwester fragen. »Caspar, willst du noch etwas trinken?«

Er konnte nicht antworten. Gebannt schaute er zu Till, der am Tisch lehnte und mit seinem Finger über den Rand seines halb gefüllten Glases strich.

Die Blicke der Brüder trafen sich, und Caspar wusste ohne ein weiteres Wort, an wen der Kurze in diesem Moment dachte.

DANKSAGUNG

Mein Dank gilt allen, die mir geholfen haben, Caspar ins Leben zu rufen.
Christiane Düring und Maya Geis für das Lektorat.
Jochen Schmerkotte für seine wunderbare Übersetzung ins Lateinische.
Eva Schmid, die mir während des Schreibens immer den Rücken freigehalten hat.
Meiner Familie fürs Zuhören und Kochen, Skypen und Lesen und die Extrarunden mit Molly ;-)